目次

りっぱな動機　7
死体《しにたい》の女　34
なぜ門田氏はトマトのような色になったのか　63
バカな殺されかた　103
密室殺人ありがとう　126
金魚が死んだ　159

カリブ海第三戦線　195
板敷川の湯宿　255
北波止場《ノース・ピア》の死体　281
爆弾は爆発しないというおしゃべり　309
耳穴カミソリ　333
ドラム缶の死体　355
編者解説　日下三蔵　387

密室殺人ありがとう

ミステリ短篇傑作選

りっぱな動機《どうき》

トラといっても人間だ。親がつけた名前は藤間羊太郎。トラとはなんの関係もない。表札にも名刺にも、ちゃんと、藤間羊太郎とかいてある。

しかし、羊太郎のヒツジが、なぜトラになったのか？　それがわかったときは、もう致命的な手おくれだった。いや、ぼくにとってだ。トラ自身もそうだろう。

イヌは、さいわいにしてイヌだった。どれだけさいわいか、ご本犬にはわかってるのかな。

イヌの名はクロ。ところが、このイヌは、全身、真鍮がさびたようなうすぎたない色で、クロいところなど、パイバンの特出《とくだし》ほどもなかった。

ただし、クロといってるのはクマだけで、トラは、イヌ、と呼びすてにしている。

また、二十一世紀フォックスは、このイヌにミーンという名をつけた。ミーンとは、英語で生れの卑しい、素性のしれぬ、小汚い、けちな、意地の悪い、という意味だそうだ。ぜんぶ、このイヌにはぴったりの言葉だが、二十一世紀フォックスは、いじわる、の意味でつかってるらしい。

事実、このイヌは、すごくいじがわるい。他人のぼくなどにいじわるな吼えかたをするのは、ま、しかたがないとしても、クロ、クロ、とかわいがっている飼主のクマにさえ噛みつく。

二十一世紀フォックスは、もと横綱柏戸の顔つきもミーンだといった。意地がわるい顔だ、とがんばるのだ。いじではなくてハナがわるく、鼻の根もとのほうをしかめているだけだ、と、いくら説明してもわからない。

ともかく、二十一世紀フォックスは、このイヌのことをミーンとよぶ。二十一世紀フォックスが、でかいからだのくせに、ほそい、かん高い声をだして、ミーン、ミーン、ミーンとよんでるのをきくと、ほんとに、ひぐらしそっくりだ。

二十一世紀フォックスはユダヤ系のアメリカ人で、今、釣堀の研究をしている。釣堀の研究といっても、その歴史、あるいは、世の中が不景気になると釣堀が流行するとかいった、外から、つまり客観的に分析していく西洋流の方法をとらず、対象の内部に主体を没入し、主客一体となる東洋流の直観によって、釣堀そのものをしる方法をとっていうのだそうだ。

具体的な研究方法としては、毎日、下駄をはいて釣堀にいき、大きな図体なので、ツマ楊枝ぐらいにしか見えない竿をふりまわしてる。今は勉強中で、二十一世紀こそは、われわれの時代だ、といつも言ってるので、この西洋キツネに二十一世紀フォックスというあだ名ができた。

二十一世紀フォックスのことを、いくらかくわしく説明したが、このはなしにあまり関係がない。

クマはトラの奥さん。

球磨川のクマ、球磨焼酎のクマという字をかく。ところが、どうして、球磨って名になったのか、さっぱりわからないそうだ。球磨川は熊本県の南部をながれる川だが、クマちゃんのうちは、父方、母方ともに、熊本どころか、九州のにおいさえもない。おまけに、おとうさんもおじいさんも、お酒はぜんぜんいけないほうで、球磨焼酎の名前さえもしらなかったんじゃないか、とクマはいう。かといって、アルコール性飲料をきらうあまり、その報復手段として、生れてきた娘に九州名物の焼酎の名をつけたというのもおかしい。

クマが、おかあさんのお腹《なか》からでてきたとき、熊の子にそっくりで、なんてことも考えられない。だいたい、クマに似てる人間の赤ん坊なんていませんよ。

うまれたて（なぜ、うみたてといわないんだろう?）の赤ん坊は、猿にそっくり、と世間ではいうけど、ぼくには、ロースト・チキンのほうがよく似ているような気がする。

ともかく、クマ自身の言葉によると、わりとしつこく、球磨の語源をしらべたが、とうとうナゾはとけなかったそうだ。（名前をつけた両親は、もう死んでいない）

トラとクマとのあいだには子供はいない。いたらたいへん、みんな、トラクーマ……いけない、マジメにしめていこう。

トラがご主人でクマが奥さん。子供がいなくて、飼っている犬がイヌだ。

さて、ぼくとトラ夫婦との関係だが……いや、その前に、ぼくの自己紹介をしておく。

ぼくの名は角牛太《かくうした》、二十八歳。丑《うし》年の生れ。牛太という名はおじいちゃんがつけた。おじいちゃんもウシ年の生れだ。ぼくは小学校のころから、ウシ、ウシ、と人間以下にあつかわれ、おじいちゃんを恨んだが、おじいちゃんは、ウシの年は男の成功星、英雄豪傑はみんなウシ年の生れだ、ウシであることを誇りにおもえ、と、十二支をかいた紙をひろげ、ステッキをもって、ナニワ節まがいの声をだしている易者とそっくりのことをくりかえし、ぼくのなやみに同情してくれなかった。

英雄豪傑はみんなウシ年生れかもしれないけど、ウシ年生れが、みんな英雄豪傑とはかぎらない。げんに、おじいちゃんは、顔のホクロでからだのホクロの位置がわかるという研究を、もっぱら女性を実験材料にしておこない、ひいじいさんがのこした財産をつぶした。だから、ほかにほめかたはあっても、英雄豪傑とは言いにくい。

それは、ぼくもおなじ。ぼくは画家だ。しかし、アトリエはない。じつは、絵具も絵筆もパレットもカンバスも、なにもない。金にこまって、質にいれたり、売っぱらったりしたんでもない。だいいち、中学二年の美術の時間以来、絵をかいたことなんかない。だから、屁理屈だけど、ぼくは画家とは自称しても、けっして、エカキだとはいっていない。また、エもかいていないのに、エをかいてるようなことをいって、ひとをだまし、いくらかゼニにしようという（もし、ゼニになるならば）コンタンもない。

ぼくは画家ではあるが、エはかいたことがなく、現在もかいてはいないし、また将来もかくつもりはないことを、けっして、かくしてはいない。それどころか、はなしをきいてくれる者さえいたら、よろこんで、いろいろしゃべっただろうが、そんな奇特なひとは、ほとんどいなかった。金があれば、どこかの会場をかりて、エも彫刻もオブジェもなにもない個展をひらいてもいいけど、そんな金もない。

じゃ、なぜ、エもかかないのに画家などと、かってに自称しだしたのか？　じつは、エをかかない、エがかけないから、画家ってことにしたのだ。

直接のきっかけは、ごく単純なことだった。ぼくがとまっている新宿朝日町のドヤで、ぼくの上のベッドに寝ている男が、近頃名刺の注文をとってあるく外交をはじめ、タダでつくってやるから、ぼくに名刺を刷れ、といってくれた。

自分の名刺などもったことがないぼくは、たいへんよろこび、さっそくたのんだが、名刺をつくるのなら、支店長代理とか外務部主任補佐とかいう肩書がほしかった。しかし、ぼくは、支店長代理でも外務部主任補佐でもなく、東京駅表口中央郵便局の前の靴みがきだ。

「名前の上に、靴みがき、と印刷しといてくれ」

ぼくは、ドヤで上のベッドに寝ている男、チュウさんにいった。チュウさんは忠治とか忠造とかいうのかとおもってたら、本名は子之助《ねのすけ》で、ネズミのチュウさんだと、あとでわかった。ともかく、チュウさんは反対した。

「靴みがき、っていう肩書はないよ」

「だって、社長をしてるから社長だろ。おれはひとの靴をみがいてるから、靴みがきだ」

「じゃ、コンバンオヒマのねえちゃんたちのひもで食ってるネコ（金子という男。ときどき、ドヤにかえってくる）は、ひもって肩書にするのか？　とんでもない」

靴のひもなら、靴みがきにも関係があるが、コールガールのひもと靴みがきをいっしょにするなんて、それこそ、とんでもない。ぼくはムクれたが、なにしろ、タダで名刺をつくってもらうんだから強いことはいえず、それに、チュウさんが、ひらがなのまじった肩書はこまるよ、とかなしい顔をするので、こちらもあきらめ、ほかの肩書を考えることにした。

それより三、四日前、新宿三光町元青線のちいさな飲屋で、中学のときの美術の先生にぱったりあい、ぼくのことをよくおぼえているのにびっくりした。ぼくみたいにエのへたな生徒は、ながいあいだ図画の教師をしているが、まだいっぺんもぶつかったことがないからだそうだ。へた、なんてものじゃない。もちろん、エとはいえない、はじめは、わざとこんなふうにしたのかともうたがったが、わざとでも、こうはできない、いや、世の中には、ふしぎな人間もいる、と人間というものについて、あらためて考えさせられた、と禿げ頭の図画の教師は、元青線の飲屋のねえちゃんがビールをかってについで、音をたてて飲んでるのを横目で見ながら、いった。

ぼくは中学でも成績がわるかったし、高校を中途でやめてから、弁当屋の弁当箱洗いや、バナナのタタキ売りの手伝いなど、いろいろやったが、みんな役にたたず、今は、靴みがきをしてるけど、東京中央郵便局の前にずらっとならんだ靴みがきのうちでも、ぼくは、客の数がすくないほうだ。靴をみがかせる客だって、よく心得ている。へたな靴みがきのところにはよりつかない。

もし、ぼくに、ひとよりきわだったものがあるとすれば、中学の美術の先生がほめてくれたとおり、エと字がへたなことぐらいだ。よし、いっちょ、これでいってやれ、と、ぼくは自分の名刺の右上に、画家、と肩書のはいった名刺をつくってもらい、画家と自称しだした。というわけで、画家になったいきさつは単純だが、いわゆる内面的な意味では、けっして単純ではなく、それについても、いろいろきいてもらいたいけど、チャンスがないかもしれない。

トラとイヌとクマとぼくとのことに、はなしをもどそう。

だいたい、あの一万円札をひろったのがいけなかった。

ウソは泥棒のはじまり、ドロボーは人殺しの二軍、というが、まったくそのとおりだ。ひろった札《さつ》をポケットにいれてもいいけど、いれっぱなしで交番にもっていかないと、ドロボーになる。ほんとに、あのとき、ぼくもとどけりゃよかった。

だいたい、新宿駅南口の改札の駅員がいけない。あの朝、朝日町のドヤをでて、新宿駅南口で東京駅までのキップを買い、改札をとおって、階段をおりていくと、百円玉が二つおちていた。で、ぼくは、百円玉をひろい、階段をあがってひきかえし、改札の駅員にわたした。ところが、駅員がめんどくさそうな、いやーな顔をしたのだ。

ぼくは気分をこわしながら、また階段をおりはじめたが、だいぶ下まできたところに、もう二つ、百円玉がころがっていた。だれかのポケットに穴でもあいていて、ポロポロ百円玉をおとしていったんだろう。駅員にいやな顔をされてまで、わざわざ階段をあがって、もっていくことはないとおもったが、目についた以上はしかたがない。ぼくは、百円玉をとりあげ、親指でこすって、泥をおとし、えっちらおっちら、階段をバックして、改札の駅員の手にわたした。

そのときの駅員の顔。よちよちあるきのちいさな子供が、おテテにしっかりにぎった五円玉でも、ひとが見てなければ、ひったくるバタ公のくせに、百円玉がおちてたからって、イキがってとどけにくるな——というような目つきをしやがった。

しかし、目つきをしただけで、口でそういったわけではないから、どなりつけることもできない。おかげで、一日中、ぼくはむしゃくしゃし、商売にもならなかった。

だから、はやめに仕事をきりあげて、いつものように、東京駅の手荷物一時預り所に靴《ゲソ》みがきの道具をあずけ、八重洲口で飲み、新宿にかえってきたときには、ポケットのなかには南京豆の皮があるくらいで、一円玉ひとつなかった。

これもいつものことだから、べつにめずらしくもない。電車をおり、階段をあがり、新宿駅南口の改札をでて、せいぜい十メートルぐらいあるいたとき、足もとになにかおちているのに、ぼくは気がついた。

いや、改札の前だから、紙くずみたいなものは、いくらでもおちている。そのなかで、やはり、そいつが、とくべつ注意をひきつけるなりかたちをしてたんだろう。

つまみあげて、すこしあかるいところにもっていって見ると、一万円札だ。しかし、ぼくはドキンともハッともしなかった。落し物をみつけたら、交番にとどける。あたりまえのことだ。

一万円札を親指と人差指のあいだにぶらさげ、ふらふらあるきだしたぼくは、ひょいと足をとめた。ここは、まだ駅の構内だ。だったら、駅員にとどけなければいけない。

そして、ぼくは、今朝の改札の駅員のことをおもいだし、一万円札は指さきからズボンのポケットのなかに引越した。

しかし、ぼくは、この一万円札をつかってしまったわけでも、これで飲屋の借金をかえしたわけでも、また、水害のお見舞の箱につっこんだわけでも、ヒコーキに折って、新宿駅南口のガードの上からとばしたわけでもない。

では、どうしたかというと、じつは、ポケットのなかにつっこんだきり、どうもしていない。だったら、今でも、ポケットのなかにあるかというと、そうでもない。

一万円札が、なんのことわりもなしに、ぼくのポケットから消えてしまったのだ。よほど、おち癖のある札らしい。

だけど、それがわかったときには、いささかめんどうなことになっていた。

キャバレーのレジで気がついたんだからマズイ。

キャバレー・ハーレム。後宮《ハーレム》の美女千名。大トラ・セット（税込み）七六〇〇円、二日酔セット九二〇〇円、完全ノー・チップ制、といった広告が電車のなかにぶらさがってる、あのキャバレーだ。

ぼくは、一度でいいから、キャバレーというところにいって、オツリはいいよ、と言ってみたかった。

途中でなんどかホステスはかわったが、わりと長時間そばにいた三人のホステスのうち、オッパイにパッドをいれてるのが二人、そのうちのひとりは、おヒップにもパッドをあてていて、山形県からきた、いちばん若いコだけが、ぜんぜんパッドなし、そのかわり、ふとりすぎで、腿にパンティがくいこみ、赤くただれてることがわかったところでカンバンになり、九七〇〇円の勘定だときいて、やっぱり、おツリはもらっとこうとおもいながら、ポケットに手をつっこんだら、一万円札がなかったのだ。

ツケは会社の経理にだしといてくれ、月末にナニするから、とも、紙入をわすれてきた、キミ、すまないけど、田園調布の自宅《うち》までいっしょにきてくれないか、とも言えず、また、むこうで、あら、モーさん、いつだっていいのよ、ともいってくれるはずがないぼくは、グッドナイト・スイートハートのメロディーがきこえ、ホステスたちがバタバタはしりまわっている廊下をとおって、支配人室につれていかれた。

こんなに人間臭さのない部屋は、ぼくもはじめてだった。壁ぎわに、書類をいれるスチールのキャビネット、なにものってないデスク、そのよこに、電話の台があり、これにも、電話機だけがキチンとおいてあった。

だが、人間臭さを、まるっきり感じさせない理由は、デスクのうしろに腰をおろしていた人間だろう。

かといって、部屋があり、デスクがあり、椅子があるので、それに腰かける人間も、ついでにおいておいたというような調度品的な人間でもない。眉がふといとか、濃いとかでなく、そこのところの骨ぐるみつきでた眉。日本人にはめずらしく、さきがまきこむようにさがった鼻。よこにはった顎。むしろ個性的な顔つきだが、ぜんたいの感じがまるっきり人間ばなれをしている。

人間ばなれがした支配人は、ちいさな手帳に、ちいさな字で、なにか書きこんでいたが、いそぎもせず、また、ことさら時間もかけず、手帳を黒っぽい背広の内ポケットにしまうと、ぼくと、つれてきたボーイに目をやった。ものはいわない。

ボーイは事情を説明し、頭をさげて、部屋をでていった。支配人は、ひとことも口をきかず、デスクの前の椅子をゆびさし、ぼくはそれに腰をおろした。

やはり、だまっている。ぼくも、しばらくだまっていたが、調子がわるくなり、今すぐ、九七〇〇円の勘定は払えないけど、一週間ぐらいのうちになんとかする、と、画家の肩書がはいった名刺を、なにものってないデスクの上においた。

支配人はぼくの名刺を指さきでひきよせ、自分のほうにまわしたが、それっきりだ。ナニ会に属する画家か、なんてこともきかず、こまりましたなあ、ともいわない。

ぼくは、ますます調子がくるってしまい、画家、と肩書はなっているが、エをかいたことはなく、またそれをかくす気がないことも説明し、なにをやってもダメな男だけど、靴みがきの毎日の収入のうちから、確実に今夜の借りはかえす、とくりかえした。

かなり酔っていたし、相手が、ぜんぜん口をはさまないので（聞いてたかどうかはしらないが）、ぼくは、かなり饒舌に、こまかく自分のことをはなした。

そのうち、ぼくは、支配人が、まるっきりまばたきをしないのに、ひょいと気がついた。冗談じゃない。フクロウの剝製ではあるまいし、マバタキをしない人間なんかあるものか！ところが、ほんとにマバタキしない。ぼくは言葉がしどろもどろになり、とうとう舌のうごきがとまった。

そのとき、やはり、マバタキしないまま、支配人はいった。「つまり、きみは、生きてるのがつまらないんだね」

ケタくそのわるい日もあれば、うんざりする日もおおい。しかし、生きているのがつまらない、という言葉は、映画やテレビなどではきくが、そんなことを、他人にも自分自身にも、ぼくはいったことがなかったので、ちょっとかんがえ、つぶやいた。

「そういうことになるのかなあ」

「そんな毎日ではしようがないだろう。生れかわって、ひとつ、きみ、やってみないか？」

人間剝製の支配人はいった。

「なにを？」

「人殺しだ」

「人殺し！　だれを殺すんです？」

「わたしのツマ」

家の、ワイフ、カミさん、カアちゃん。カカア、うちのやつなど、自分の奥さんのいいかたはいろいろあるけど、自分の妻をツマとよぶ男に、ぼくは、はじめてあった。その妻を殺してくれ、ということよりも、ツマとよんだことのほうが、ぼくには、印象が強かったかもしれない。

初対面の男に、自分の妻を殺してほしい、とたのんだりする人間がいることなど、その人間を、げんに前にしなければ、だれだって考えられないだろう。しかし、それはぜんぜんマバタキしない人間だっておんなじだ。

ミイラでもないのに、まるっきりマバタキせず、自分の妻をツマとよぶほどの人間だから、見も知らぬ、ただ、自分の店でタダ飲みしたというだけの男に、そのツマを殺せ、といったところで、たいしておどろくことはなさそうな気もする。

もちろん、ぼくはびっくりしたが、それほどタマガッたわけでもない。

「でも、なぜ、奥さんを殺すんですか？」

「理由はない」支配人は、いやにかんたんにこたえた。

「そんなバカな。理由のない殺人なんて、ＬＳＤを飲みすぎた連中ならともかく、あなたなんかには、だいいち似合いませんよ」

「わたしは、自分で手をだすのはいやだが、妻を殺したい。それは、ハッキリしている。ゴーゴーの曲でおどってる相手を、理由もないのに、ナイフでさしたりするのとはちがう。だが、なぜ、妻を殺さなければいけないのか、つまり動機がない」

「たとえば、奥さんの財産が自分のものになるとか、ハーレムの美女のなかに好きな相手ができて、奥さんがじゃまになったとか、逆に、奥さんに恋人ができて、おもしろくないとか、また、ベトナム問題で意見があわないとか、それとも、夜寝てからの歯ぎしりがひどくてがまんできないとか……」

「ぜんぜん関係ない」

「しかし、ともかく、奥さんとくらしているのがいやになったんでしょう？　ある日、ふっと、なんの理由もないのに、奥さんが鼻についてきて……」

「ちがう。わたしは妻を愛している。妻も、心からわたしを愛している。きみには、わからんだろうが、愛というものはすばらしい。神をしる手がかりにさえなる。そして、結婚以来、われわれの愛は、ますます純粋になってきた」

　ぼくは、剝製人間の口から、こんな言葉をきこうとはおもわなかった。

「へえ、いつ結婚したんです？」

「半年前」

「じゃ、前に結婚なさったことが……？」

「わたしはない。妻は三度目だ」

「奥さんはおいくつ？」

「二十二歳」

「二十二歳で、結婚三度目とは、ちょっとおおすぎるな」

「前の二人の主人は死んだんでね」

「死んだ！」

「べつにかわった死に方ではない」

「しかし、二人とも、まだ若かったんでしょう？」

「ああ、わたしよりも、だいぶ若かった」

高校のとき、毒マラというあだ名の国語の先生がいた。この先生は、死なれたり、別れたり、八ぺんも奥さんをかえ、こんなあだ名になったんだそうだ。男に毒マラがあるのなら、女にだって毒マンみたいなものがあるだろう。

支配人の奥さんは、たまたま、その毒ナントカで、二人の夫が毒にあたって死んだ。それをしった支配人は、今のうちに別れなければ命があぶない、とおもったが、なにしろ、愛しちゃってるものだから、はなれられない。しかし、ツマがこの世にいなければ、あきらめもつくだろう。いっそ殺してしまったら、と考え……。

そのときは、こんなことはきけなかったが、あとでしらべたところ、毒マンの線もくずれた。

まてよ、奥さんの愛情がこまやかすぎて、からだがもたないとか、うっとうしいとか……これも、ちがうそうだ。

人間剝製は、表情をうごかさず、つづけた。「おまけに、妻はきれい好きで、料理がじょうずで、家計のきりもりもうまい。それに、だいいち、性格があかるく、すなおで、ユーモアもあり、貞淑で、情熱的で……」

もう、たくさん。おれは、奥さんにお目にかかれますか、ときいた。

「ああ、いいよ。殺すんだから、お目にかかってもらわなくちゃこまる。明日、ここにきたまえ」

支配人は、デスクの引出しからメモ用紙をだし、ちいさな字でアドレスをかいた。「時間は午後三時十五分」そして、人間剝製は腕時計に目をやった。まだ、マバタキしない。

「いや、三時十七分にしてもらおう」

十五分と十七分で、どうちがうのかわからないが、おれはうなずいた。明日は日曜日だ。靴みがきも、日曜と祭日はやすむ。画家のほうは、もともとエはかいてないんだから、なんのカンケイもない。

「ひきうけてくれるんだろうね？」支配人は念をおした。

「もうすこし考えさせてくださいよ。なにしろ、人ひとり殺すんだから……。しかし、九七〇〇円のツケのかわりに人殺しをするなんて、ワリがあわないな」

「きみきみ、おもいちがいをしちゃこまる」

「ああ、今夜の勘定を帳消しにしたほかに、五十万とか百万……」

「とんでもない。金は一円もださない。今夜の勘定は、ちゃんと払ってもらう。きみに生れかわるチャンスをあたえてやるんだ。こちらが、金をもらいたいくらいだよ」

生れかわって、人殺しをやれとは、あきれたはなしだ。

しかし、妻を殺したいが、動機がない、なんてチョボイチがあるもんか！　きっと、なにか理由がある。ほんとのことはかくしてるんだ。もしかしたら、自分自身でも気がつかずに……。

まず、そいつをさぐりだしてやろう。人殺しは、それからだ。

腰をあげ、ドアのところまでいったとき、パンパン、という音がしたので、ふりかえると、人間剝製が、金ピカの狐が二つならんだ稲荷大明神の神棚にむかって、柏手《かしわで》をうっていた。およそ、この部屋と、この部屋の人間とは不釣合な神棚だとおもっていたが……。

それに、支配人は、愛は神をしる手がかりになるとか、ヤソ教じみたことをいったけど、その神さまはオイナリさんのキツネだったのか？　人間剝製は、とうとうしまいまで、マバタキしなかった。

約束の三時十七分になるまで近所をブラついていて、時間キッチリに呼びリンをおすと一、二秒たって玄関のドアがあいた。

そのとたん、ぼくはドキッとした。キャバレー・ハーレムの支配人の剝製みたいな顔があらわれ、マバタキしない目で、じっとみつめたからだ。この目は、なにしに、ぼくがここにきたかをしっている！

しかし、それはあたりまえのことだった。妻を殺してくれ、とたのんだご本人だ。そして、殺す相手の奥さんにあいたい、というぼくの言葉に、じゃ、ここにきたまえ、とおしえてくれた場所が、殺し殺される夫婦の家ならば、殺される妻の夫、つまり、殺すことをたのんだ夫が玄関の戸をあけたところで、ちっともおかしくはない。

マバタキしない目をマバタキしながら見かえしていると、「あら、お客さまなの、トラさん」といいながらでてきた若い奥さんをみて、ぼくは、ほんとになんともいいようのないショックをうけた。そして、あとから考えると、もう、その瞬間から、殺す決心がついたようだ。もちろん、夫のトラのほうを——。

説明の要領がわるいので、ずいぶん手間どったが、これで、みなさんもおわかりになったとおもう。妻を殺してくれ、とぼくにたのんだキャバレー・ハーレムの支配人藤間羊太郎がトラ、玄関のそばの鎖につながれ、ワンワンほえているのがイヌ。その声をきき、その顔をみたとたん、ぼくがグッときた若い奥さん、トラが殺したがっている妻がクマなのだ。

だれかのポケットから、かってにぬけだして、新宿駅南口の改札の前におちていたのを、ぼくにひろわれ、ぼくのポケットにはいったが、また、無断で散歩にでかけた放浪癖のある一万円札のおかげで、ぼくは無銭飲食ということになり、キャバレーの支配人室にひっぱっていかれたが、ここで、殺してくれとたのまれた奥さんのクマについて、支配人のトラからきいたことは、どれをとっても、殺す動機にはならない、という、しまいにナイの字のついたことばかりだった。

べつにヤキモチもやかないし、自分で浮気をするわけでもない。けっしてヒステリーでもないし、家のなかのきりもりも下手ではなく、また、肉体的な欠陥もない。寝ていて、歯ぎしりもせず、息もくさくなく、トカゲなどを飼う癖もなく、ご用聞きとおしゃべりをしすぎるわけでもない――といった調子だ。

まったくそのとおりだ、とあとでわかったが、これらは、いずれも消極的な事実だった。

この匂うようなみずみずしさ、ハートからハートにじかにつたわり、だんだんひろがって、からだぜんたいをつつんでいく、ほのぼのとしたあたたかみ。

なんともいいようのないショックをうけた、という言葉をくりかえすよりほかしかたがない。

スタイルのよさが、バスト、ウエスト、ヒップのサイズできまる女性もあるだろう。また、その顔のうつくしさを、文字で書ける女性もいるにちがいない。また、将来は、放射能を測定するガイガー・カウンターみたいなもので、女性の魅力をはかれる時代がくるかもしれない。

しかし、クマの魅力、美しさは、モノサシや計器、言葉などでは、とうていあらわせない。

ぼくは、はじめてたずねていったうちの奥さん、クマに、まだ玄関にはいらないうちから、一目見て恋をし、玄関にはいったときは、夫のトラを憎み、居間にとおされたときには、クマではなくトラのほうを殺すことをしんけんに考えはじめていたようだ。

それというのも、トラがクマを殺してくれなんて、たのんだのがいけない。トラは、妻は殺したいが、殺す動機はない。といったけど、ウソではなさそうだ、ともぼくはおもいだした。こんなにうつくしく、やさしい奥さんを殺す理由なんてあるものか、と考えるのがあたりまえだろう。

じつは、それがこまる。動機があるならば、その動機をとりのぞいてしまえば、殺さなくてすむ。お風呂のなかでシャンソンを歌うのが、トラの気にいらず、殺す気になったのなら、クマは、たとえ、湯のなかにもぐりっぱなしでも、シャンソンを歌わないようにすればいい。しかし、動機や理由がないとなると、わるい癖をなおすわけにもいかず、ただ、殺されるのをまつばかりだ。

また、トラは、マバタキもしないほどの男だから、たとえ、ぼくが奥さん殺しをことわっても、きっと、なにかの方法でクマを殺すだろう。

しかし、ぜったい、クマを殺させるわけにはいかない。とすると、もちろん、トラを殺すよりしかたがなかった。

というわけで、たのまれたクマでなく、たのんだトラのほうを殺すことに、ぼくはきめたが、なぜ、トラが、すてきで、すなおで、しかも愛している妻のクマを殺す気になったのかということは、やはり気になり、いろいろしらべてみた。

じつは、その日、幼稚園のときからトラの友人で、トラのことならなんでも知っているという男があそびにきて、この男に、あとであれこれたずねたのだ。

いつだったか、瀬戸内海のミカンがとれる島で、死んだ池田前総理とは、ガキのころからの親友で、イケダのことならなんでも知っているというおじさんに、ぼくはあったことがある。そのおじさんは、イケダさんがすっていたタバコさえしっていた。

ぼくのことをなんでも知っていると自慢する者なんかいないけど、えらい人のまわりには、こんな連中がいるようだ。トラもえらい人物だったにちがいない。

宇佐木《うさぎ》という、そのトラの友人は、トラがすっているタバコの名前、いや、トラがタバコをすわないことだけでなく、ほんとに、トラのことなら、なんでも、くわしく知っていた。

しかし、ウサギさんにも、たったひとつだけ、トラについて知らないことがあった。トラという名の由来だ。いちばんはじめに書いたが、トラの本名は藤間《ふじま》羊太郎《ようたろう》。トラとはなんの関係もない。幼稚園のときから、ヨウタロー、ヨーちゃんでとおってたそうだ。

そのヒツジが、どこでどうしてトラになったのか、ウサギさんにも見当がつかなかった。ただ、クマと結婚したあとだということは確実だ、とウサギさんはいった。そして、いつか、トラに「トラなんて、きみ、トラの威をかるヒツジみたいでおかしいよ」とはなしたらしい。ところが、トラはまばたきしながら、ちいさな声で「そんなこと、どうだっていいじゃないか」

とつぶやき、そのことにはふれたくないようだった、という。

トラがクマを殺したい動機のほうも、さっぱりわからなかった。浴室の浴槽のなかで、鯉や鮒がおよいでるのを見たときは、あ、これかな、とおもったが――。

どんなにすばらしい奥さんでも、風呂桶のなかで緋鯉や真鯉を飼いだしたら、たいていの亭主は頭にくる。

しかし、これが人殺しの理由だとすれば、殺されるのはトラのほうだった。キャバレーの支配人のくせに、酒もタバコも女もやらずハーレムの聖者といわれているトラの、たったひとつの道楽は釣堀にいくことだったのだ。

それにしても、クマみたいな人間が、口紅をつけてあるく人種のなかにいるとは奇蹟のような気がした。もぎたての果物のようなフレッシュな肌。海のように深く、みつめているうちにひきこまれそうになる黒い瞳。

ぼくは、弁当屋で弁当箱洗いをしていたとき、三月《みつき》ほど先輩の、タクアンやキャベツをきざむ係の女の子が好きになり、夜も眠れず、メシもたべられない日が二週間ほどつづき、これが恋というものか、とおもったが、クマに対する気持にくらべると、コイどころかプランクトンみたいなものだ。

トラは、ぼくのことを、ウサギがしらない、たったひとりの友人、角牛太《かくうした》くん、とクマに紹介した。そして苗字のほうはいわず、ウシタくん、ウシタくん、とウシのところに力をいれた。クマは、カクさん、と苗字をよんだ。

それはともかく、ぼくは気が気ではなかった。トラがモタモタしているぼくにうんざりし（あるいは、ぼくにクマを殺すつもりがないのを見ぬき、また、もしかしたら、逆に自分の命をねらっていることに感づき）プロの殺し屋でもやとったら、たいへんだ。

買物かごをぶらさげてあるいているクマのうしろに近より、消音装置《サイレンサー》のついた拳銃で、ズドン、いやプスッと一発やれば、それでおしまいになってしまう。

また、トラが、どうしてもクマを殺したいといったことが、けっして、趣味のわるい冗談でも、一時の気まぐれでもないことも、ハッキリわかった。

とすると、クマの命をまもる確実な手段は、やはりひとつしかない。ぼくは、具体的に、トラを殺す方法を考えはじめた。

ピストル、猟銃、建設用の鋲打機、肉屋の包丁、刺身包丁、登山ナイフのピッケル、ツルハシ、シャベル、ハンマー、ノミ、ノコギリ、カンナ……みんな、ぼくにはつかえそうもない。

アリバイも研究した。われわれ、東京中央郵便局の前の靴みがきは、たいてい、郵便局のほう、つまり歩道のまんなかのほうをむいて、一列横隊になってはいない。一列縦隊で、丸ビルのほうをむいてることがおおいのだ。つまり、前の靴みがきの背中をみていることになる。そして、民主的に、毎日、ならんだ順番をかえることにしていた。

だから、いちばん前になったとき、すっと立って歩いていき、そこいらのビルのトイレのなかで、共犯のスタンド・イン（代役）と着てるものをとっかえ、スタンド・インは、よこに駐車しているバスのあいだをぬけて、靴みがきの仲間に顔をみられないようにして、もとの場所に腰をおろす。背かっこうがおんなじで、おなじハンチングをかぶった、おなじチェックのシャツの背中をみていれば、だれだって、ぼくがスタンド・インといれかわったことなど気がつくまい。そして、トラを殺してかえってきたら、なにかの方法で、スタンド・インに合図し、スタンド・インは、みんなに背中をみせて腰をあげ、まっすぐあるいて、中央郵便局の角をまがり、ぼくと、もう一度いれかわる。あとは、ブラブラ、堂々、仲間のほうにむかって、ぼくはかえっていくだけでいい。ぼくのうしろで靴をみがいてるじいさんは、二度ほど、ぼくがトイレにいっただけで、そのほかはずっと、自分の前にいたことを証言してくれるだろう。

交通事故による死亡が、死亡原因のベスト5にはいってるぐらいだから、自動車ではねたり、轢いたりするのもいい。ただし、ぼくは車もないし、運転もできない。

崖っぷちや、ガードの上みたいなところからつきおとすのも簡単だ。酔っぱらって立小便をしている最中に、背中をつけば、かるくおしただけで、前につんのめり、おちていって、電車か車の下敷きになる。しかし、トラの家のちかくには、ガードも崖っぷちもなく、だいいち、トラは酒をのまないから、酔っぱらうこともなかった。

だが、ついに、ぼくは天才的な殺人方法を考えだした。神棚だ。キャバレー・ハーレムの支配人室には神棚がある。支配人のトラは、出勤してくると、お灯明をあげ、ポンポンと、柏手をうつ。これだけは、けっしてほかの者にはやらせない。

そこで、お灯明のローソクのそばに、点滅式のスイッチなどにつかうバイメタルをとりつけておく。ローソクに火がつくと、その熱でバイメタルが伸び、神棚のなかにかくした爆薬の雷管にスイッチがはいる。だが、すぐドカンといくわけではない。このあとが天才的なところだ。

雷管はダブル・スイッチになっており、ローソクの熱で、さいしょのスイッチがはいるが、最後のスイッチは反響板（御神鏡を反響板につかってもいい）につながっていて、柏手をうったとたん、ドカンといくのだ。

トラは死んだ。皮はのこさなかったが、遺産をうんとのこした。キャバレー・ハーレムも、中国人の社長は名目だけで、株はほとんど、支配人ということになっているトラ個人のものだった。そのほか、新宿の繁華街にうんと不動産があった。

しかし、お稲荷さんの神棚が爆発して死んだわけでも、柏手をうったひょうしに、純金製のキツネがおちてきて、頭蓋骨がぶっつぶれたのでもない。トラは、オタフクカゼで死んだ。

そのあとは、まるで、映画か小説みたいに、つごうよく（ぼくにとって）ことがはこんだ。ぼくは、クマを心から愛していたが、それは、ぼくのかってで、クマのほうでも、ぼくのような男を愛するようになるなんて、奇蹟にちかい。しかし、考えてみれば、クマみたいな女性が、この世にいることからして奇蹟だ。

また、世の中には、靴みがきという職業は、たとえば総理大臣よりもおとるように考えてるひともいるけど、クマには、そんな偏見はなかった。

トラが死んで、二八〇日目に、ぼくとクマは、ふたりだけで厳粛な結婚式をあげ、瀬戸内海の島の、ミカン畑を見おろす旅館にやってきた。新築の二階で、ほかに泊り客はない。

ぼくもクマも、おたがい深く愛しあってはいたが、今まで、手をにぎったことがあるぐらいで、キスをしたこともなかった。クマへの愛は神をしる手がかりになる。と死んだトラはいったけど、それほどきびしく、きよらかな愛だったのだ。

しかし、夫となり妻となった今は、ぼくのぜんぶで、クマのぜんぶを愛することができる。

クマも、この瞬間をまっていたにちがいない。ふとんにはいると、からだをまっすぐにして、あおむけに寝たまま、顔だけこちらへむけ、ふかい海のような瞳をほほえませ、ぼくに声をかけた。

「ウマさん」

しあわせに酔っていたぼくは、ウマさん、とくりかえしてよばれ、ハッと足をとめた。

ウシをウマといわれた。この気持。

ぼくは、子供のころから、ウシ、ウシとよびつけられるのがきらいで、牛太《うした》という名をつけたおじいちゃんを、どれだけうらんだかわからない。しかし、ウシをウマといわれるのにくらべれば、たいへんなちがいだ。

この気持は、よばれた本人か、ウシといわれたウマ、それに、ヒツジをトラにされた者にしかわかるまい。

トラとクマが飼っていたクロは、黒い毛など一本もないのに、クロ、クロ、といわれ、かわいがってるクマの手に噛みついた。しかし、それは犬畜生だからだ。

トラがそうだったように、ぼくもクマにかみつくことはできない。文句をいうどころか、腹をたてることさえできない。

クマには、ぜんぜん悪意がなく、ただ、かるい、無邪気な冗談のつもりなのが、ぼくにはよくわかっていた。

そんなクマにおこった顔をみせたり、気分をこわした表情をむけるなんてむりだ。

九州の球磨川にも、球磨焼酎にもカンケイないのに球磨という名をつけられたことが、自分でも気がつかずに、クマの胸のなかでイタズラをしてるんだろうか？　いやいや、天使のようなクマに、たとえ無意識にせよ、そんないじわるなことができるわけがない。

ともかく、ぼくはクマを愛している。おそらく、トラがクマを愛していたように――。それだけ、やりきれない気持だ。愛する妻にウシをウマといわれた気持。

「ヒツジをトラだなんて、トラの威をかるヒツジみたいでおかしいよ」と友人の宇佐木《うさぎ》さんにいわれたトラは、あのマバタキしない目でまばたきしたそうだ。

トラには、やはり、クマを殺す理由があった。しかし、ぼくは、トラみたいに、自分でも、また、ひとにたのんででも、クマを殺すことはできない。

さけびだしたいほどのよろこびにふるえ、やわらかく、しなやかなクマのからだを抱きしめながら、ぼくの心は死んでいた。

自殺することを考えてたのだ。

死体《しにたい》の女

女はからだをかたくしていた。そのため、乳房もおどおど緊張し、乳首をくちびるではさむと、乳暈《にゅううん》のあたりから、きゅんと収斂《しゅうれん》し、かたくなった。

湯上りの火照《ほて》りとしめりが肌をうるませているのに、根本の手がふれるところには、寒気だったように皮膚に鳥肌ができた。

もしかしたら、この女の皮膚は敏感すぎるのかもしれない。それに、三十はこしてる歳《とし》だが、あんまり、男のからだをしらないのではないだろうか。

根本は、むりに、女のからだをひらくようにしてはいっていった。

女は目をとじて、息をのみこみ、歯をくいしばるみたいな顔つきになっている。

根本がからだをうごかすと、女のヘソの下のやわらかなくぼみまでかたくなり、ぴくぴくふるえるのが、根本のかさねた下腹につたわった。

根本はあらっぽくうごいた。わざと、あらっぽくしたい気持もあった。

女の肌が、湯上りのしめりとはちがう濡れかたをし、女はとめていた息を歯のあいだからもらしたが、ほとびていく肌とはべつに、からだの奥につめたくかたい塊のようなものがあり、それが、根本をあらっぽくしたらしい。

女の息づかいが高まり、根本が、女のからだの奥のつめたく、かたい塊をつきやぶったとおもった瞬間、女は、首の骨でもおれたみたいに、枕から頭がずりおちて、よこになり、それっきり、息もとまったようになった。

これが、失神というものなのか？　根本は女好きだが、まだ、その最中失神した女には出あったことはない。

しかし、それはちがっていた。それこそ死んだみたいにうごかない女のからだの上で、息づかいのない女の顔を見おろしながら、バカみたいに根本がおわってしまうと、「すんだのね」と女が、目をとじたまま、しずかに言ったのだ。

「明け方、二度目のときもそうなんだよ」

根本は、オンザロックを飲んで、くちびるをなめた。ニンゲンのからだの裏側がめくれでたみたいなくちびるだ。

「二度もやったのか？」

ぼくはあきれた声をだした。根本の話のご丁寧な描写に、いくらかうんざりしていた。

「いい女でさ。たったいっぺんじゃ、もったいなくてね。目が大きくて、細おもてで、ほっそりしたからだつきに見えるんだが、着てるものを脱ぐと、乳房《オッパイ》なんかも、まんなかでくびれて、まるで、たっぷりつきでていて、これが、さっきも言ったように、チュッと吸いつくと、さきっちょのほうが、キュンとかたくなって……」

「わかった、わかった。だけど、結局はきらわれたってわけ？」

「うーん、それがわからないんだな。二度目のときも、女の、おれのからだをはさみこんだあたりが、つい湿《しと》って、ほとびてきて、ヒップもゆれだし、かたっぽうの足をからませたとおもったら、カクン……」

「死体《しにたい》か。だけど、男がいるプロの女は、客と寝ても、ぜったいに気はやらないっていうぜ。それが、プロの女の貞操だってさ」

「あの女はおネンネのプロじゃないよ。だいいち、ゼニはとってないもの」

「しかし、男か亭主がいて、おまえとは寝たけど、それに義理立てしていい気持になりかけると、あ、いけないわ、と反省し、死体《しにたい》になる」

「だったら、なんだって、おれと寝るんだよ。おれは、なにも、むりやり、その女をホテルにひっぱっていったりしたんじゃないんだぜ。ひとりでホテルにいって、待ってたら、その女がやってきて、ほんとに、びっくりしたんだ。いや、まったく、ふしぎな女だよ」

　根本は、その晩のことを、また、はじめからはなしだした。

「反野と仕事のことではなしがあり、反野がうちの本社にきて、それから、新宿にでて、そのバーにいったんだ」

「反野の会社は、いったい、なにをやってるんだ?」

「これが、また、ふしぎな会社でね」

根本はわらった。

「内外工業って、いうんだろ?　反野が専務だって?」

あの反野が専務……ぼくはふきだしそうになった。そんなぼくの顔つきを見て、根本は首をふった。

「いや、反野はたいしたもんだよ。内外工業の社長は飾り物でね。反野が実力社長だ」

「しかし、反野の会社が、おたくの会社とどんな関係があるのか……ぼくは会社のことなんかよくしらないけど、見当もつかんな」

根本の会社は、旧財閥系の倉庫会社だ。根本は、その大阪支社勤務だが、ここのところ、ずっと、東京に出張していて、ひとり暮しをしている。

反野と根本とぼくは、広島のある中学で同級だった。根本とは遠い親戚でもあり、中学をでたあとも、ずっとつき合っていた。

「うーん、反野の会社は港湾関係の仕事もしていて、うちは倉庫会社だから……」

根本は言葉をにごすような口調になった。

「へえ。いつだったか、反野にあったとき、沖縄の話がでたら、反野が、沖縄のどこかへんぴなところの橋の工事にいったというんだ。それで、反野の会社の工場でつくった橋の材料の鉄骨かなんかのことで沖縄にいったのかとおもったら、反野が、うちには工場はない、と言う。内外工業っていうから、工場があって、なにかを製造してるんじゃないのか、とききかえすと、反野のやつはわらってたね。それじゃ、なんのために、沖縄のそんなへんぴなところの橋の工事にいったんだ、とたずねたら、橋といっても、特別な橋で、だから、とくべつこっちの会社に注文をもらい……そして、あとは、れいの調子で、モゴモゴ……風呂のなかで屁《へ》をひったみたいにつぶやいて、ほかの話になった。また、反野のやつの屁が、ぜんぜん音がしなくて、臭いんだ」

反野は、中学のクラスで、ぼくの前の席にいて、よくスカシッ屁をもらした。

「反野の会社は、いったい、なにをやってるんだ」ぼくはくりかえした。

「ホンヤクなんかしてるおまえには、わからんよ」

考えてみれば、ぼくは、会社というところには勤めたことがない。

「それはともかく、反野につれていってもらった新宿のバーは、昔の赤線の二丁目にあったんだが、あのあたりも、今は、かえって静かになって、このバーが、また小ぢんまりして、静かな店でさ。

奥の壁に、もちろん複製だけど、ルドンの絵がかけてあってね。透明な空に、花びらが、ういて、うかんで、ながれてる、れいのあわい色調の、上品な絵で、ま、そんな店なんだ。

室内装飾にも、それほど金はかけてるようには見えないけど、店のなかがしっとりおちついて、新宿ではめずらしいバーじゃないのかな。おまえがつれていってくれる落花生の殻《から》が床にちらばって、ジーパンをはいた尻《けつ》のまるい女のコがカウンターのなかにいるようなバーとはちがう。

お客も、大学教授や、大新聞の論説委員みたいな人が、しずかにはなしていてね。ほんと、クルミ割りで、クルミを割る音が店のなかにひびくような店なんだ。

店には女のコとママがいて、もうひとり女のコがいるけど、その晩はやすんでるってことだった。

その女のコも、どこかのお嬢さんのアルバイトみたいでね。事実、いい家の娘か女子大かなんかにいっていて、アルバイトをしてるのかもしれん。この世紀になる前のヨーロッパの女のドレスのように、首のまんなかあたりまで襟があがった、ひだ飾りだけのリネンのブラウスでね。

そのあいだから、ほっそり、まっすぐのびてる首が、若々しくて、きれいで、ちょいと古い言葉だけど、あんなのを清楚《せいそ》っていうんだろうな。

ママは三十すぎってところだろうか、これが、またグッと上品なんだ。ホステスの女のコの、うぶ毛がきん色にひかって、弾《はじ》けるような肌とはちがうが、のぞけば透けてみえるみたいな皮膚で、つめたい宝石を磨きあげたような……。日本風のきいろのまじらないグリーンの印度シルクのワンピースを着てね。つまり、質度の高い、密度の濃いグリーンで、しかも、夏の盛りだというのに、手首までぴったりつつんだロング・スリーブなんだ。それが、冷房がしんときいた部屋のなかで、ちりちりっとするほど、ひんやり上品でさ。

そんなふうだから、ホステスの女のコでもママでも、おさわりなんてわけにはいかない。

また、ぜんぜん、そんな雰囲気じゃないんだ。

だいたい、おれは、大阪でも、キタよりミナミのほうが好きで、上品ぶってしゃべってるより、女を膝にのっけて、あっちこっちいじってるのがむいてるんだが、あのお上品さには、まいったよ。

ふしぎなのは、反野が、そのバーでは、かなりのおなじみさんみたいでね。けっこう、わがままなことを言ってるんだ。反野も内外工業の実力社長といわれてるぐらいだから、バーのひとつ、ふたつ、なじみがあっても、おかしくはないけどさ。

ともかく、しずかなバーで、上品なママとおしゃべりをして、ひさしぶりに清遊という気分になったが、なさけないことに、おれとしては、それでおしまいってわけにはいかないんだよ。

おまえも知ってるように、おれは酒を飲むと、つい、むらむらしてくるんだな。もともと、酒は好きじゃない。だから、何日だって飲まないでいられる。ひとつは、酒を飲むと、我慢できなくなるからなんだ。女のほうがね。

おまけに、東京の出張がつづいて、ずっとチョンガー暮しだ。反野にさそわれ、新宿にでたときも、ひさしぶりに、今夜あたり……という気があったんだな。

いよいよそういう気になると、むずむずかゆくって、そのかゆいところをかかないと眠れないようなぐあいでさ。

もと、このあたりは赤線だったが、今はどうなんだ？　と、反野にきくと、ヌード・スタジオが何軒かあって、表に赤いネオンなんかをつけ、昔の二丁目みたいに、派手なスカートをはいた女のコが、店さきに腰かけてるけど、客をなかにつれこむと、特別なポーズをするから、と約束以上の金をせびるだけで、さわらせてもくれず、バカみたいだ、と反野は言う。

それで、区役所通りあたりには、女がたってるようだけど、とおれは、なんだかあせってきた。

ところが、これも、ボルのが専門のバーのキャッチ・ガールがおもで、水割り何杯かで二十何万円も金をとられた者があり、しかも女と寝ることはできなかったという。

おまけに、新宿には、近頃、新宿球菌という、淋菌の数倍の強さのすごいのが流行していて、そこいらにいる女をひろうと、サオに穴があくよ、と反野のやつはおどかしやがった。

そして、声をちいさくして、あんたぁ、ほんまにやりとうて、もたんのか、と広島弁できくんだよ。

だから、そうだ。おれもひとり暮しがつづいてるんで……とこたえると、反野がおれの耳に口をつけて、新宿区役所通りの角にある風林会館の裏のほうのホテルにいって、待ってろ、とそのホテルの場所をおしえてくれた。

新宿球菌なんかまちがってももってない、信用のおける女を、ホテルにさしむける、と言うんだ。

だらしないはなしだが、おれは、二丁目のバーをでてあるいてるうちから、前がつっぱっちまったんだ。おそわったホテルにいき、部屋に案内されると、反野から電話がかかってきてね。

女とは話がついたが、すこし時間がかかるから、たのしみに待っててくれ、と言う。

おれは、服をぬいで、バスルームにいき、熱くかたくなってるやつをしずめるために、冷たい水をぶっかけたりして、テレビを見てるうちに、女がくると安心したからか、布団の上にひっくりかえって、とろとろっと眠ってしまってね。

「おつれの方がいらっしゃいました」

と、ホテルの女中にドアをノックされ、目をこすりながら、おつれの方を見て、おれは、まだ寝ていて、夢をみてるんじゃないかとおもった。

反野のところも、ああいう会社だし、コールガールをつかうようなことがあって、信用がおけるそういった筋に連絡して、女をよこすんだろう、ぐらいにおれは考えてたんだよ。

げんに、おれなんかも、大阪で、東京から出張してきた取引先の連中なんかに、女を世話したことがあるからね。

それがおかしいんだ。ある筋に女をたのむときは、××商事の営業次長のだれだれさんの紹介で、と、れっきとした一流商事の営業次長の名前を電話で言うんだよ。ほんとに、そんな営業次長がいるのか、いっぺん調べてみようかとおもったりしてね。もちろん、暗号みたいに、その名前をつかってるんだろうけど、もし、実際、そういう人がいて、自分の名前が、そんなことにつかわれているのを知ったら……はっは、よけいな心配だな。

ともかく、いくらか殺菌がしてあるコールガールあたりがホテルにくるんだとばかりおもってたもんだから、女中に案内されて、部屋にはいってきた女を見て、おれは、ほんまにたまげたさ」

根本は、それこそ、ほんとにおどろいたように、広島弁をつかった。

「あのしずかなバーのママなんだ。それでも、まだ、おれは、このママが、まさかおれと寝にきたんだとは考えられず、《なにか？》ってきいた。反野が世話するといった女が、都合でこれなくて、ママが、それをしらせにきたとかさ。ないしは、女がくる前に、ママがあいだにはいって、なにかのはなしをきめておくとかね。

それだって、ルドンの絵の複製がかけてある、大学教授や新聞社のえらいひとがくるバーの上品なママがすることにしてはおかしい。

女中がお茶をおいていくと、ママは、きちんと坐りなおしてね。あなたも大阪には奥さまもあり、ちゃんとした会社の方だし、わたくしも、ああやってお店をやっておりますから、今夜のことは、今夜のことだけにしていただきたく……これから、お店にいらっしゃるようなことがあっても、そのことは、くれぐれもよろしくおねがいいたします、と静かに念をおされた。

べつにきめつける口調でもないが、端正なものの言いかたで、こっちも、つい、膝をそろえて、《それは、もう……》とかしこまっちゃった。

バーにいるときは、あんまり気がつかなかったが、かすかにただよってくる香水のにおいが上品で、湯上りの素肌のにおいが、これまた、ふんわり女っぽくて上品なんだ。

それに、さっきも言ったけど、着てるものを脱ぐと、肩にも胸にも、熟《う》れた女のからだの肉がむちっとついていて……うんと若い人ならともかく、おれなんかには最高じゃないかな。

乳房もたゆたゆと豊かで、まんなかがくびれ、肌が白いためか、乳暈が、赤と白のあいだのブドウ酒のヴァン・ローゼのように、あわいあかい色でね。

下腹も、肉がついてない女のコみたいに、かたくひらったく、そげた感じではなく、ソフトなまるみを帯びてスロープをつくり、やさしい上品なしげみにつづいてるんだ。

しかし、ざんねんなことに、そのお上品な女体が、ベッドのなかでは、別人のように、熱し、くるい、なんて小説みたいなぐあいにはいかず、ぜんぜん、お上品なままなんだよ。

そして、いくらか息づかいがはげしくなり、お上品な肌も潤《うる》みはじめてたとおもったら、カクン……」

「なん度もくりかえすけど、あのママは、いったい、なんのために、ホテルにきて、おれと寝たんだろう。静かな上品なバーの上品なママでも、三十すぎっていえば、女のからだのいちばん熟れたときだ。ひと月にひと晩やふた晩は、やたら男が欲しくなり……」

根本は、三流週刊誌の潜入ルポみたいなことを言いかけて、苦笑した。

「そんなことも考えたけど、ちがうんだなあ。だったら、それこそ気のいくまで、からだを熱くもみあわせてくるはずなのに、まるっきり逆で、つい足をからませたり、高まってきそうになると、カクンと死んだようになっちまう。あれは、あきらかにブレーキをかけていて、それも、なん度かそういうことがあって、つまり、自己催眠にかけるのに慣れてるみたいな……わからん」

「金のためでもないって?」

「うん。コールガール相手みたいなこともできないけど、あくる朝、すこしお小づかいをあげようか、と言ったら、とんでもない、とお上品にわらわれたよ。しかも、こういうことは、これっきりにして……とまた念をおされてね。だから、やめて、なにかプレゼントしたい、とわりにしつこく、くりかえしたんだが、これもダメ。そんなことをされると、反野さんにわるいって……」

「反野のことをわすれてた。そのママさんをよこしたのは反野なんだろ?」

「死体《しにたい》かい」

「きっとそうだろうな。よこす、ってのはどういうことか……反野がママにはなしたことはまちがいあるまい」

「金をとらないコールガールってのは、ないかねえ。いや、いや……」

ぼくは自分で言って頭をふった。

「上品で、金も、なにもとらず、いくのもいやなコールガールかい？」根本もわらった。

「だけど、そのママと反野とは、いったいどんな関係だろう？　あんたが女をほしがってるってことを、反野は、ただ、そのママにつたえただけか、それとも……」

「それとも、なんだい？」

「反野がそのママに因果をふくめて、あんたと寝かせたとかさ」

「なんのために？」

「だって、あんたの会社と反野の会社は関係があるんだろ？」

「うん。うちは倉庫会社で、反野の会社は港湾荷役の仕事もしてるからね」

「だから、あんたにサービスしておけば、こんどの仕事も……どんな仕事かしらないが、うまくいくと……」

「おいおい、それはテレビの見すぎだよ。きみがわるい。そんなの……おれはいやだ」

「あっ！」

おれは、あることをおもいだした。

「そのママさん、まさか、千佐って名前じゃないだろうな」

「名前はきいてない」

「バーの名は？」

「パニ、って言ったかな」

「うーん、歳は三十すぎで、美人でグラマーだって？」

「グラマーってほどでもないが、裸になると、ぷりんぷりん肉がついていた。つくべきところにね」

根本は、ぼくが訳してる外国のミステリの文句みたいなことを言った。

「美人は、すごい美人だよ。なにしろ上品でさ。もっとも、オ×××までお上品ってのはこまるが……」

根本はお上品でない言葉を、かなり大きな声で言い、ぼくは、まわりを見まわした。

ぼくたちは、京橋の喫茶店であってはなしていた。根本の会社のそばにある喫茶店で、根本はコーヒーがおいしいと言うが、ぼくはコーヒーは飲まない。

それはべつとして、たとえグラマーではなくても、肉づきのいい千佐のからだなんて想像できない。

また、千佐は、顔つきやからだの線、かたちなどに関係なく、なにか頽《くず》れたところがあり、その見えないかげが、男たちには性器のにおいのようににおったりしたが、お上品な美人というのには、ほど遠かった。

「ともかく、どんな女かあってみたいな」

「おまえも寝てみたいのか？」根本はわらわないで言った。

「あたりまえさ。こんなに、こと細《こま》かにきかされちゃね」

「柳の下に、いつもドジョウが二匹いるとはかぎらないぜ」

「これから案内してくれよ。新宿二丁目のそのバーに……」

「うーん、いや、よそう」

根本は、息をためて、はきだした。かなり複雑な表情だった。

「いって、ママの顔を見れば、どうしても未練がでる。それに、あの晩のことは、あの晩だけのことに……と、ああきちんと念をおされたんじゃ、そのあとで、店にいくのもわるいような……。だいいち、ママは、おれのからだの下になって、息づかいがみだれかけたときでも、すごく上品だったんだから。店では、もちろん、前のように、ぜんぜん上品で、きれいで……そんな上品なママの前にいるのは、なんだか、こっちが間がわるくて……。おまえ、あのママの顔が見たけりゃ、自分ひとりでいけ」

「そのママに反野がからまってることだけは確実だな」

「うん、反野ってやつも、わからない男だよ」

根本は顎をつきだして、ひとりでうなずいた。

新宿二丁目のそのバーは、なかなか見つからなかった。大阪住いの根本は、このあたりのことはあまりよく知らず、道のおしえ方がいいかげんだったせいもある。

そのバーは、新宿二丁目のゴルフの練習場の裏のほうにあり、なにも塗ってない白木のアーチ型のドアに、たとえばライオンの頭とかいったものでない、シンプルなデザインの銀のノッカーがついていた。

店のなかも、根本が感心していたとおり、小ぢんまりと上品だったが、カウンターのなかの、すっきり上品なママを見て、ぼくは息をのみこんだ。

まさかのまさか、とおもったが、やはり千佐だったのだ。千佐も、ぼくがぶらっとはいってきたので、おどろいていた。

「店は中野じゃなかったのかい」

おしぼりをもらうとき、千佐の手にさわり、ぼくは手がじんとした。

「こっちにうつってきたばかりなの。まだひと月よ」

なるほど、ルドンの複製も上品だが、額がすこしまがっている。もっとも、まがってない額というのもめずらしい。

それはともかく、千佐は、ほんとに上品になっていた。

「どうしたんだい?」

ぼくはバカなことをきいた。

「どうしたって?」

「整形手術でもしたのか？」

言葉にすると、よけいな言葉になった。

「あら、わかる？」

千佐は目を大きくした。すんなりかたちのいい鼻の根もとに上品なしわがよった。そのしわがわらっている。

もともと、千佐は目がおおきかった。しかし、どことなく失敗した目玉焼の黄身みたいに、かたちが不安定で、ちょいとつついても、ながれてひろがりそうな、そんなあぶなっかしい目だった。少女マンガのかわいそうな少女の瞳も、こんなのがおおい。

それが、整形手術をして、きちっとかたちがきまった上品な瞳になったのか。整形をすれば、もちろん顔のかたちは変るが、それで、きれいになった女には、まだ、ぼくはあったことがない。まして、整形して、上品になるだろうか？

千佐は、肩にも、腕にもまるみがでて、におうような豊かな女のからだになっていた。

この前、千佐にあってから、もう何年たつだろう？

それまでの千佐は、女のコのからだで、女のからだにはなってなかったのではないのか？

そして、女になった千佐は、ゆったり上品な女の顔だち、からだつきになっていた。もともと、上品な女はいても、上品な女のコというのはいない。

千佐は小指のまげかたも女らしく上品にグラスをあげ、カチッとぼくのグラスとあわせた。

そして、グラスをおいたとき、ぼくは、カウンターのはしに戸川がいるのに気がついた。

そこだけ、よけいに冷房がきいてるみたいに、戸川のまわりを、ひんやりした空気がとりまいている。

戸川は反野の秘書だ。秘書というものがどんなもので、会社でどんなことをしているのかは、ぼくはしらない。

ただ、反野を会社にたずねていくと、いつも、この戸川がいた。そして、だまって、ぼくたちのはなしをきいているのだ。

いつだったか、ぼくが反野の会社によると、うるさい顔つきの先客がおり、その客のうしろに、戸川が、やはりだまって立っていた。

戸川も、反野とおなじで、みょうな男だ。血の気のうすい顔で、そのためか、うすいくちびるが白っぽく見える。

それほどの歳でもないのに、くたびれた感じに肩をおとし、だから、着てるものもなんだかくたびれてうつった。趣味のないネクタイ、趣味のない背広。

地味というのではないがサエない服装に、サエない顔つきの男だ。

おおよそ、秘書というイメージとは遠いが、じつは、内外工業の実力社長だといわれる専務の反野がそんな男で、二人ならぶとお似合いのペアでないことはなかった。ただし、いくらか陰気なペアだ。

戸川は頭をさげたが、そのままひとりで水割りを飲んでいた。もう二人いる店の女のコもママも、カウンターの隅にいる戸川のところにいかない。

「ひさしぶりね」

千佐はほほえんだ。前も、こんなに白く上品な歯ならびだったか……。

「だれかにあう?」

だれかというのは、だれのことだろう。ぼくは、もちろん、根本との一夜のことは言うつもりはなかった。

「反野、どうしてる?」

千佐の上品なキモノがうごいて、頬におちたまつ毛のかげもうごいたが、千佐は、ふ、ふ……とわらっただけだった。

千佐を反野に紹介したのは、ぼくだった。紹介、というのはきらいな言葉だが、結局いやなことになった。

そのころ、千佐は女子美大のデザイン科の学生で、高円寺のバーでアルバイトをしていた。バーといっても美大の学生や、ぼくみたいな売れない物書き稼業の客がおもで、みんな、たいてい安ウイスキーを飲んでいた。

千佐は九州の宮崎県の高校をでて、女子美大にきた。千佐は、髪をながくし、そして、どういうわけか、おデコのところで前髪をそろえてきり、左右の耳が、不意に、というかたちで髪のあいだからでていて、ぼくたちは、岸田劉生の「麗子像」に色気がついた複製だ、と

千佐をからかった。（麗子像は耳はでてないけどさ）

するとと、千佐は髪をみじかくきってきて、酔っぱらい、その晩、ぼくと寝た。

もっとも、千佐のほかにもうひとり女のコがいて、三人で寝て、だから、そのときは、男と女のことはしなくて、あくる日になり、もうひとりの女のコがどこかにいってから、ぼくは千佐をおさえつけて、そのからだの上になった。

おさえつけて、というのもほんとで、おわったあとも、千佐は痛がった。千佐にとって、ぼくがはじめての男だったのかどうかはしらないが（きいても、千佐が言わないので）男のからだに慣れてなかったことはたしかだ。

ぼくは千佐と三度ぐらい寝ただろうか、そのあとがはなはだバカバカしいが、反野をそのバーにつれていき、千佐は反野の女になった。

前にもちょっと言ったけど、広島県の中学で、反野はぼくの前の席だった。ただそれだけのことで、ぼくのほうでは、反野を、とくべつに友だちだとおもったことはない。

中学時代の反野は、今でもそうだが、なにか言うときも、口のなかで、ぶつぶつつぶやき、サエん男だった。

すこし前、サエないという言葉が流行《はや》ったが、広島弁には、昔から、サエんという方言がある。

反野は背も高くなく、柔道も弱く、喧嘩をする度胸もなさそうで、勉強もできなかった。

そんなふうなので、友だちもなく、口をきくのは、席が前後にならんでるぼくぐらいだったのだ。そして、席がうしろのぼくは、たびたび反野の臭いスカシッ屁をかがされ、大げさにさわいだ。

ただ、試験のとき、わからない問題をおしえろという場合には、反野はかなり強引で、やかましい先生が試験の監督だと、ぼくはひやひやした。

反野は中学を卒業すると、東京のある私大の専門部の法科にはいった。

ぼくたちの中学は、かなり進学率がいいほうで、学校の成績がビリにちかい者でも、高等工業（今の各地の国立大の工学部）あたりには、はいった。

私大の専門部は、ほとんど無試験で、反野は、あちこち受験して、落ちたらしい。

ま、そんなふうだったが、反野が学校をでてからは、ぼくは、わりに反野とあっている。

ぼくは大学の文学部を途中でやめ、テキヤの子分になったり、駐留軍のクラブのバーテンをしたりしたが、定職はなく、住所も不定で、あちこち友だちのところを寝てあるき、それでも、だいたい、中央線のまわりをうろついていた。そして、ある日、高円寺の駅で反野にあい、ちょいちょいそのアパートに居候《いそうろう》するようになったのだ。

といっても、反野にたかりっぱなしだったわけではない。シブい反野がそんなことをさせるはずがないし、また、反野も、菓子なんかあまりない時代に菓子問屋の事務員とか、サエないところばかり職をかえ、ぼくをゆっくり居候させとく余裕はなかった。

だから、反野のアパートに泊めてもらうかわり、食い代《しろ》や飲代は、どこかで、ぼくがつごうするとかで、千佐がいる高円寺のバーに反野をつれていったときも、たしか、そのときの勘定は、ぼくが払った。

ともかく、それから何日かたって、寝にいこう、と千佐をさそうと、ことわられた。

「もう、あんたとは寝ないわ。あんたとも、だれとも寝ない。わたし、愛してるひとがいるんだもの」

「愛してる相手は、だれだい?」

ぼくはふきだした。愛してる、なんて映画や小説以外に、ナマの人間からきいたのははじめてで、もちろん、千佐が冗談を言ってるとおもったのだ。

「……あんたの友だちの……反野さん」

ぼくは、げらげらわらった。これで、冗談だってこともはっきりした。千佐がいるバーは、さっきも言ったように、エカキの卵や、ぼくみたいな半ぱな物書きなんかがあつまるところだ。

反野は、つまり場ちがいなニンゲンで、ぼくがつれていったときも、まわりの芸術論にきょときょとしていた。

ところが、げらげらわらったあとの大びっくりで、千佐は真剣なのだ。あんなサエない、ほんとに臭いスカシッ屁をたれるぐらいしか能のない男を、とぼくが本気にしないと、千佐はおこった。

「どんな男だろうと、好きになるのは、わたしの勝手ですからね。あんたとはカンケイないわ」

反野は、あのあとでひとりで、千佐がいるバーにいき、それこそ、千佐と関係ができたらしい。

だけど、あの反野が、どうやって、千佐のような女のコを口説いたのか、想像もできず、逆に、なぜ、千佐が反野のような男に熱をあげたのかもふしぎだ。

ぼくは、千佐のほそっこいからだが、かなり忘れられなくなっていて、はねつけられても、千佐をしつこく追いまわし、そのためか、千佐は高円寺のバーもやめた。

その後、千佐には二度ほどあっている。さいしょは、ぼくが、吉祥寺のアパートにいたときで、ひょっこり、千佐がたずねてきた。

千佐は、部屋にはいったときから、顔をゆがめて泣いていて、どうしたのか、ときくと、反野が結婚した、と言う。

ぼくは、千佐とのことがあったあとは、反野のところにもいかず、千佐と反野の関係が、まさかそれまでつづいているとは知らなかった。

千佐は、高円寺のバーをやめたあと、あちこちのバーに勤め、ひところは銀座にもいて、女子美大は退学し、水商売の女になってしまったという。

そして、そのあいだに、なん度も、しようもない職を変え、というより、ほとんど失業状態だった反野をやしなったらしい。

今は、内外工業というちいさな会社にはいって、いくらか給料をとってるけど、用があるから、と郷里の広島にかえり、とつぜん結婚してしまった。それも、じつは、とつぜんではなく、前からはなしがあったことのようで、親がきめたことに反対できるか、と、女房をつれて東京にかえってきた反野はどなった、と千佐は言った。

「わたし、籍は入ってなくても、あのひとの奥さんのつもりでいたのに……わたしがいるのに、どうして、ほかの女と結婚したりするのかしら」

千佐は、タタミにつっぷして泣き、上からみると、髪のあいだから透いてみえる頭のかたちがちいさく、なにかの鳥のタマゴみたいで、ぼくは、千佐があわれで、バカバカしく、腹がたった。

だから、反野って男は、もとからしようがない男なんだ、反野が女房をもらったんなら、いい機会で、さっぱり別れろ、とぼくは泣いて波をうっている千佐の肩をだきあげ、そうすると、ますます、千佐に（ぼく自身にも）腹がたち、おしたおして、あの最初の日とおなじようなことをしようとした。

しかし、千佐が女子美大の学生だった最初のときも、千佐は抵抗したけど、しまいには、男と女の力のあらそいみたいになったが、このときは、千佐はありったけの力で抵抗するだけでなく、むりにからだをひらけば、舌でも嚙みきりそうな表情で、ぼくは心のほうが萎《な》えた。

手をはなすと、千佐は、涙が途中でとまった、あの大きな目でぼくを見あげ、「おもいあまって、あんたのところに相談にきたのに、くるしいわたしの気持なんかぜんぜんわからないんだから……」と、はしって、部屋をでていった。

しかし、千佐には、もう一度あっていて、このときはおかしなことになった。

そのあと、また何年かたって、中学の同窓会で反野といっしょになり、千佐がいるバーにいこう、とさそわれたのだ。

中野の桃園のちいさなバーで、千佐は、ぼくと反野がならんではいってくると、あらあら、とまぶしいように、大きな、だけど、どこかできのわるい目玉焼の黄身みたいな目に手をやった。

十年も前のこととはいえ、何度か男と女のことをしたぼくが反野とこうしてならんでると、まともに見れなかったのかもしれない。

ぼくにすれば、この前、吉祥寺のアパートに千佐がたずねてきたとき口説きそこなった間のわるさもあり、逆に、こんな反野みたいな男といつまでつき合ってるんだ、はやく、おれにのりかえろ、と千佐の手をにぎったりした。

千佐はこまって、わらっていたが、反野が、明日の朝はやいので、とさきにかえるとどこかから長い電話がかかってきたりしたあと、カンバンまで待っててね、とテーブルの下で、ぼくの手をにぎった。

千佐は、このバーのママ代理みたいなことをしており、ちかく、中野で自分の店をもつということだったが、店をしめて、表にでた千佐は、桃園のせまい坂道をおりながら、不意に、「浮気しましょう」と言った。

だけど、新宿百人町の連込みホテルにつくと、千佐は、ブラジャーとパンティだけのカッコで、ベッドの上で膝をたてなんだかぼんやりタバコを吸っていた。

そのぼんやりはベッドのなかでもつづき腹に脂肪がないため、剝身《むきみ》のあさりみたいな千佐のヘソに手をやり、下腹のひきしまった傾斜を指さきでなでていても、まだぼんやり天井を見ていた。

しかし、ぼくは、すこしごつごつあたる恥骨の感触に、十年前の千佐のほそっこいからだをおもいだし、ついうわずって、はげしくゆさぶり、千佐も、とめていた息が、ふっと、熱く口からもれ、からだの奥のほうが反応をしめしはじめたが、その瞬間、顔をよこにむけて、死んだようになり……。

おもいだして、ぼくはヘソのまわりがつめたくなった。根本が新宿・風林会館裏のホテルで千佐を抱いたときとおなじではないか。

千佐が、反野に言われて、根本と寝たことはまちがいない。ぼくの場合も、千佐は、反野に命令されたのではないか。

あの晩、反野がさきに中野・桃園のバーをでたあと、千佐のところに長い電話がかかってきて、そして、とつぜん、千佐は、カンバンまで待っててと言い、新宿・百人町の連込みホテルにいった。

あの電話のとき、千佐は、しきりに、だめよ、とか、もうかんべんしてとかくりかえし、それで電話が長くなっていたようだったが……あれは、反野からの電話で、ぼくと寝ろ、と反野は言ってたのではないか？

だけど、なんのために、そんなことを千佐にさせるのか？　根本の場合は、商売上のことがあるとしても……。

千佐は、新宿百人町の連込みホテルで、反野が、ぼくとのことをしつこく根にもってると言った。

「あなたにあう前のことだから、しかたがないじゃないの」と弁解しても、反野はきかないという。反野は、こういうことで、千佐に復讐してるのだろうか？　それとも、これは、反野にとっては、趣味のようなものか？　女をいじめるのが趣味なら、いじめられる千佐も、それが趣味なのか？

千佐が反野の秘書の戸川を殺した。戸川に結婚をせまられ、眠ってるところを、紐でしめ殺した、と新聞にはのっていた。著名文化人があつまる新宿のバーの美貌のママが……と書きたてた週刊誌も二、三あった。

千佐が戸川を殺したのは、千駄ヶ谷の連込みホテルで、二人は、その前に何度か、ここを利用していたという。

新聞にも、週刊誌にも反野のことは書いてなかったが、ぼくは、また、ヘソのまわりがつめたくなった。

戸川の場合も、千佐は、反野に命令されて抱かれたのではないか。そして、二度三度、千佐が反野に命令されて、寝ているうちに、戸川はしんけんになり、結婚をきりだした。

しかし、千佐は、反野のご機嫌をそこねまいと戸川と寝ていたんだから、結婚なんてとんでもない。――そんなことではないのか。

あるいは、もっとひどく考えると、千佐がこまってしまい、戸川がどうしても結婚したがってる、と反野に打明けると、反野は、じゃ、結婚しろ、と命令したのかもしれない。どうにもならないところに追いこまれた千佐は戸川を殺し……殺せば、もう、戸川に抱かれ、また結婚することもない。

つい先日、中学のおなじクラスで親しかった者だけが集って飲んだとき、反野の秘書の戸川が殺されたことが話題になり、銀行の支店長をしているNが言った。

「戸川が死んで、反野はホッとしてるんじゃないかな。融資の関係で、うちの銀行でもいろいろ調査してみたが、いやあ、反野の会社はたいへんな会社でね。政界あたりにも、それに、もっととんでもない筋にもつながっている。ほんのみじかいあいだに、あれだけの会社になったんだから、ずいぶんあぶないこともやったらしいが、個人的に、それをひきうけたのが、殺された戸川なんだよ。ま、しかし、反野の会社も、いちおう世間の表街道でとおる会社になったし、だから、あぶないことの生証人の戸川が死ねば、反野もホッとしてるとおもうんだ」

ぼくは、ヘソだけでなく、背筋もつめたくなった。

もし、反野がそこまで計算して、千佐を追いこんだのなら……。

なぜ門田氏はトマトのような色になったのか

門田《かどた》氏の顔がトマトのような色になった。

トマトでも、赤いトマトもあれば、青いトマトもある。

門田氏の顔は、さいしょ、赤いトマトのようにまっ赤に充血し、それから、赤いペンキでも剝げおちていくみたいに、赤と青のまだらまだらにかわり、そして、べったり青くなった。

もっとも、青いといっても、鯉幟りのコイが泳いでるお空のような青さではない。やはり、トマトの青さだ。

前に、ぼくが、アメリカ軍の基地のタイヤの倉庫係をやっていたとき、トマトのはなしがでて、同僚のニホン人の男が、ブルー・トメト（トマト）と言ったら、米兵たちがわらった。

ぼくの同僚のニホン人の男は、青いトマトだから、ブルー・トメトでいいとおもったんだろうが、米兵たちには、ブルーのトマトというのは、異様な色に感じたらしい。英語では、グリーン・トメトだ。

これは、交通信号でもそうだ。ニホン語では、信号は、赤から青になる。だが、英語では、赤からグリーンだ。赤は、かわらない。

つまり、門田氏の顔は、青くなったといっても、ブルーになったわけではない。グリーンのトマトのように、不透明な、みどりがかった色になったのだ。

しかし、ニンゲンの顔の色が、どすグリーンの色にかわるとは、ぼくもしらなかった。

アメリカあたりで、ニホン人の悪口を言うときに、グリーン・ジャップというコトバがある。

グリーン・ジャップのほうが、きいろいジャップよりも、もっと、ひどい肌の色にきこえる。

たとえ、そんなグリーン・ジャップでも、こんなにグリーンになろうとは、まるで奇蹟でも見てるようだ。

ぼくには、門田氏の顔だけしかわからなかったが、もしかしたら、からだぜんたいが、グリーンになっていたかもしれない。

門田氏の膝が、がくがくふるえだし、その膝のところから、折れてまがったように、からだが前にたおれかかり、そして、ねじれたかたちでまわれ右をし、門田氏は、両手で「花束」のドアをおし、外にでた。

門田氏はからだが大きい。肥満体ではないが、がっしり肉もついている。たしか、旧制高校では、柔道部にいた。

そんなごついからだが、せまい路地をつんのめってよこぎり、足がふらついた斜線のむこうの、ななめ向いのバー「まどか」のドアにぶつかり、ドアがあき、門田氏は、店のなかにくずれこんだ。

そして、カウンターのはしをつかみ、骨太い肩をうごかし、息をきらしていたが、顔をあげ、カウンターのなかのキヨを見たとたん、なんともいえない、顔の色になった。

さっきも、ひどい顔の色だとおもったが、それでも、青いトマトのような青さだとか、いくらか説明もできたけど、この顔の色は、もう形容も解説も不可能だ。ニンゲンの面の肉を鞣《なめ》してサイフにし、なにかの染料でそめたって、こんな色にはなるまい。

門田氏は、頭をふっていたが、顔をよこにし、つまり、頰をカウンターにつけ、口をあけた。

だから、断面図として見ると、カウンターをカマボコの板がわりに、カマボコ型に口をあいている。

口をとじてたら、あまりのおどろきに、自分でかってに息をとめてしまう、と門田氏はかんがえたのか？

しかし、門田氏は、なぜこんなにトマトみたいな顔になったり、「まどか」のカウンターにへたりこんだりしたのだろう？

門田氏と、この新宿・花園《はなぞの》にきたのは、旧制高校のクラス会のながれだった。ぼくたちは、年に一回ぐらいあつまって、クラス会をやっている。

旧制の中学のほうには、同窓会きちがいみたいな男がいるが、旧制高校のクラスには、そんなのはいない。

しかし、ある化粧品会社の人事課長をやっていた男が世話好きで、いつも、この男が会場をきめて、葉書をだしたりしていた。

人事課長というのは、やはり、世話好きでないとつとまらないのだろうか。社員の結婚の仲人も、何十組とかしたということだった。

今度も、この男の世話で、新橋の中華料理店でクラス会をやり、そのあと、ある広告代理店の男が、みんなをつれて、麻布のバーにいき、そして、ぼくと門田氏とほかにもう二人、新宿にながれて、要町の小料理屋で飲み、そこで二人と別れ、ぼくと門田氏で、この花園にきた。

ぼくが新宿・花園の路地でよく飲んでいるとはなすと、門田氏が、「花園っていえば、もとの青線の花園だろ。なつかしいなあ」と言ったのだ。

クラス会で、門田氏にあったのは、たしかはじめてだったとおもう。ぼくだって、そんなに出席がいいほうではないから、すれちがってることもあるかもしれないが、門田氏は、あまり、クラス会には顔をださないほうだろう。

もっとも、ぼくたちが卒業したのは、九州の旧制高校で、ひとクラスの人数もすくなかったし、東京でやるクラス会にでてくる者も、せいぜい十人ぐらいだ。

旧制の高校のおなじクラスの者を、門田氏というのはおかしいけど、今夜のクラス会でも、みんな、「めずらしいなあ、門田氏」なんて言っていた。

門田氏は、浪人一年で旧制高校にはいってきた。もう太平洋戦争ははじまっていて、浪人する者は減ってはいたが、旧制高校では、まだ浪人はめずらしくはなかった。たしか、二年浪人のひともいた。

しかし、門田氏は、一年浪人というだけでなく、いやにおとなびていた。いや、おとなびるというより、老成したような風貌だった。

たとえば、門田氏が、みじかくなったタバコの吸殻をキセルにつめて吸うと、おじいさんがきざみ煙草をすうようにサマになった。

タバコもないころで、学校の門の外のタバコ屋で、「金鵄」や「鵬翼」を売りだすと、ぼくたちは、教室からハダシではしっていって、列をつくり、ぼくなんかは、「未成年者が……」と生徒主事の漢文の教授によくおこられた。

だから、火鉢の灰のなかから掘りだした吸殻をキセルにつめて吸うなんてことは、だれでもやっていたのに、門田氏だけが、ぴったりとサマになったのだ。

おまけに、門田氏は、大柄なからだに似合った、ゆったりとした口をきき（というよりほとんどものは言わず、いつも、じっと、半眼をとじてるといったふうで）だから、みんな、だんだんと、門田氏とよぶようになったのだろう。

ともかく、門田氏には風貌というものがあった。旧制高校生といっても、満十八歳か十九歳、中学四年修了で入学してくる連中のうちには、満十七歳や十六歳の者もおり、だいいち二十《はたち》前で、風貌なんてものがある者は、ほんとにめずらしい。

旧制高校時代、門田氏についておもいだすことといえば、まず、肝だめしの夜のことだろう。

そのころも、三年間全寮制の旧制高校もあったが、ぼくたちの高校は、一年生だけは寮にはいるようになっていた。しかし、もう食糧事情もわるく、そのため、市内にうちがある者で、自宅からかよってるのもいたが、数はわずかだった。

ともかく、寮にはいると、十人ばかりいる二年生の先輩が、あれこれおしえこむ。

ぼくたちは、文科丙類、フランス語を第一外国語にするクラスの寮だったが、三年生は寮長ひとりで、このひとは、あまり顔はださない。

もっぱら二年生の先輩が寮のうしろの庭で、寮歌練習などをやるのだ。またY歌練習、Y談演習《ゼミ》というようなものもある。

そのY談のなかに、「毒まったけ」、ふつうのニホン語なら、「毒キノコ」とでもいうのをおぼえている。これは、なかなか手のこんだ、いくらかS・F的なところもあるY談だったが、話がそれるので（といっても、ぼくのはなしは、いつもそれてばかりいるが）紹介できないのがざんねんだ。

寮にいる二年生の先輩たちは、白いハカマにシュロの鼻緒の下駄や、なかに新聞紙がつまった（だから、あんまり雨に濡れたりするとかなしいことになろう）ごっつい鼻緒の下駄をはき、ばかながい羽織の紐を首からまわして、背中にたらし、つまりは、新撰組のマネキンみたいなかっこうで、どしん、どしん、とあまりリズミカルではなく太鼓をたたき、寮歌をがなり、乱舞をする。

そして、寮歌をうたいはじめるときには、音頭をとる者がいて、「いざや、歌わんかな、舞わんかな、《若草もゆる》アン・ドウ・トロワ……」なんてどなったものだ。

ぼくたちは文丙でフランス語のクラスだから、アン・ドウ・トロワだが、ほかのクラスは、ドイツ語で、アイン・ツヴァ・ドライ……とやっていた。これに、なぜか、アイン・ツヴァ・ドライさ……とさがつく。

文甲や理甲は、英語のクラスだから、ワン・ツー・スリーとやればいいところだが、これは、やはりカッコがつかないとおもったのか、文甲や理甲の連中も、ドイツ語のアイン・ツヴァ・ドライさだった。

寮の便所にいくと、「人生の意義とはなにか？」というような落書があり、それに、たあいない美文調で、長ったらしい文章が書いてあったりする。

「乱舞の意義を問う」という便所の落書に、乱れ舞うの意也、と返事がかいてあったのをおもいだす。なにかの意義を問う、というのが便所の落書で流行《はや》っていたようだ。

さて、新入生歓迎の肝だめしだが、これには、屋内と屋外の二とおりがあった。

屋内のほうは、寮のなかのある部屋に、文丙のクラスの新入生をぜんぶあつめ、目かくしをして、ほかの部屋につれていく。

その部屋で、どんな肝だめしがおこなわれるかわからず、肝だめしがすんだ者は、べつの部屋にうつされ、どちらの部屋にも、二年生の先輩の見張りがついて、便所もべつにし、はなしあうことはできない。

ぼくのときも、順番がくると、目かくしをされ、廊下をとおってどこかの部屋につれこまれた。

そして、目かくししたまま、木の板（雨戸だったかもしれない）の上にのれ、と先輩の二年生が言う。

言われたとおり、ぼくは、その木の板の上にしゃがみ、すると、先輩の二年生たちが、よいしょ、と掛声をかけて、木の板をもちあげだした。

目かくしはされていても、目をおおった布ごしに、電灯のあかるさは、いくらかわかる。

その電灯のあかるさが、だんだん強くなって、逆に、電灯の光が下からさすようになり、もうこれぐらいでよかね。いや、もっと高うあげたほうがよか、という二年生の先輩の声が、はるか下のほうからきこえた。

「おう、そのへんでストップ。天井にぶちあたるばい」なんて声がして、木の板のうごきはとまった。

そして、そこから、とびおりろと言う。ぼくは、たいへんに運動神経がにぶいほうで、ふつうでも、高いところからとびおりるのはこわい。おまけに、目かくしをしてるのだ。目かくしをされて、とびおりるのが、どんなにおそろしいかは、経験した者でなくてはわかるまい。

それに、海のなかとか、どこかひろびろとしたところにとびおりるのではない。寮の部屋は六畳間だ。下には二年生の先輩たちもいる。

先輩たちは、机なんかも片づけてあり、危険な物はない、とくりかえすけど、ほんとに、

ぼくはてのひらに脂汗がにじんできた。

しかし、くずくずしてると、かえってケガする、おもいきってとびおりたほうが安全だ、と先輩たちにハッパをかけられ、ぼくも観念した。

というわけで、ヤケノヤンパチ、てのひらをにぎりしめて、ヤー、ととびおりたところが、とたんに、尻もちをついた。

先輩たちが、ドッとわらう。この笑い声は、順番をまちながらとじこめられてた部屋にも、きこえてきていた。

先輩たちのあの笑い声では、さきに肝だめしにつれていかれた者が（順番はクジ引できまった）どんな醜体を演じているのだろう。……自分も臆病なのがバレて、先輩たちに笑われ、恥をかかなければいけないのか……それよりも、いったいどんなことをされるのか……とび

くびくしながらきいたあの笑い声だ。

　どこにもぶつからず、つんのめりもせず、とびおりたとたん、尻もちをついたというのは、先輩が目かくしをとってくれてわかったが、ぼくがのっていた木の板は、ほんのわずかしか、タタミの上からあがってはいなかったのだ。

　電灯の光などはトリックで、ぼくがのった木の板を、先輩たちがもって、ゆさゆさせながら、コードをのばし、電球をだんだんさげていく。そして、ほかの先輩たちも、それにしたがって、姿勢をひくくし、しまいには、タタミに腹ばいになって、さも、はるか下からものを言ってるような声をだしていたのだ。

　なかには、どうしてもとびおりれない、と木の板にしがみつく者もあったそうで、先輩たちはいい笑いものにしたらしい。

　門田氏の場合は、木の板の上にしばらくじっとしゃがみこんでいたあとで、前のめりにずりおちたという。

　インチキだったからケガもしなかったが、とびおりもしないで、ほんとに高いところから、あんなふうにずりおちたら、いったいどうなってただろう、と先輩たちははなしてたそうだ。

　しかし、門田氏は、なぜとびおりないで、前のめりにずりおちたりしたのか？　そのほうがあぶないことは、自分でもわかっていただろうに。

しかし、門田氏のことで、ぼくがおもいだすのは、この屋内の肝だめしのことではない。屋外の肝だめしのほうだ。

これは、真夜中に、寮の裏の山にのぼり、そこにある火葬場から自分の名札をもってくるという肝だめしだった。

寮の裏の山は、そんなに高くない。ま、丘に木がはえたようなものだろう。この山(丘)のむこう側には、カトリック系の女学校があった。

火葬場といっても、ちいさな焼き場で、もう何年も前から閉鎖になってたらしく、荒れはてた感じだった。

あとになって、昼間いってみてわかったのだが、焼き場の罐《かま》の灰のなかにも、まだたくさん人骨があった。

おそらく、火葬場が閉鎖になる前からのこってる人骨ばかりではあるまい。まだ、なまなましい人骨のようなのもあった。ということは、火葬場としては閉鎖になってるのに、こっそり、ここで死体を焼いていた者があったのだろう。

その焼き場の罐のなかに、寮の部屋の入口にかけてある名札がおいてあり、自分の名札をとってくるのだ。

もちろん、この肝だめしの前には、毎晩つづけて、寮の先輩による怪談大会がある。たいへんに怪談がじょうずな先輩もいて、寮の部屋の電灯をくらくし、陰にこもった声ではなしていくのだ。

なくなった火野葦平さんがお得意だったという豊後浄瑠璃「渡辺の綱」を、はじめてきいたのも、このときだったかもしれない。

「むかーし、昔、渡辺ん綱ちゅうち、ながんちかん、さかんちかん……」というような文句ではじまる、豊後地方の浄瑠璃だという。ただし、三味線がはいったのをきいたことはない。

渡辺の綱に斬られた自分の腕をとりもどすため、ばあさんの姿になった羅生門の鬼が、下駄ん音、からんころんさせてやってくるところなど、ぞくぞくしながらきいたものだ。

この肝だめしのハイライトは、肝だめしそのものよりも、新入生のぼくたちをおびえさせるために、毎晩、先輩たちがはなしてきかせた怪談のほうだったかもしれない。

ぼくは、この肝だめしは、そんなにこわくはなかった。目かくしをされて、高いところからとびおりるのとちがって、運動神経にはカンケイない。ただ、途中で、かならず、先輩のユーレイがでてくるだろうし、それがめんどくさいだけだった。

肝だめしの夜は、屋内肝だめしのときとおなじで、一部屋に新入生はあつめられ、順番にひとりずつ、出かけていった。

ところが、焼き場までたどりついても、あがっていたためか、やはりビクついて、はやく逃げだしたかったのか、なにしろ、焼き場の罐の奥にローソクが一本たってるだけで、うすぐらかったせいか、ひとの名札をもってくる者がいた。

だから、あとからいった者のうちで、いくら、焼き場の罐の灰のなかをひっかきまわしても、自分の名札がなくて、半ベソをかくものもでてくる。

そんなわけで、いくらかてんやわんやしたのだが、そのうち、門田氏がいない、とさわぎはじめた。

順番がきて、とっくに、寮からはでてるのだが、途中で張り番をしていた先輩も、門田氏らしい姿は見かけたような気もするのだが、寮にかえってこないのだ。

肝だめしも、順ぐりにぜんぶおわり、もうだいぶ時間もたつのに、門田氏だけは、どこにいったのかわからない。

焼き場の罐のなかには、門田氏の名札がのこってるから、焼き場にはこなかったのだろう。とすると、門田氏は、焼き場までのぼりつかないうちに、崖から落ちたりしたのではないか。

たいした山ではなくても、落ちれば死んじまうぐらいの崖《がけ》や谷はある。先輩だけでなく、肝だめしがおわったぼくたち新入生も、手わけして、門田氏をさがしてまわった。

だが、それこそたいした山ではなくても、闇夜に、だれかを見つけてあるくのはたいへんなことだった。

おまけに、山というのは、ひとつだけぽつんとあるのではない。ほかの山ともつながっている。

先輩たちは肝だめしの責任者だから青くなり、ぼくたちもさがしくたびれて眠く、とりあえず寮にかえってきたところが、門田氏が自分の部屋で、キセルに吸殻をつめて吸っているではないか。

先輩はホッとしたが頭にきて、どこにいってた、と門田氏にたずねると、山道をのぼっていくのだが、いけどもいけども、焼き場はなく、そのうち、道が下り坂になり、人家があらわれ、尖塔のさきに、こうぶっちがいの（と門田氏は、十字架のかたちを示し）ものが見えてきた、と言う。

それじゃ、山をこして、カトリック系の女学校のあるほうまでいってしまったのか、と先輩たちはあきれ、今から、また、門田氏を焼き場までやるわけにもいかず、その夜の肝だめしはおわってしまった。

ひとつは、老成した風貌、門田氏が、ゆったり迫らない口調ではなすので、先輩たちも気が抜けたようになったのかもしれない。

しかし、ぼくはある疑問をもった。どうも、門田氏がくさい。いや、うさんくさいというようなことではない。

その夜、寝る前に、寮の便所で、偶然、ぼくは門田氏とならんで小便をしたのだが、みょうなにおいがしたのだ。

みょうなにおい……ぼくたちのまわりにはない異質のにおいだった。

しかし、ぼくが、ぜんぜんしらないにおいではない。どこかでかいだことがあるにおい……。

頭をひねっているうちに、ぼくはおもいだした。遊廓があるところの停留所から電車にのってくる男のにおいだ。

はじめ、ぼくは、それを、酒のにおいと、抱いて寝た女郎の肌のにおいがまじったようなものだろうとおもっていた。

ぼくは、とくべつ鼻がいいほうかもしれない。みんなが気がつかないガスのにおいなどを、敏感にかぎわけたりする。

また、ハクションをすると、鼻腔の粘膜がロウ（生っぽい状態）になるのか、いつもはわからない女の肌のにおいなどが、つーんとにおったりすることがある。

それで、「ハクション探偵」というようなものを書こうか、と考えたこともあった。

犯罪現場にきたハクション探偵は、ハクション一発、「うーん、犯人は、マイ・シンの香水をつけた……女ではなくて、男だな。マイ・シンの香水のにおいに、女にない男の靴下のにおいがまじっている。女物の香水、それもマイ・シンをつけた男といえば、かなり容疑者はせばまってくるはずで……」なんて明解に推理する……といったぐあいだが、だれか推理作家がおなじことをやってれば、意味はない。そんなのがあったかどうか、しらべるのもめんどうで、やめてしまった。

はなしが、またわき道にそれたが、ぼくだって、遊廓には好奇心があるので、入口からはいって、玄関の壁にならんだ女郎の写真をながめたり、また、写真のない女郎屋の格子の奥で、乳首のあたりまでむきだしにして化粧をしている女郎を、表の道をあるきながらのぞいたりしたことはあるが、まだ登楼《あが》って女郎と寝たことはなかった。なにしろ、ぼくが旧制高校にはいったときは、まだ満十六歳だったのだ。

それはともかく、遊廓にいってきた男のにおいというのは、酒のにおいや、女郎のからだのにおいもからまっていたかもしれないが、もっと端的ににおうもの、ことがすんだあとの洗滌の消毒液のにおいだと、あとでわかった。

そのにおいが、肝だめしの夜、ならんで小便をしてる門田氏からしたのだ。

だから、もしかしたら、あのとき、門田氏は、焼き場がある寮の裏の山などには、はじめからのぼらず、まだ終電ちかくの電車があったから、女郎屋にいってきたのではないか。

ぼくたちの寮があったところは、市内電車の支線の停留所のちかくだったが、この支線は、両方の終点に遊廓があった。

そのひとつは、ニホン全国でも有名な大遊廓だが、もうひとつの終点の向うには、昔の宿場町のような女郎屋が街道筋にぽつんぽつんたっていて、女がひとりか二人ぐらいしかいないような家もあり、時代劇の映画のシーンでも見てるみたいで、ぼくには興味があった。こっちのほうが近く、あるいても十五、六分ではなかったかとおもう。

門田氏は、肝だめしの焼き場にはいかず、しらん顔で、ここの女郎屋で女と寝てきたのではないか。

寮の便所で門田氏とならんで小便をしてるときにおったのは、そのときの洗滌の消毒液のにおいにちがいないなとぼくはおもうようになった。

これもあとになってだが、旧制高校生などはあまりぶらつかない、この埃っぽい街道筋の女郎屋のあたりで、門田氏を見かけたことがあったのだ。

門田氏について、もうひとつおもいだすのは、フミちゃんのことだ。

フミちゃんというのは、岡本文男という英語の助教授のことで、ほかに、岡本という英語の教授がいたので、ぼくたちは岡本助教授のほうはフミちゃんといった。

しかし、旧制高校で、……ちゃんとよばれる先生はすくない。だが、フミちゃんの場合は、フミちゃんという女のコみたいなよび方が、よく似合った。

フミちゃんは、東大の英文科の研究室から、ぼくたちが入学したときに、われわれの高校にきた。教室で講義をしたのも、おそらく、はじめてだったのだろう。

それはともかく、フミちゃんは、生徒の机の上にお尻をのっけてすわりこみ、「このコ、どうしてこんなやさしい英語がわかんないの。ねえ、なぜ、ちゃんと予習してこないのよ」と生徒の頰っぺたを、指のさきでつついたりした。

これを見て、ぼくのクラスのなかでも、おったまげたような者もあったが、かくべつおどろかない者もいた。

中学のときでも、たいてい、こういう先生は、ひとりやふたりはいた。ホモとまでいえるかどうかはしらないが、かわいい男の子が好きな先生だ。

ぼくが転校していった広島県の中学では、物理の先生がそうだった。かわいい男の子と、いちゃいちゃし、物理教室の暗室のなかにひっぱりこんだりした。

物理教室には暗室があるので、物理の先生になったのではないか、とぼくたちは悪口を言った。

おどろいたのは、戦後、この物理の先生が新制の高校の校長になったという。ホモっけがあっても、校長になれるのか。いや、校長になれば、もう授業はないから、生徒を暗室につれこんで鍵をかけるなんてこともできないし、ホモっけのある先生は校長にしたほうが被害がすくなくていいかもしれない。

フミちゃんも、ときどきいる、そういった先生だったのだ。

しかし、フミちゃんの場合には、教師になりたてで、ブレーキがきかないようなところがあったのかもしれない。

講義中、かわいい男の子の首すじに手をつっこんだり、膝をつねったりするのが、だんだんひどくなり、クラスの者もきみわるがってきた。

ぼくたちも新入生で、はじめはキョトついていたが、中学の二年や三年の男の子ではない、もう大人《おとな》だという気持がある。

だから、フミちゃんが教室でみょうなことをするのをやめないかぎり、フミちゃんの講義をうけることを拒否するストライキをやろう、というはなしまででてきた。

ちょうどそんなとき、フミちゃんはれいによって門田氏のとなりの加藤という男（の子）の机の上にお尻をのせ、「いやねえ、このコ……。あれほど言ったのに、まだ、ここの訳をやってこなかったの。にくたらしいわ」と加藤のおでこをチョークでつつき、「あら、おかしい。お白粧がついたみたい」とへんな声をだした。

加藤は、北九州の名門中学から四年修了ではいってきた男で、なにかの果物みたいにすべっこい肌をし、こめかみのあたりに、青い静脈が透いて見えるような少女と少年の区別がつかない両性類みたいな顔をしていた。

加藤はおとなしい男だったが、フミちゃんの英語の時間ごとに、そんなことをさせられるので、がまんできなくなったのだろう。

こめかみの静脈をピクつかせ、顔をまっ赤にして、「先生、机の上からおりてください」とフミちゃんに言った。

すると、フミちゃん助教授は（助教授は、ほかは体操教師ぐらいだった）てのひらを外にしてももにあて、わたしを、机の上からおろしたいのなら、ダッコしておろしてちょうだい、オ、ホ、ホ……とわらった。

ところが、それと同時に、フミちゃんのお尻が、加藤の机の上から、ひょいとうきあがり、ぼくは、自分の目がどうかなったのかとおもった。

フミちゃんのからだは、加藤の机の上にお尻をのっけていたカッコのまま空中にうき、生徒の机のあいだを、教壇のほうにうごいていく。

そのときわかったのだが、となりの席にいた門田氏が、だまってたちあがり、フミちゃんのお尻の方に手をまわして、抱きあげたのだった。

フミちゃんだって、けっして小男ではない。腰のあたりなどは、女のヒップみたいに脂肪もついていた。

それを、ちいさな男の子（ないし女の子）を抱きかかえて、オシッコにでもつれていくみたいに、門田氏は、むぞうさにもちあげている。

フミちゃんが、足をばたつかせたり、さけんだりしなかったのは、不意のことと、あまりの恥ずかしさに声もでなかったのか。

それとも、かわいい男の子の頰っぺたをつついたりしていたときとは逆の、たとえ歳下でも、がっしりした男の腕に抱かれてはこばれている陶酔のようなものがあったのか。

しかし、そんな陶酔があったとしても、すぐ、くだけ散っただろう。

門田氏は教壇のところまでくると、また一段高く、フミちゃんのからだをもちあげ、そして手をはなしたのだ。

フミちゃんは、教壇の上に尻もちをついて落下し、肩を波うたせ、よよ……という風情で泣きくずれた。

門田氏は、フミちゃんがとなりの加藤のところにやってきては、いちゃいちゃするので、気色がわるく、とうとう頭にきて、フミちゃんにあんなことをしたのかもしれない。

だが、頭にきたような表情はぜんぜんなく、いつもの半眼をとじたみたいな茫洋とした顔で、なにごともなかったみたいに、ゆったり自分の席にもどり、ぼくたちは、声もなく、教壇に尻もちをついて、よよ……と泣き伏したフミちゃんと、門田氏をみつめていた。

ひと月ほど前、ぼくは大阪のテレビ局にいった。ぼくは、ミステリやS・Fなどの翻訳をやっており、ピンク随筆とかいったたぐいの雑文もかく。そんなことからか、この三、四年、ときどき、夜のテレビにでるようになった。

テレビにでるのは、ほんとにときどきで、平均すれば月に一回ぐらいのものだろう。しかし、みんな、よくテレビを見ているのにはあきれる。ぼくは、月に一度ていど、しかも、ほんの数分、テレビの画面に顔をだしているだけなのに、あちこちで、テレビにでていることを言われる。そして、ぼくがミステリやS・Fの翻訳をやってることは、ほとんどみんなしらないのだ。

ともかく、ひと月ほど前、大阪のテレビ局にいき、そのかえりに新幹線にのると、むこうから、大柄な、一見して社会のいい地位にいる中年の紳士がやってきて、やあ、と手をあげ、ぼくのとなりの空いてる席に腰をおろした。

紳士、なんて言葉は、ぼくは皮肉なときのほかはつかったことはないが、この紳士は、皮肉抜きの紳士で、新幹線もグリーン車にのると、こんな（絵にかいたような）紳士がいるのか、とぼくはおもった。

ぼくは、グリーン車には、あまりのったことはない。その日、新大阪駅にいくと、旅行シーズンのためか、「ひかり」の指定席は夕方まで売切れで、自由席も混んでるときき、グリーン券を買ったのだ。

若い女性から、きれいなオジさま、なんてよばれそうなその紳士は、ゆったりした動作で、ぼくのとなりの席に腰をおろし、「ひさしぶりだな。もっとも、こっちは、テレビできみとあってるがね」と言った。

したしい口のききようだ。それに、したしさを押しつけてるふうもない。だとすると、この紳士とぼくとは、ほんとにしたしかったのかもしれない。

そんな相手を、だれだかおもいだせず、しかも、相手はとなりにすわりこんでしまっていて、ぼくはいくらかこまった。

ぼくは大学を中途でやめたあと、駐留軍のクラブのバーテンとかテキヤの子分とか、雑多なことをしてきてるので、いろんな知り合いがある。

いつだったか、新宿の区役所通りであった男も、だれだかわからず、「今、なにやってんの？」とその男が言うので、ぼくは、「ホンヤクをしてる」とこたえ、「ホンヤクってなんだい？」とその男はききかえし、「アメリカやイギリスのミステリを翻訳して……」とぼくが説明しかかると、その男は、「兄弟は、昔からアメ公のネタをやってたからなあ」とわらい、テキヤの子分のときの仲間《だち》だとわかった。

もっとも、昔のテキヤの仲間でも、どこかの土地の親分になって、すごい外車をもってたり、パチンコ屋の経営者になったりして、羽ぶりのいいのがいるから、新幹線のグリーン車であっても、ふしぎだということはない。

しかし、この紳士は、そんな仲間だったのではあるまい。ぼくは、自分のうすよごれたスリップオンの靴のよこにある（テレビでは、かなりよごれた靴でも、よごれはわからない。スタジオにしいてある絨毯もたいてい埃っぽい）紳士のよくみがいた靴に目をやった。ひとの足もとをうかがうというわけだ。

紳士の靴は、よくみがいてあるが、テキヤの親分やストリップ劇場の社長の靴とはちがう。ああいった連中は、みがくときには、ぴっかぴかにみがく。

しかし、紳士の靴の丹念なみがきかたからみると、この紳士が自分でみがいたものではあるまい。だれか……お手伝いさんか、それとも、主人の靴だけは、お手伝いさんにはまかさず、わたくしがみがいておりますの、とおっしゃる奥さまがみがいたのか、あるいは、会社で秘書が……。よけいなことだが、社長や専務の秘書で、ふとった女のコというのには、まだぶつかったことがない。ふとっていては、重役の秘書にはなれないのだろうか。

「きみとは、テレビであってると言ったが、じつは、ぼくは早寝早起き主義でね。きみがでる夜おそいテレビは、あまり見てないんだよ」

紳士はほほえんだが、ぼくが夜中のお色気番組みたいなテレビにばかりでているのを、紳士はやんわりわらったのかもしれない。紳士は、おだやかに言葉をつづけた。

「きみ……早起きはいいよ。早起きは三文の得というが、三文どころではない。有形、無形、たいへんな得がある。ぼくはね、きみ、電車で会社にでてるんだが、一時間、いや、三十分でも、ラッシュ時からはやいと電車にのっても、ゆっくり腰かけられる。だから経済紙も読めるし、目をつぶって、企画を考えられる。満員の電車のなかでつっ立ってると、そんなことはできないからね。そして、会社についても、あわてることはなく、すがすがしい気持でお茶をのむ。きみ、人生は、やはり余裕がなくちゃだめだよ。働くときは、ばりばりはたらく……それはけっこうだ。しかし、会社でも上の地位になると、大所、高所から、会社の未来を見て、いろいろ考えなきゃいかん。そんなとき、ばたばた時間におわれていては、いい考えがうかぶはずがない。だから、わたしは、夜のほうはもっぱらごめんこうむって、さっさとうちにかえり、早く寝て、早く起きる。朝の五時半か六時にはおきる。そして、自分で家じゅうの雨戸をあけてまわる。家内にも、子供たちにも、お手伝いさんにも、早起きの得をわけてやりたいとおもってね。だいいち、早起きは、健康にいい。昔のひとがじょうぶなのは、早起きのためだ」

しかし、この紳士は、いったいだれだろう？　顔には見おぼえがあるようなのだが、どうしても、ぼくはおもいだせなかった。

戦後、雑多なことをやって食ってたときのつき合いでないとすると、中学か高校のときいっしょだった男だろうか。

だが、広島県の中学の同級生は、「きみ……」とは言わない。すくなくとも、中学のときには、きみなんて言葉はつかわなかった。きみ、というのは、やはり東京の言葉だろう。旧制高校では、おなじクラスに東京や神奈川県、信州の松本の男などもいて、文科丙類（フランス語の）クラスなので、東京の暁星中学からは二人はいっていた。

しかし、この紳士はちがう。みょうな標準語なのだ。ということは、東京や神奈川のそだちではあるまい。

　紳士は、こんどは、クルマとゴルフのはなしをはじめた。日本の経済についてしゃべりかけたのだが、ぼくがまるでちんぷんかんぷんなので、クルマのはなしってことにしたんだろう。

　紳士は、会社には電車ででているが、うちにはクルマがあるらしい。さいしょは、なんとかいうクルマを買ったが、なんとか車はなんとかがわるくて、べつのなんとかに買いかえたけど、これは、なんとかはよかったが、べつのなんとかが機能的でなく、それで、またほかのなんとかを買い……と紳士はていねいな口調で説明した。しかし、ぼくは、クルマのことも、ぜんぜんわからない。

　それで、紳士はゴルフに話題をかえ、あちこちのゴルフ場のことなんかを、あれこれはなしていたが、やはり、ぼくがだまってるので、きみ、ゴルフはやるんだろ、とたずね、ぼくは首をふった。

　長身の紳士は、ななめ上から、ぼくの顔を見おろし、言葉がとぎれた。といっても、いきおいこんでしゃべってたわけではなく、おだやかにはなしをすすめていたので、グッと言葉がとぎれ、といったふうでもない。

　そして、また、紳士は口をひらき、海外旅行のはなしになった。これならば、ぼくも興味があるだろう、と紳士はおもったのか、ニューヨークでこんなおもしろいことがあってねえ、と、おだやかな口調ながら、おもしろそうにはなすんだけど、これまた、ぼくにはちっともおもしろくない。

それは、ぼくが海外というところに一度もいったことがないせいもあるだろう。海外旅行のはなしというのは、海外にいったことがない者にたいしては、病気になったときのはなしのつぎぐらいに、おもしろくないものだ。

だけど、くりかえすが、この紳士とぼくとは、いったいどういう友だちなのだろう? ぼくは、相手がだれだかおもいださないときには、こちらはへたな口はきかず(だって、相手がだれかわからなければ、ものの言いようがないもの)相手のはなしにでてくる友人の名前から、その相手がだれか推理するのだが、早寝、早起きのはなしから、日本の経済、クルマ、ゴルフ、海外旅行……と、さっぱり、友人の名前なんかでてこない。

ぼくがただうなずいてばかりいるので、紳士は言葉をきって、たずねた。

「海外には、もう何度もいっているんだろう」

ぼくはあいまいそうに頭をふり、紳士はおどろいた。

「まさか……きみなんかは、しょっちゅう海外にいっているんじゃないのか?」

「いや……、海外には一度もいったことはない」ぼくは、よくみがいた紳士の靴に目をおとした。「ニホンの国をでたのは、兵隊のとき、中国にいっただけだ」

「へえ、信じられんな」紳士はハンカチをだし、額にあてた。ハンカチが白いのはあたりまえだが、白くて、きちんとおりたたんだハンカチだ。「ぼくも、中国にはいったよ。きみもしってるように、ぼくは海軍だがね」

するとこの紳士は、海軍兵学校にはいった中学の同級生だろうか。姿勢のよさと端正な顔だちが、海兵タイプともいえる。ぼくが転校していった中学は、広島県のもと軍港だった町にあった。海軍兵学校があった江田島は、ほんの目の前の島だ。だから、ぼくの同級生も、たくさん海兵にいった。戦時中で、海兵の募集人員もふえていた。

だが、やはりおもいださず、しんどい気持でいるときに、紳士が、とつぜん言いだした。

「ぼくは軍国主義がきらいで、自由主義的な考えをもっていたんで、海軍でも注意人物にされてね。教官がぼくの日誌を読んだんだな。しかし、陸《りく》軍さんとちがって、そこは海軍でね。しまいには、教官も、おもしろいやつだ、とおもいだしたらしい。なんでもヘイヘイきいてる連中とちがって、考えかたにホネがあるってわけだ」

ぼくは、やっと、相手がだれかをさぐるクルウ（手がかり）のクルウみたいなものがでてきたので、声まで慎重にたずねた。

「海軍は……なんだった？」

「忘れたのか。予備学生さ。きみは、博多駅まで送ってきてくれたじゃないか」

「だったら、昭和十八年の十二月に……学徒出陣で……？」

紳士はにっこりうなずき、その頭の位置はそのまま、ズーム・アップして、だれかの顔の枠組にかさなっていった。だが、まだ名前はでてこない。

学徒出陣を、博多駅に見送ったといえば、旧制高校のときいっしょだった男だ。

学校にいっている途中で兵隊にとられたのを、学徒出陣……と世間では言っているようだが、昭和十八年に文科系の学生の徴兵猶予がなくなり、学生たちが軍隊にはいったのを、ぼくなんかは学徒出陣だとおもっている。だから、学徒出陣というのは、昭和十八年だけのことだ。その征行式が代々木の練兵場であって、東條英機首相もきたとかで、れいの有名なニュース映画の画面にもなっており、オマツリ的なところがあった。

しかし、ぼくは、昭和十八年には、まだ満十八歳で徴兵年齢でなく、翌昭和十九年の十二月、徴兵年齢一年くり上げで入営した。ふつうのひとたちとおなじ入営だ。学徒出陣なんて、ぎょうぎょうしい名前がつくようなもんではなく、恥ずかしくなくてすんだ。

「海軍予備学生で、博多駅からどこへ……？」

ぼくは、また、針のさきでさぐるようにたずねた。

「佐世保さ。佐世保の海兵団にはいって、それから、大分県、佐伯のちかくの……」

「たしか、吉岡も、海軍予備学生で、博多駅から佐世保にいったんだな」

吉岡は、文丙のクラスでしたしくしていた男だ。あとで、東大の仏文科にいった。

「うん、吉岡もかわってたからね。吉岡とカドタといえば、なん百人もいる予備学生のなかでも、注意人物の最右翼だったよ」

カドタ……とぼくは口のなかでくりかえし、そして、ああ、とおもいだした。この紳士は門田氏なのだ。

さいしょ、新幹線のグリーン車の通路をやってきて、やあ、と手をあげ、ぼくのとなりの空いた席に腰をおろしたとき、門田氏は、たぶん、ぼくがとまどった顔、表情をしていたので、「カドタだよ」と言った。

しかし、ぼくはその名前にもおぼえがなく、頭のなかにはいらないまま、消えてしまった。門田氏なら、ぼくもわかったのだろう。カドタの名前は、カドタシになってしまっていたのだ。

それにしても、若い娘たちが、きれいなオジさまとでもよびそうな、この端正な顔だちの紳士が門田氏だとは……。

うすよごれた学生服に、無精髭をはやし、長い足を芝生になげだして日向ぼっこをしていた旧制高校時代の門田氏の姿が目にうかぶ。

それに、門田氏は、いつも眼を半眼にとじ、なにかを瞑想してるみたいで、ほとんど口はきかなかったのに、おだやかな口調ながら、早寝、早起きのはなしからはじまり、日本経済、クルマ、ゴルフ、海外旅行……とずっとしゃべりつづけている。

あの門田氏が、こんな紳士に変身したとは……。

それはともかく、軍国主義はきらいで、自由主義的な考えをもっていたという門田氏が、なぜ、海軍の予備学生に志願したのか。

志願しなくても、もちろん兵隊にはとられる。それに、陸軍よりも海軍のほうが自由主義的だとおもったというのもわかる。しかし、陸軍だろうと海軍だろうと、あのころのニホンの軍隊は、自由主義なんてものとは、およそちがうものだった。

軍国主義反対なんてことでなくても、軍隊ぎらいの者は、兵隊にとられるのはしかたがないが、なるべくふつうの兵隊でいて、幹部候補生の試験にもパスしないようにした。

海軍予備学生になった門田氏は、はじめは注意人物視されたが、あとでは、教官が、ホネのある、おもしろいやつだと言ったそうだ。

ということは、海軍予備学生として、いわゆる気合いがはいって、サマになってたのだろう。

そんなことを考えると、うすよごれた学生服をきて、いつも無精髭をはやしていた門田氏が、今は、こんな上品な紳士になっても、変身などとおどろくことはないかもしれない。うすよごれた、きたないカッコをしているのは、旧制高校生のスタイルだった。㢢衣破帽というやつだ。

そして今は、社会的に地位のある者にふさわしい身だしなみ、服装をしている。いつまでも、旧制高校生のときのまま、やぶれたズボンをはいている重役なんかはあるまい。

はなしをさいしょにもどすが、門田氏と新宿・花園にきたのは、この花園の路地にある「夢路」のママのチヨに、門田氏をつれてきてくれ、とたのまれたためもある。

ぼくは、この三、四年、週のうちはんぶんは、新宿のこのもと青線の花園の路地で飲んでいる。だいいち、飲代が安いからだ。

しかし、「夢路」は、飲代が安いとはいえない。いや、顔なじみの、あまり金がないぼくからはそんなにとらない。「夢路」は、ママのチヨひとりで、チヨは、花園がもと青線だったころから、ここの女だったそうだが、ひと晩じゅう、お客がない——というようなこともあるらしい。そんなときに、ふりの客がやってきて、それも昔の青線のつもりで寝る女をさがしてる客だったりすると、いいかげんふんだくったりすることもあるようだ。

二週間ほど前だが、ぼくとおなじようにミステリの翻訳をやってる友人と、花園のいきつけの店にいったところが（この店には焼酎もおいてある）どこかの劇団の連中らしい若いひとたちでいっぱいだったので、ぼくは、ひさしぶりに、「夢路」によった。

そして、なにかのことで、旧制高校のはなしになり、ぼくが、九州の旧制高校にいったことをしゃべると、「夢路」のママのチヨが、その高校を卒業したひとを知っている、と言いだした。名前はカドタで、ある新聞社の経済部の記者をしていたという。

年恰好なんかをきくと、あの門田氏にまちがいない。門田氏は、東大の経済学部をでて、新聞社にはいったが、現在の会社の社長に口説かれ、新聞社をやめ、その会社にうつった、と新幹線のグリーン車であったときはなしていた。抱負をもって新聞社にはいったのだが、おもいきって新聞社をやめ、うちの会社にうつってよかった、人間、決断するときは逡巡してはいかんな、と門田氏は自慢そうだった。

「その男なら、高校のとき、おなじクラスで、つい先日、ひさしぶりに、新幹線のなかであったよ」

ぼくはいくらかおどろいて、「夢路」のママのチヨに言った。おどろく、という言葉は適当ではないかもしれないが、こんなところで、門田氏の名前がでてくるとはおもわなかったのだ。

門田氏とはひさしぶりにあったと言ったが、学徒出陣のとき、博多駅に見送って以来かもしれない。だったら、三十年ぶりということになる。

しかし、「夢路」のママのチヨも、門田氏がでた旧制高校の名前までよくおぼえていたもんだ。ぼくは感心したが、門田氏は酔うと、いつも高校の寮歌をうたい、そんなことで頭にのこっていたという。

「だけど、門田氏が新聞社にいたときっていえば、もちろん、ここがまだ青線のころで……」

ママのチヨの頰のあたりがぷくぷくうごいているようなので、ぼくは言葉をきった。ママのチヨは、十六のときから、この花園の青線ではたらいてたのだそうだ。それにしても、早寝、早起き主義の上品な紳士の門田氏と青線の女のコという組み合せはおかしい。「夢路」のママのチヨは、こんど、門田氏にあったら、ぜひ、花園につれてきてちょうだい、とくりかえし、かなりのなじみだったんだな、とぼくはひやかした。

そして、花園にきたときは、まず下の妹のミヨの店の「花束」にいき、それから、つぎの妹のキヨがママをしてる「まどか」で飲み、最後に、この「夢路」にくることをぼくに約束させた。

チヨがいちばん姉で、三人の姉妹が、この花園の路地でバーをやってるのだ。キヨやミヨは、そのころは、ほんのコドモだったが、チヨの妹だというので、門田氏にかわいがられたらしい。

「門田さんを、じゅんじゅんにびっくりさせてやりたいの、このことはぜったいに、門田さんにはなしちゃだめよ。だまって、おどろかすのよ」

ママのチヨは、くどいほど念を押し、そのときがたのしみだわ、と目をへんに赤くきらきらさせた。


ま、そういうわけだ。

今夜のクラス会に、門田が顔をだすと、みんなが、めずらしいな、と手をたたいた。新幹線のグリーン車のなかで門田氏とあったとき、クラス会のはなしがでて、どんな連中がいつもあつまるのか、といったことから、門田氏はクラス会にくる気になったのかもしれない。

門田氏なんかは、旧制高校のときのクラス会といえば、熱心に出席しそうなものだが、そうではなく、ちょっとふしぎだった。事実、新聞社にいたころまでは、いそがしい、いそがしい、とボヤきながら、いつも、クラス会にきていたという。あとになってのはなしだが、新聞社をやめたころから、門田氏はなんだか、ひとが変った、と言う者もあった。

クラス会はひさしぶりの門田氏は、みんなに名刺をわたしていた。ぼくも、新幹線をおりるとき、門田氏の名刺をもらった。その名刺には、常務取締役という肩書きがついていた。

ぼくはしらなかったが、門田氏の会社は、世界的にも有名の化学薬品の会社だそうで、外国の特許をふくめ、なんでも、特殊な特許をいろいろもっていて、「おたくは、殿様みたいな商売をやってるからな」と、うらやましがる者もいた。

株式の一部に上場されてる会社の重役は、このなかには、まだ門田氏しかいないと言う者もあった。この男の会社も、株式の第一部上場されている製紙会社で、彼は営業部長だが、取締役ではない。

もっとも、これもあとになってきいたことだけど、門田氏は、新聞社の経済部にいたとき、その会社の社長（現在の会長）に見こまれて、娘と結婚することになり、結局、新聞社はやめ、その会社にきたのだという。しかし、門田氏がたとえ社長（会長）の娘ムコでも、優秀だから、ここまできたのだろう。

新橋の中華料理店でのクラス会のあと、麻布、新宿要町とながれ、そこでほかの者と別れ、門田氏とふたりきりで、花園にむかってあるいてるとき、新幹線のなかでは、あんなによくはなした門田氏が、ふっとだまりこみ、ぼくは、間がもてずに、会社にいてつらいようなことは、どんなことだとよけいなことをたずね、門田氏は、「え？」とききなおしてから、こたえた。

「だれでも（というのは、門田氏のような学歴があればということだろう）課長ぐらいまではなんとかやれるんだがね。その上にいくと、どうしてもやっていけない者ができてくる。

いろんな能力というか、人柄といったものも必要になるしね。そして、またその上になると、またまた実力がいる。そのあたりがむずかしいんじゃないかな」

現在、門田氏は常務取締役だが、これから専務、あるいは社長と地位があがっていくのかもしれない。そうなっても、自分ならやっていける……おだやかな、むしろなにかしずんだような口調だが、門田氏は自信がありそうだった。

それはともかく、新橋でクラス会がおわったあと、麻布のバーからながれて、新宿要町の小料理屋にきたとき、ぼくが、近頃は花園で飲んでいる、と言うと、門田氏は、瞬間目をとじて、「花園ねえ……なつかしいなあ」と息をはきだした。

それで、ぼくは「夢路」のママのチヨとの約束もあり、これから、花園によってみないか、とさそった。

門田氏は、それにはこたえず、「花園も変っただろうねえ」と、こんどは目をあけて、大きな息をした。

花園が変ったかどうか、昔の青線のころは、ぼくはしらないので、わからない。だけど、東京の町のなかで、変らないところなんかはないから、ぼくは、変ったんじゃないのか、と言い、すると、門田氏は、なんだかたいへんな決心でもするみたいに、「よし……花園にいってみよう」と膝をたたいた。

新宿区役所の前をはいり、花園の入口までくると、門田氏は足をとめ、「へえ、電車もなくなったのか」とあたりを見まわした。花園の裏をはしってた若松町のほうにいく都電のことだろう。

そして、門田氏は、とつぜんわらいだし、「昔、花園でなじみの女のコがいてね。ところが、その女のコが、新宿南口の陸橋の上から身なげをしたんだ。はしってくる貨物列車の前にとびおりたんだが……もしかしたら、その原因は、ぼくじゃないかともおもう。ぼくが、ちょうど結婚するときだったんでね」と言い、おだやかな、おちついた口調とは異質な高い声で、またわらった。「いや、いや、ぼくなんかが、青線の女のコにそんなにもてるはずがない」


しかし、なぜ門田氏はトマトみたいな色になったんだろう?

「夢路」のママのチヨとの約束どおり、ぼくは、まず「花束」に門田氏をつれていき、門田氏は、タバコ屋の角をまがって、花園のせまい路地をあるきだしたときから、「昔とあまり変っていない」なんてつぶやいていたが、「花束」にはいり、ミヨを見たとたん、前にも言ったが、まっ赤に顔が充血して、熟れたトマト、そして、つぎには血がひき、青いトマト(英語でいうとグリーン・トメト)のようになったのだ。

「花束」をよろめきでた門田氏は、路地をななめによこぎって、ミヨのすぐ上の姉のキヨの店「まどか」にはいり、ここでも、キヨを見て、なんともいえない顔の色になり、カウンターにつっぷした。

ぼくは、大きな門田氏のからだを抱きかかえようとして、キヨの店の「まどか」からでたが、門田氏は、胸をおさえて、くるしい、くるしい、とうめき、とてもあるけるような状態ではないので、約束もあるし、いちばん上の姉のチヨの「夢路」につれていき、ここで、門田氏は失神してしまった。

だけど、旧制高校のときからあれだけゆったり落着いていた紳士の門田氏が、いったい、これはどういうことだろう。

門田氏は、自分のために飛降り自殺をしたのかもしれないという昔の花園の青線の女のコのユーレイでも見たのか。

「夢路」のチヨを見て、グッと喉がつまるような音をたて、失神してしまった門田氏の顔は、トマトの赤い色からグリーン、染めそこなった革のサイフの革の色から、白い色になった。ニンゲンの顔が、青いのもとおりこし、紙みたいな白い色になっちゃいけない。

門田氏は、ほんとにユーレイを見たのだった。

しかし、そのユーレイの女は、飛降り自殺をしたのではない。門田氏が、新宿・南口の陸橋の上から、はしってくる貨物列車の前に、女をおとしたのだという。

もうお察しだろうが、ユーレイの女というのは、「夢路」のママのチヨだ。門田氏は、チヨが死んだとおもったらしい。はしってくる貨物列車の前におちれば、だれだって死んだとおもうだろう。

ところが、今夜、門田氏はぼくにつれられて、ひさしぶりに新宿・花園にきて、「花束」にはいり、ミヨの顔を見て、てっきり、自分が南口の陸橋の上からおとしたチヨのユーレイだとおもったらしい。

このチヨ、キヨ、ミヨの三人の姉妹は、いくらか歳のちがいはあるけど、ほんとによく似ている。

そして、「花束」をよろめきでた門田氏は、路地をよこぎって、ななめ前のバーにとびこみ、これが、たまたま、つぎの妹のキヨの店で、門田氏は、はじめの「花束」では、チヨのユーレイでは、とおどろいただろうが、キヨの顔を見て、ほんとにほんとのユーレイだと考えたにちがいない。

さっきそこで、のっぺらぼうのお化けにあって、とおそろしくて逃げていったさきではなすと、こんな顔だったかい、と相手が言い、その顔ものっぺらぼう……なんてのとおなじだ。

おまけに念がいっていて、三軒目にはいった店でも、チヨとそっくりの女が……本人だから、そっくりなのはあたりまえだ。

それにしても、門田氏はどうして、チヨを、新宿・南口の陸橋の上からおとしたのか？

失神からさめた（失神はさめるものだろうか？）門田氏は、医者をよぼうかというぼくの手をふりはらい、あえぐような息をしながら、花園の路地をはしっていき、そのあとで、チヨからきいたことだが、あのとき、門田氏もチヨも酔っぱらってあるいていて、チヨがオシッコが陸橋の上からオシッコがしたい、と言ったのだそうだ。

それで、門田氏は、どっこいしょ、とチヨを抱きあげ、陸橋の柵ごしに、前につきだし、チヨはションションはじめ、その最中に、不意に門田氏は手をはなしたのだという。

ちょうど門田氏は、れいの社長の娘との縁談があり、深間にはまって、まといつくチヨを、いいチャンスだというので、始末しようとした……そんな粗雑で悪どいことだとは、ぼくはおもいたくない。

門田氏には、なにかを抱きあげ、そして、ひょいと手をはなすクセがあるのではないか。

旧制高校のときのあの英語の助教授フミちゃんも、門田氏は、ひょいと抱きあげて、教壇まではこび、ひょいと手をはなした。

チヨの場合も、陸橋の上からオシッコがしたいなんて、バカみたいなことを言いだしたのを、抱きあげて、シー、シイ……とやりながら、ひょいと手をはなしたというようなことではないだろうか。

しかし、英語の助教授のフミちゃんのときとちがい、下は教壇ではなくて、貨物列車がはしってきていた。

常識では、そんな場合、手をはなすだろうか？

これも、門田氏は、いつもゆったり落ち着いているようで、ふっと放心するようなことがあるのではないか。

旧制高校の寮での屋内の肝だめしのとき、門田氏が板からとびおりずに、しゃがんだまま、前にずりおちたというのも、瞬間、放心したようになったのかもしれない。

だけど、寮の裏山の焼き場から自分の名札をとってくる屋外の肝だめしのとき、門田氏が行方不明になり、そして、女郎屋のにおいをさせてかえってきたことは……。

ともかく、門田氏にはわるいことをした。チヨが門田氏にフクシュウしたい気持はわかるが、ぼくにはカンケイない。

今夜のあのようすでは、門田氏は気がへんになったりする可能性もある。そうなれば、常務取締役もやめなければならないだろう。

ぼくは、「夢路」のママのチヨが、昔のなじみの門田氏をなつかしがっているだけだとおもい、とんだことをやらかしてしまった。ぼくは、門田氏にはなんの恨みもないのに。

バカな殺されかた

月川旦《つきかわたん》が死んだ。

変死で、他殺の疑いが濃いそうだ。

朝おきて、新聞をひらくと、社会面の左下のほうに、その記事がでていた。

しかし、ぼくは、昨夜も、新宿で月川旦とあって、飲んでいる。

その月川旦が、ぼくが目をさます前に、死んじまって、こうして新聞にでてるなんて……。

ぼくは、新聞の活字が、しらみみたいにぞろぞろ這《は》いだしておちていき、あとに、しろく剝《は》げた紙面だけがのこってるような気がした。

朝といっても、十時すぎで、アパートのスチールのドアの下からさしこんであった新聞をとってきて、いつものように、まんなかにはさんであるスーパーマーケットなんかの広告を、ずりっと床《ゆか》におとしたら、ついでに、新聞の尻《けつ》がひらいて、「紙ヒコーキ殺人事件」という社会面の見出しが目についた。

それで、社会面をひらき、「紙ヒコーキ殺人事件」の記事を読みだしたら、そのななめ下のほうに、月川旦という活字があったのだ。

ぼくは、電話機のそばにあるいてきていた。新聞が指さきからはなれて、受話器をもち、ダイヤルをまわしている。

二〇九……と局番のダイヤルをまわしたところで、ぼくは、ダイヤルの数字をかいたアナが、とつぜん指をはさみこむ罠《わな》に変身したみたいに、いそいで、指をひっこめた。

ぼくは、月川旦のところに電話をかけていたのだ。新聞にこんな記事がでてるんだから、とにかく、本人の月川旦にしらせなきゃ、と、ぼくはぼんやりおもったらしい。

だけど、月川旦は、電話にでるわけがない。死んじまってるんだもの……。

しかも、他殺の疑いが濃いという。そんなところに電話をしたら、ぼくが犯人だと疑われるのではないか。

とっさに（むしろ無意識みたいに）そんなことをかんがえたのが、ふしぎだった。ぼくが月川旦を殺したんではないことは、ぼく自身がよくしっている。

昨夜は、近頃は燃料不足で、夜おそくなるとタクシーがひろえないから、とわりにはやく、月川旦と新宿で別れた。

酔っぱらって、わけのわからないうちに、月川旦を殺してしまったということもあり得ない。

だいいち、ぼくには月川旦を殺す動機がない。

いや、まてよ、月川旦のところに電話をしかけて、ダイヤルをまわしてる指を、あわててひっこめたのは、それこそ、自分でも意識しないが、月川旦を殺しかねない動機でもあったのか。

ぼくと月川旦とは、神奈川県座間《ざま》地区の米軍の病院で知りあった。月川旦もぼくも大学の文学部を中途でやめてるのに、その病院で臨床《りんしよう》検査員をやっていたというのもおかしい。

月川旦は、そのころも、ある翻訳家の下訳《したやく》をしており、やがて、ぼくも、そんな仕事をもらえるようになり、月川旦のあとから、米軍の病院をやめた。

ぼくと月川旦とは、いわゆる気があった友だちだったのではないか。気があう、なんてあいまいな言葉だけど、それだけ仲がよかったかもしれない。これも、大ざっぱな言いかただけど、女にモテなかったこと、酒の飲みっぷりのだらしなさかげんなども、月川旦とぼくとはよくあっていた。

いやいや、ぼくには、月川旦を殺すような動機はない。

ぼくは、今でも、ミステリーや子供物の翻訳をやってるが、月川旦は、四年ぐらい前から、新しい訳本は一冊もだしてない。

そのかわり（という言葉も、じつはへんだけど）月川旦は、あちこちの週刊誌などに、女にからまる、いわゆるかるい読物を書いていた。

そんなわけからか、新聞の記事でも、月川旦の肩書は、コント作家ということになっている。

コント作家とは……新聞の記事を書いたひとも、頭をひねったようだ。コント作家なんて死滅した言葉だとおもってたが……。

しかし、それよりも、世間では、月川旦は、テレビの夜の番組にでる、頭がつるつるに禿《は》げたエッチなオジさんとしてしられている。

テレビはおそろしい、みたいなことを言ってみたって、しようがない。これは、テレビの画面にでるようになって、それまで、まるでカンケイのないようなひとから、顔や名前をおぼえられたりするからだろう。

月川旦は、いわゆる軽ハードボイルド（これも、ふしぎな言葉だ）といわれるものの翻訳では、すこし評判になったことがあった。

かるい読物にもあっている、かるい文章が、しゃれもおおい軽ハードボイルドの訳にはむいていたのだろう。

だが、そんな翻訳物の読者の数は、テレビを見てるひとにくらべると、ほんとにわずかだ。

まったく、みんな、どうしてこんなにテレビを見ているのか、おどろく。

月川旦だって、テレビに出るのは、せいぜい、月に五、六回だろう。時間にすれば、彼の生活のごくちいさな一部にすぎない。

だいいち、テレビの出演料だって、やっと、その夜の新宿の路地の飲み代がでるぐらいのものだ。

しかし、くりかえすが、世間では、月川旦は、テレビにでるひと、ってことになっている。頭がつるつるに禿げた、見るからにエッチなオジさんとして……。

ぼくは、歯もみがかず、新聞をもって、万年床にもどった。新聞がいやにうすくなっている。紙不足にしても、これはうすすぎるとおもったが、ぼんやりして、新聞のはらわたがぬけてしまったのだった。だけど、はらわたがぬけても、社会面はくっついている。

それにしても、昨夜、新宿で飲んで別れた月川旦のことが、よくまあ用紙不足なのに、朝の新聞にのったものだ。

月川旦が死んで、ぼくが生きてるのがおかしい。これは、気が合った友だちが死んだことをかなしむ気持で言ってるのではない。ショウ油がしょっぱいように、そんなふうにかなしみがつきあげてこないのが、ふしぎなのだ。

死んだことを、なくなると言ったりするが、いけない。まだ、死んだ、と言ったほうが、身にこたえるものがある。

机の上においておいた万年筆が、いつのまにか、なくなっていたりしても、ぼんやりするだけで、かなしむこともできないではないか。

夕刊をドアの下からさしこむ音がしたので、おきてとってきて、ぼくは、また万年床にもどった。

万年床のなかで、ぼくは、ウイスキーのストレイトを飲んだ。朝おきて、歯をみがかず、床のなかで、ウイスキーを飲むのは、みょうなものだ。酔ってきてるのかどうか、ぜんぜんわからない。

ともかく、かなり不精《ぶしょう》なぼくだが、朝、目をさましたまま、布団のなかでウイスキーを飲むなんてことはなかった。やはり、月川旦が死んだからだろう。

夕刊にも、月川旦のことはでていた。今朝の午前〇時すぎ、東大久保の自宅マンション内で、たおれていたのを発見されたのだそうだ。死因は、青酸系の毒物がはいったチョコレートをたべたためで、毒殺だとおもわれる、と新聞の記事には書いてある。

ぼくは、ウイスキーがはいったグラスをもち、ポカンと口をあけていた。

月川旦は、ぼくとおなじように、だらしないノンベーだけど、あまいものなどは、まちがってもたべなかった。まして、チョコレートなんて、チョコレート色の色からしてしつこいものを……。

その月川旦が、なぜ、飲んだあと、わざわざ、毒がはいったチョコレートみたいなものをたべたのか？　ふつうのチョコレートだってたべないのに……。

うーん、ふつうのチョコレートならたべないが、毒入りだからたべたってセンは……？

つまんないシック・ジョークだ。

ぼくは、ほんとに気分がわるく「シックに」なり、トイレにいって吐いた。

寝ていて、ウイスキーを飲みながら、意地汚く、チーズときいろいタクアンを丸ごとかじり、チーズもタクアンもおなじ味がするとおもったが、いっしょくたにまじって、便器のなかにでてきた。

それに、東大久保の自宅のマンションというのはどういうことだろう。自宅のマンションないしマンションの自宅なんて言いかたが、つまり言葉の論理として矛盾《むじゅん》しないかといったこととはべつに、月川旦には、かつて、自宅というようなものはなかったが。

米軍の病院で、ぼくとしりあったときは、月川旦は、日本人従業員の寮（ドーミトリー）にいた。

病院をやめ、翻訳を専門にやりだしたときも、義理の姉さんの家の離れに居候《いそうろう》させてもらってるとか、ヨーロッパにいってる友人のアパートの留守番にはいってるとか、月川旦は、たとえ金はあっても、自宅みたいなものはもてない男だった。

それが、東大久保の自宅のマンションというのは……もしかすると、新田裏《しんでん》に近い、あの女のマンションのことかもしれない。

あの女は、新宿三光町の、明治通りからすこしはいったところのビルの地下で「05」というバーをやっている。

女子美大をでた女で、店の壁に、新人画家の絵などをぶらさげ、画廊バーなんて称しており、かなり気どった女だ。ぼくは、月川旦があんな女のマンションにもいってるらしいのが、ふしぎでしようがなかった。それも、ま、月川旦がほかの女にモテなかった証拠みたいなものだろう。

だが、あの女のマンションが、どうして、月川旦の自宅マンションなのだ？

ふしぎついでみたいに、翌日には、月川旦に毒入りのチョコレートをおくった、つまり犯人があがった。

それまでは、月川旦が死んだ、と新聞には書いてあっても、じつは、なにかのプラクティカル・ジョークで、旦のやつは、どこかに旅にいっていて、またひょいと、新宿・歌舞伎町の「いないいないバー」あたりに、それこそ、ばあ、とあらわれそうな気がしていたのだ。

事実、ぼくは、こいつは、れいのエイプリル・フールではないか、と新聞の日附をたしかめたぐらいだ。しかし、今は一月だった。

かつてのUfa映画「会議は踊る」の主題歌の最後に、「春に五月は一度」というバカらしい文句があり、ぼくは大好きな文句なのだが、春にだって五月は一度しかないくらいだから、一月にエイプリル・フールの四月一日があるわけがない。

だが、犯人まであらわれてきたからには、月川旦が殺されたことはもう確実で、ぼくは、あらためてぼんやりした。

しかも、その犯人が女性で、二十七歳、犯行の原因は、男女関係のもつれ、と犯人は自白したそうだ。

「旦さんが、女性問題で、女性に殺されるなんてことは、ア、ハ、ハ……なかのよかったあんたを前にしてわるいけど、あるわけがないよ。あれは、ウソさ」

「かくれんぼ」のママは、ぎょろっとした目で、また、アッ、ハ、ハ……とわらった。

「かくれんぼ」は、新宿・歌舞伎町の路地の奥の階段をあがったところにある。

かなり急な階段で、一月《ひとつき》にひとりぐらいの割合いで、階段からおちる者がいるが、それが、きみょうなことに、女にモテない男にきまっていた。

まことに、ぼくなんかには酷《こく》なジンクスで、もちろん、ぼくも、このジンクスどおり、酔っぱらって階段からおちた。

月川旦も、あと、モテない男でうちの階段からおちてないのは、旦さんぐらいね、と、「かくれんぼ」のママに言われた夜、霊験《れいげん》あらたかに、階段からすべりおちた。

しかし、これは、ただのジンクスではないかもしれない。

だいいち、モテる男は、ぼくや月川旦みたいに、でれでれ酔払《デキアガ》るまで飲んでないで、きりっと飲んで、かえっていく。そんなふうだから、女にもモテるのだ。

ところがこっちは、でれ飲みで、腰もふらつき、階段から足をふみはずしたりするのだろう。

「新聞に書いてあることが、ウソだって……?」

ぼくは、「かくれんぼ」のママにたずねた。

「ちがうわ。犯人だという女がウソをついてるのよ」

ユキ子が、よこから口をだした。「だって、くどいようだけど、旦さんみたいに、ジンにタンサンを割ったものばかり飲んでいて、女に縁のない男が、女に殺されるわけがないでしょ」

ユキ子は、たいへんに皮膚の色がきれいな女のコだけど、前歯がかけている。柿の種をかじっていて、前歯をかいたんだって、とユキ子にきいたら、「とんでもない！　ポテトチップよ」とブジョクされたような顔をした。柿の種もポテトチップもおなじようなものなのに、なぜ、柿の種で前歯がかけるとブジョクなのかはわからないが、この際、カンケイはない。

「しかし、殺しもしない女が、なぜ、わたしがチョコレートを送りました、と警察で認めたんだろ？」

「そりゃ、世の中には、変った女や、変った男がいるからね」ママは肉饅《にくまん》をおしつけてかさねたような顎《あご》に手をやった。といって、べつにかたちがわるい顎ではない。「いつだったか、ほら、東北の町でおこった殺人事件の真犯人は自分だ、って男が、テレビにでたり、週刊誌にのってたりしたでしょ。あれだって、あたしゃ、ぜったい真犯人ではない、とおもったわ」

「どうして？」ユキ子が、からになったぼくのグラスをふんだくって、とりあえず、氷をほうりこんだ。

「あの男は、テレビにでてきたとき、黒メガネをかけてたじゃない。ほんとの犯人なら、正々堂々としたもんだから、黒メガネなんかかけるわけがないわ。しかし、ウソの犯人だから、黒メガネをはずし、素顔を見せたら、まあ、あれはうちの蒸発とうちゃんばい、あんときゃ、うちの布団で寝とったとに……なんて、九州あたりにいたことがわかり、つまり、アリバイが成立するのをおそれたのよ」

「だけど、それとこれとは……」

「おなじことよ。だいいち、あんた、この犯人だっていう女をしってる？」

ぼくは頭をふった。頭のなかで、ぼくが飲んでるジン・ロックの氷がぶつかるような音がした。

「あんたと旦さんとは、いつもつながって飲んであるいてて、旦さんが殺された一昨日《おととい》の晩だって、いっしょに、うちの店にもきたし、旦さんのことなら、なんでもしってるんじゃないの。白木麻子っていうこの女の名前ぐらいは、旦さんからきいた？」

「いや」ぼくは、また頭をふった。前ほど、頭のなかで音がしないのは、頭のなかの氷もとけてきたのだろうか。

だが、ぼくは、つづけて頭をふっていた。もちろん、ぼくは、白木麻子なんて女はしらない。しかし、この名前は、どこかで見たような……。

ぼくは、ジンのオンザロックを飲みかけて、うっ、と声をだした。

月川旦の手帳のいちばんおしまいのページに書いてあった女の名前ではないか？

「あ、あの……」ぼくはせきこんで言った。

「こんな名前の女をしらないか、と、旦が手帳をだして、ママにきいたのは、この白木麻子って名前じゃなかった？」

「しらないわ。いつのこと？」

「かくれんぼ」のママは、ゆたかなからだをうしろにひくようにした。うす気味わるがってる顔だ。

白木麻子というのは、月川旦の手帳に書いてあった女の名前にちがいない。月川旦は、このあたりの歌舞伎町や新宿・花園《はなぞの》のいきつけのバーや飲屋《のみや》で、手帳をだして、こんな名前の女をしらないか、とたずねていた。十二、三日前から、殺された夜までずーっとだ。ぼくにも、この名前の女に心あたりはないか、と月川旦はきいた。

それで、どこの女なんだい、とぼくはききかえし、月川旦は、ため息なんかついて、首をふった。

「それがわからないから、こうしてたずねてまわってるんだ」

「電話して、本人にきいてみりゃいいじゃないか」

ぼくは、月川旦の手帳を指でつついた。白木麻子という女の名前の下に、電話番号が書いてあったのだ。

二〇九とか二〇八とか、新宿の町なかないし新宿周辺の局番のようだったが、もちろん、はっきりはおぼえていない。こんなことになるとはおもわないので、おぼえる気もなかったし……。

「電話はしたさ」月川旦はため息をついて、くちびるをなめた。酔っ払ったときのくせなのだ。あまりみっともいいくせではない。あれは、どこだっただろう。花園の「あり」あたりだったかもしれない。「だけど、いつ電話しても、呼出音が鳴ってるだけで、だれも電話口にでないんだ。きょうは、一日中、電話をかけてた」

名前も電話番号も、たしかボールペンで書いてあり、電話番号の数字が、事務の女のコが書くような、たとえば、9の字の頭を逆にして、音符の♩をさかさまにしたみたいな数字だったのは、ぼくもおぼえている。ただ、そのなかに、9の数字があったかどうかはしらない。

「しかし、どうして、こんな女の名前や電話番号が、おまえの手帳に書いてあったんだろう?」

「この女が、おれの手帳に書いたのさ」

「なぜ?」

「バカ……電話番号まで書きこんでるのは、またあいたいから、電話してほしい、ってことじゃないか」

「へえ……」ぼくには信じられなかったが、女が書いた字だということはまちがいないようだった。「しかし、電話したって、だれもいないんだろ?」

「うん……」

月川旦は苦悩してる顔で、ジン炭酸のゲップをした。

「それにしても、きょうは一日中、この番号に電話してたっていうのは、いったい、どういうことなんだい」

「ああ、夏のはじめに、スイートピイのにおいをかいだような、えれえ甘美《かんび》な思い出があるんでね」

「だけど、おまえ、この女の顔もからだつきも、なんにもおぼえてないんじゃないか。女が、おまえの手帳に名前と電話番号を書きこんだのも、どこで、どんなことで、そうなったのかも記憶にないんだろ。それが、なんで、とつじょ、甘美な思い出になるんだ」

「思い出というのは、物語的、ないしは絵画的なものとばかりはかぎらない。そよ風の感触のようなのや、どこからただよってくるのかわからない、夜の闇のなかの木犀《もくせい》のにおいのような思い出もある」

月川旦は、赤くなってる鼻の頭を、指さきでひっかくようにした。いい歳をして、鼻の頭にニキビをこしらえてやがる。

「女性週刊誌の取材の女記者かなんかが、コメントがほしいから、酔っ払ってないときに、ここに電話してほしい、なんてことで手帳に書いたのかもしれないぜ。なにが甘美な思い出だ」ぼくはケチをつけた。

「いや、この女とは、ぜったいなにかがあったんだ。女とのことで、こんなに甘美な感じがのこってるのは、今まで一度もなかったからね。ちくしょう、どこにいったら、また、この女とあえるのか……」

月川旦は、ジン炭酸のぶくぶくの泡《あわ》をみつめてもだえた。

だが、なぜ、白木麻子は、月川旦に青酸系の毒物がはいったチョコレートなどを送ったのか？

月川旦は、ぜんぜん記憶にはないけど、甘美な思い出がのこっている、とくりかえした（まるっきりおぼえてない思い出というものが論理的にあり得るのかどうかはべつにして……）。

甘美な思い出の相手の女が、殺したりするのは、考えてみればおかしい。それとも、月川旦には甘美なおもいだったのか、相手の女、白木麻子には、たいへんな屈辱《くつじょく》ないしおそろしいことだったのか？

あるいは、月川旦は白木麻子とあって、甘美なおもいをしているときに、彼女がぜったいひとにしられたくないものを、見るか、きくか、さわってしまった。それで、白木麻子は月川旦を殺した……なんだか、スパイ物か、ミステリーがかってこっ恥ずかしい想像だが、現実には、あんがいあり得ることかもしれない。

ただバカらしいのは、たとえそんなことだとしても、月川旦は、酔っ払っていて、なにもおぼえていないのだ。

いったい、白木麻子とは、なに者なのだ？　そして、世間の評判とはまるで逆に、ぜんぜん女にはモテなかった月川旦と、どこであって、どんなことがあったのか？

月川旦が酔っぱらってるときにあったことは確実だから、くりかえすが、このあたりの彼のいきつけの飲屋かバーにちがいない。

月川旦もぼくも、でれでれ飲みのなまけ者で、新宿区役所通りのある点を中心にするならば、歌舞伎町の一部と新宿・花園の、せいぜい半径五十メートルぐらいのところを飲んであるいてる。

ただし、それだって、仕事をしてるときよりも、飲んでる時間のほうが長く、仕事はみじかく酒はながし、とわる口を言われてた月川旦のことだから、いきつけの店といっても二十軒はこす。

まてよ、月川旦が手帳に書いてある白木麻子の名前と電話番号を見せ、こんな女に心あたりはないか、と、ぼくといっしょにたずねてまわった店は……新宿区役所裏の「ダック」に歌舞伎町五番街……といってもせまい路地の「小茶」、そして花園街にはいって「クラクラ」あたりだった。

みんな、日曜日でもあいてる店だ。月川旦は、モノを書く以外にも、それこそテレビとか対談とか座談会とか、ヌード大会の審査員とかいそがしい男で、そんなことから、偽《ガセ》の艶名が世間にはつたわっているのだが、近頃は、でれ飲みボケで、物忘れがひどく、だから、とくに酔ってるときの約束などは、相手に手帳に書きこんでもらい、あくる日、目をさましたら、まず手帳を見ることにしていた。

そんなわけで、月川旦が月曜日、目をさまして、手帳を見ると、白木麻子の名前と電話番号が女文字で書きこんであり、前の夜の日曜日の晩、どこでこの女とあい、なにをしたのかは、まるでおぼえてないけど、とりあえず、せつせつと、甘美なおもいでがよみがえってきたのだろう。

しかし、月川旦がたずねてまわったときとおなじように（なぜ、ぼくも、月川旦とおなじことをしなきゃいけないのか）、どこの店にいっても、そんな女はしらない、という返事だった。

げんに、白木麻子は、月川旦を殺した犯人として警察につかまっているが、警察で調べてあきらかになるようなことのほかに、どうしても、ぼく自身がつきとめなきゃいけないことがありそうな気がする。

月川旦もぼくも、モテない男という陳腐《ちんぷ》な言葉が、しごくぴったりのかなしい男だ。なん度もくりかえすが、そんな月川旦が、女のことで、女に殺されるなんて、どうしても本気にできないけど、月川旦は殺された。

そして、酔っぱらって、ぜんぜんおぼえていないが、白木麻子という名前については、かつてしらなかった甘美なおもいがのこっている、と月川旦は言った。

月川旦は、ふれてはならない空気にでもふれ、命をおとしたのではないか。ほかの男たちならば、ごくふつうの空気なのに、月川旦やぼくのような者には、たとえようのないくらい甘美でかぐわしい空気で、しかし、命をおとす危険のある……。とにかく、ぼくにとっては、それこそひとごとではない。

花園街の「唯尼庵《ゆにあん》」も、二週ほど前の日曜日の夜はあいていたというので、いってみたが、「しらないねえ」と「唯尼庵」のおキヨは、男のコみたいな口調で言い、「だけど、あんたもそうだけど、旦さんみたいに人畜無害のひとが、女に殺されるなんて……」とおどろいていた。

人畜無害と言われるほど、男にとって不名誉なことはない。

ほんとに、月川旦は、いったい、どこで白木麻子にあい、どんな時間をすごしたのか。どの店にいっても、そんな女はしらないというのは、ツケで飲むような常連の女ではない。たぶん、ひとりでどこかの店にきて飲んでるところに、月川旦もいきあわせたのだろう。

電話番号の数字が、事務の女のコのような書きかただったところを見ると、どこかの会社にでも勤めているのか。

日曜日の夜、というのも、泣かせそうな気がする。新宿も、近頃は、ぼくや月川旦が飲んであるいてるあたりは、日曜日にあいてる飲屋やバーはすくない。元青線の花園の路地なども、くらくて、ひっそりしている。

白木麻子は、ひとり暮しの会社勤めの女ではないだろうか。恋人も、ひとりや二人あったかもしれないが、今は、ひとりでいる。土曜日の夜も、ひとりで自分の部屋にいたが、日曜日の夜になり、つい、新宿にきてしまった。そして、学生時代につれられてきたことがある花園街の、今は、もう代もかわってる店で、やはりひとりモテなく飲んでいる月川旦にあい……。

大学をでて、会社につとめ、大学のときからつづいていた（あるいは同棲していた）ボーイフレンドも、つまらないケンカをきっかけみたいにして、去っていき、そのあと、もうひとり男もかわって……新聞に書いてあった白木麻子の二十七歳という年齢は、ちょうどそんな歳ごろのような気もする。

三光町も、明治通りのむこうになる「05」にもいってみたが、店の表のドアはしまっていた。

しかし、なんだって、月川旦は、「05」のママのマンションで死んでいたのか。

月川旦から、「05」のママのことは、ぼくもきいていた。もう十年くらい前からの関係らしい。「いやな女でね」と、「05」のママのことをはなすときは、月川旦は、指をつかったら、その指をフィンガーボールで洗いたいような顔をした。

「05」という店の名前は囹圄《れいご》、ろうや、からつけたそうで、これを見ても、気取ったママだってことがわかる（ほんとは、れいご、ではなく、囹圄《れいぎょ》とよむのに、と月川旦も言っていた）。

いわゆる美人の顔だちだが、着るものを脱いだら、カエルみたいにおヘソがないような、まるで、おんなのにおいのしない、つまりやる気がしない女なのだ。

月川旦とは親類だとかで、「05」のママが女子美大にいってたころから、なにかあったらしい。モテない男にしてはめずらしいことだが、腐《くさ》れ縁という古風な言葉があてはまるあいだなのかもしれない。

×　　×　　×

白木麻子が月川旦を殺したのは、旦が結婚を約束したのに、じつは、もう結婚していたからだそうだ。

これには、ぼくもたまぎった。しかも、結婚してる相手は、「05」のママだという。

ぼくは、月川旦が「05」のママと結婚してるというはなしはきいたことがなかった。

しかし、月川旦がかくしていたのでも、あんなヘソなしカエルみたいな（しかも気取ってる）女と夫婦なのが恥ずかしく、だまっていたのでもないとおもう。

月川旦は、なんでも……ほんとによけいなことまで、ぼくにはしゃべった。ぼくだって、おんなじだ。

しかし、「05」のママと結婚してるなんてことは、一度もきいたことはない。

つまり、月川旦は、「05」のママと結婚してることをしらなかったのではないか。結婚届なんて、そこいらの三文判があれば、かんたんにできる。

月川旦もぼくも、でれでれノンベーのなまけ者で、海外旅行なんてものにもいったことはないから、パスポートをとるために、戸籍謄本《とうほん》や抄本《しょうほん》をとってくるということもない。そのほかに、戸籍なんて見ることはないものだ。また、「05」のママが、かってに、籍をいれたのは、最近のことかもしれない。

ともかく、籍がはいってれば、「05」のママのマンションは、夫である月川旦の自宅ってことになるわけで、自宅の謎はつまんなく解けた。

さて、白木麻子だが、やはりひとり暮しの会社勤めの女のコらしい。週刊誌にのってる写真を見ると、目もとがほろっと淋しい、それほど美人ではないが、写真だけでもゾクンとくる顔をしている。

世のモテモテおじさんの評判とはちがい、女といえば、「05」のヘソなし美人の（といっても、もう四十ちかくだが）ママか、金で買って寝る女しかしらなかった月川旦は、白木麻子にあって、ゾクンゾクンし、ほんとに、結婚の約束ぐらいした可能性もある。

月川旦やぼくみたいな、常習酔っ払いは、たまに酔うひととちがい、酔ってるときのほうが、かえってくそしんけんなこともめずらしくない。

ただ、悲劇的というか、アホらしいというか、月川旦は、だいじな結婚の約束も、白木麻子とどこであってなにをしたかも、酔って記憶にはなく、ただ甘美なおもいだけがのこった。

考えてみれば、こんなバカらしい殺されかたはあるまい。

だいいち、月川旦は、毒入りのチョコレートをたべて死んでいる。チョコレートなど、ふだんは、まちがっても口にしない月川旦が、なんだって、飲んだあとで、チョコレートなどたべたのだろう。

しかも、箱のなかのなん十コかあったチョコレートのなかで、毒入りチョコレートはたったの一コで、その一コを、月川旦はえらんで口にいれたというのだから、バカらしさも念がいっている。

しかし、いちばんバカらしいのは、月川旦は、自分が「05」のママと結婚したこともしらず、また、白木麻子に結婚の約束をしたことも記憶にはなく、なんで殺されたのか、動機もわからなかったことだ。

おまけに、月川旦は、殺された夜まで、ぼくといっしょに、こんな女に心あたりはないか、と白木麻子のことをたずねており、どこであった、どんな女かをさがしていた。

その女に、月川旦は毒入りチョコレートで殺されたわけだから、だれが自分を殺したのかもしらず、またなぜ殺されるのか、動機もわからず、それどころか、青酸系の毒物をのみこんだら、イッパツで、まず神経がやられ死んじまうから、自分が殺されていること、死んでいることにも気がつかなかったのではないか。

まったく、バカな殺されかただ。

白木麻子が毒入りチョコレートを、「05」のママのマンションあてに送ったのは、月川旦よりも、「05」のママを殺したいという気のほうがおおかったともおもえる。

そうだとすれば、また、バカらしさの上塗《うわぬ》りだ。

ついでだが、白木麻子が警察に逮捕されたのは、月川旦の手帳に書いてあった名前と電話番号かららしい。なにしろ、月川旦はモテない男で、ほかに、女の名前など、手帳になかったからだ。

しかし、なぜ、月川旦が電話したときは、だれも出なかったのに、警察では、すぐにわかったのか。警察なら、電話にはだれもでなくても、番号で所番地がわかり、白木麻子を張り込んでいたのかもしれない。

ついでのついでだけど、月川旦が殺されたことを、はじめて新聞で見たとき、ぼくは、おなじ社会面の「紙ヒコーキ殺人事件」という記事を読みかけていた。

紙ヒコーキが、いったい、どういうことで殺人をおこしたのか、おもいだして頭をひねってるが、わからない。

それに、あの日の新聞が、どうしても見つからないのだ。

密室殺人ありがとう

カウンターがせせっこましくまがってる隅に、またせせっこましく、壁におしつけてテーブルがあり、ほそいからだつきの女のコがウイスキーの水割りを飲んでいる。ほそくてまっすぐなからだで、髪もまっすぐにきりそろえてあり、ぼくは、エンピツみたいだな、とおもった。

髪の毛があるエンピツはないが、ほんとにエンピツ的な髪なのだ。

まっすぐにからだをたてているのは、こんなところで飲むのには、慣れてないせいかもしれない。もしかしたら、今年、大学にでもはいった女のコだろうか。

「モチ子が死んだって？」

ぼくはマロさんにたずねた。マロさんは、ちいさなシャット・グラスで、ウイスキーのストレイトを飲んでいる。

戦争のあと、アメリカの兵隊たちがきて、そのなかには、水で割ったウイスキーを飲むやつがいるのに、みんなおどろいた、とマロさんは言う。せっかくのウイスキーを水で薄めろなんて、ウイスキーの味を台なしにするとおもったのだ。

それに、なにかを水で割ると、かえって、においが強くなることがある。ウイスキーは、舌にぴりっとくるアルコールの度の強さとにおいが一体になってるので、それを水で割ったのでは、味のバランスがくずれて、におい水を飲んでるようなことになる。

それはともかく、ウイスキーの水割りのようなひどい味のものを、よく、アメ公は飲む、と悪口を言ってた連中が、けろっとした顔で、ごくふつうのことみたいに、ウイスキーの水割りを飲んでいる。

ニンゲンの考えや思想、主義主張なんてものは、つごうによってかわるものだが、味や嗜好は、あんがいとかわらない、とおもわれていたが、これだって、ウイスキーの水割りの例でもわかるように、まったくアテにならない、とマロさんは、なげきながらウイスキーのストレイトを飲む。

ただし、マロさんが主義節操があるのはウイスキーぐらいで、ほかのことは、ちゃらんぽらんとまではいかなくても、かなりいいかげんな男だ。（ちゃらんぽらんといいかげんと、どうちがうのか？）

「モチ子は死んだんではなくて、殺されたのよ」

ママの葉子が、時間と空間のながれを断ちきるみたいなことを言った。ギョッとするようなこと、と言いたいが、べつに、ぼくはギョッとはしなかった。クスッとわらいだしたくなったぐらいだ。

あのモチ子が死んだというのも、考えられないのに、まして、殺されたなんて……。

ぼくたちをとりまき、ぼくたち自身でもある時間と空間は、たえず連続し（だから、生の流れなどといわれる）きれ目がないみたいだが、じつは、断絶があり、そこに、クスッとわらいだしたりする現象がおこるのではないか。

「本気にしてないの？」

ママの葉子は、ぼくをにらみ、ぼくは頭をふった。

「自殺じゃないのか……」

マロさんは、シャット・グラスを目の高さにもってきて、グラスのなかのウイスキーをみつめた。

琥珀色のウイスキーなんて言うが、おもしろくない、とマロさんはなげく。なにも、ウイスキーが琥珀の色をしてることはない。ウイスキーはウイスキーの色をしてればいい、とマロさんは主張する。

いや、マロさんがのぞきこんでいるシャット・グラスのなかのウイスキー色のウイスキーに、ジプシーの占い女の水晶球のように、モチ子が自殺してる姿でもうかんできたのか。

「自分の手で、自分の首をしめて、自殺できる？」

ママの葉子は、しずかに、マロさんに言いかえした。この環境でしずかだというのは、もちろん不気味でもある。

マロさんは、目の高さに上げていたシャット・グラスを、いったんカウンターの上におろし、なぜかため息をついて、ストレイトのウイスキーを飲んだ。

「だけど、検死によると、モチ子は、首をしめての、窒息死だってことだぜ」

「ところが、死体のそばに、首をしめたものがないのよ。自分の手で、死ぬまで、自分の首をしめつけていることはできないわ。紐やベルトをつかったとしても、それこそ、首吊りぐらいしかうまくいかないものだし、首を吊ったあと、その紐かベルトを自分ではずし、タンスのなかにしまってから死ぬ、なんて器用なことはできないわ」

「まして、モチ子にはね」

ぼくは、よけいなことを言った。せせっこましくカウンターがまがってる隅の、これまたせせっこましく、壁におしつけたテーブルで、ウイスキーの水割りを飲んでいる女のコの、まっすぐにのばした、ほそっこいからだが、ゆれている。酔ってきたのか。

しかし、どうして、ぼくは、この女のコを見て、モチ子のことをおもいだしたんだろう？まるっきり似てないのに……。いや、あんまり似てないので、ふと、モチ子のことが頭にうかんだのか。

モチ子は、すべてがまるまっこい女のコだった。

ある女子大の家政学科の学生だとか、もう大学をやめてるとかきいたが、ぼくは、はっきりしたことはしらない。

この新宿・花園の路地のスナックには、そんな女のコは、いくらもいて、めずらしいことではない。

スナックといっても、昔の青線のときの店をそのまま つかってるせまいところで、なにかを、たとえばスパゲティなんてものをたべてる客なども見かけたことはなく、みんな、カウンターにならんで、安いウイスキーを飲んでいる。

このスナック「3P《スリー》」は、カウンターのほかに、カウンターがせせっこましくまがってる隅に、ちっぽけなテーブルもあり、新宿・花園の路地では、いくらか広いほうの店だ。

モチ子とは、このスナックでもよくあったが、モチ子は、だれかれとおしゃべりしながら、まるまっこい背中で飲んでいた。

無口でもないが、とくべつ、おしゃべりでもない。また、若い女のコには、若い男のコもそうだけど、気負って、目立つはなしかたをしたりする者があるが、モチ子は、ごくふつうにおしゃべりをしてるだけだった。

きまったボーイフレンドもなかったようだ。つき合ってるのも、花園の路地のスナックあたりで顔をあわせた男のコぐらいで、それも、ふかいつき合いはなかったらしい。

新宿・花園といえば、せまい路地に、もとの青線時代のままのちいさな飲屋がならび、ゲイバーのおにいさん・おねえさんたちが路地で化粧をしていたり、昔の青線のころからの女のところに、昔のなじみ客が飲みにいったりという風景だったが、近頃は、素人っぽいというより、素人の若い女のコが、ひょっこり店をあけたりし、そんなバーやスナックがふえてきた。

そして、芝居をやってる男のコとか、女のコとかがあつまって、安いウイスキーを飲んでいるのだ。

しかし、モチ子は、芝居をやってる女のコでもないようだし、モチ子がいってる（あるいは、もうやめた）女子大の仲間というものもなく、そもそも、どうして、花園の路地なんかにくるようになったのだろう。

いや、モチ子は、けっして謎っぽい女のコではなかった。

だいいち、ころころ、まるまっこい顔つき、からだつきでは、謎めいた女のコにはなり得ない。

モナリザの微笑が謎めいてる（ミスティック）だとかなんだとかいうけど、絵は平面で厚みがないからいいようなものの、あの絵の感じでは（とくに、風にそよぐカーテンみたいに、横巾ばかりで、厚みのない胸がおおい、ニホンの女性にくらべると）実物はかなりずっしりとしたバストのようだ。

そんな女が、目の前にいて、うす笑いをしたところで、けっして謎めいた（ミスティックな）微笑などには見えず、オナラでもちょっぴりもらし、「あら、いやだわ」と自分でテレかくしにわらってるぐらいにしかおもえないだろう。

モチ子は、まるまっこいからだつきだが、それもゴムまりのように弾んだまるまっちさではない。

まるまっこくてやわらかいからだつきで、力をいれて抱きしめたら、腕のかたがついて、やわらかく凹《へこ》みそうでもあった。

いくらか蒸しすぎた肉饅頭みたいに、ほかほかのやわらかさか、弛《ゆる》みかげんの感じもある。

モチ子は、北海道育ちだと言っていたけど、色が白く、そんなところからも、素肌のやわらかさを連想させるのかもしれない。

あまい（そして古いたとえだが）マシュマロのような、というコトバも頭にうかぶ。

そういえば、近頃、マシュマロを見なくなった。あれも、昔のお菓子になってしまったのか。

ともかく、マシュマロみたいでは、謎っぽくはなれない。チョコレートには、まだまだミスティックなかげがあり、毒入りのチョコレートもミステリにでてくるが、毒入りのマシュマロなんてきいたことがないもんな。

モチ子は、顔やからだつきだけでなく、しゃべることも、ごくふつうで、ヒステリーをおこすこともなく、だれかはなしかけても、それこそマシュマロみたいにわらいながら、うけこたえをしていた。

酔っぱらって、そばにいる男のコにべたつくこともない。

着てるものも、赤いセーターに白いスカートとか、白いセーターに赤いスカートとか、ごくふつうの服装だ。スカートをはいてないときでも（パンティだけの、すっぽんぽんなんてことではなく）ごくふつうのジーパンやパンタロンをはいていた。

とくべつ、ゲイジュツに興奮するわけでもなく、モチ子が政治のはなしをしたのもきいたことはない。

ごくふつうの、おそらく、高校のときもふつうに成績のよかった女のコだろう。

だが、そんなふつうの女のコが、どうして、新宿・花園の路地に飲みにきてたのか。

新宿・花園も、さっきも言ったように、ゲイボーイのおにいさん・おねえさんや、元青線の路地といったおもかげは、せまい路地をはさんでならんでいる建物はべつにして、だんだんなくなってきているが、ごくふつうの女のコなんてのはこないところだ。

それも、だれかにつれられてなら、ごくふつうの女のコもくることがあるが、ごくふつうの女のコというのは、とたんに酔っぱらったりするもので、トンチンカンなことを言ったり、したりして、まわりの者がシラけてしまう。

しかし、モチ子は、だれかにつれられてってことはなかった。くりかえすけど、だったら、はじめから、ひとりで、ひょろっと、花園の路地にまぎれこんできたのか?

新宿の路地で、ひとりで飲んでいて、ごくふつうに見える女のコというのは、ごくふつうにはちがいないが、やはりふつうではないのか。また、くどくなった。

おなじカウンターで、ぼくは酔っぱらっていた。この「3P《スリー》」にきてから、どれくらい時間がたっただろう。

時間がしずんでいく。そのスピードが、はやくなったり、ゆるくなったり……。はやいというより、時間がきれて、とんでしまったりする。

かとおもうと、しずんでいった時間が、またうきあがってきて、上下にゆれている。時間は、けっして逆もどりはしないというのは、時計の時間のことだけではないか。ほんとの時間は、しずんでいったり、うかんだり、逆もどりもするのではないか。逆もどりばかりしている時間もあるかもしれない。

「モチ子が殺されたってねえ」

ぼくは、くどくど、くりかえした。さっきから、口にだして、何度もくりかえしてるのは、そういうコトバはつまり発音できても、モチ子が殺されたことと、どうしてもひとつにならないのだ。

エンピツみたいに、ほそい、まっすぐなからだの女のコは、まっすぐなからだをふらつかせながら、かえっていった。

男のコでも待っているのかとおもったが、だれもこなかった。ほそい、まっすぐなからだが、酔ってゆれてるのは、よけいまっすぐに感じるものだ。

「どんなふうに、モチ子は殺されてたんだ?」

「だから、アパートの部屋で、たおれて、殺されたのよ」

「3P」のママの葉子は、めんどくさそうにこたえた。ママの葉子も、カウンターのなかで腰をおろして飲んでいる。

「よくしってるな」

「わたしの友だちがもってるアパートだもの。部屋代も安くて、いいアパートなんだけど、へんなひとはいれたくないって……だから、ちょうど、モチ子が部屋をさがしてたから、紹介してやったの」

「ママのどんな友だち？」

「バカ、女の友だちよ。モチ子は、部屋もきれいにしていて、洋服ダンスとか、女のコがもっていそうなものは、だいたいそろっていたみたい。お人形かなんかも一ケか二ケは、飾ってあって、そんな部屋で、たおれて殺されてたんだって……。あ、殺されてたおれてたのか」

「ふうん、服は着たまま」

「首をしめられて殺されたのは、三日前の夕方だって。もちろん、服は着たままよ」

「暴行されてたのか……？」

「ナシ。とにかく、コトンと殺されてたらしいわ」

「モチ子には、男はいなかったのかねえ」

「うーん、男のうわさは、きいたことはない」

「だったら、処女だったんだろうか？」

「すぐ、そんなよけいなことを考えるんだから……。処女なのと、処女でないのとは、どうちがうの？」

「死体は、よく、鼻の穴やなんかに綿をつめたりするだろ。処女だと、綿がひとつすくなくてすむとかさ」

「モチ子は自殺だとおもうけどなあ」

マロさんが目をひらいて言った。ストレイトのウイスキーがはいったシャット・グラスを前におき、マロさんは足を組んで眠っていたようだ。足を組んだまま眠るというのは、そうとうな紳士だと考えていいのではないか。

マロさんは、昔風にいうならば、ロナルド・コールマンみたいなほそい口髭をはやしている。ぼくは、ミステリの翻訳で食っていってるが、ペンシル（鉛筆）でかいたようなほそい髭という言いかたもあるようだ。

着ているスーツも、ダークブルーにワインレッドの、ほそいたて縞、つまりペンシル・ストライプがはいった粋なものだ。マロさんの歳は五十ぐらいだろうか、かなりおしゃれな紳士だといえる。

ただし、この紳士は、夜、新宿・花園でストレイトのウイスキーを飲む以外、いったいなにをやっているのかは、わからない。

マロさんは、本名を実麿というのだそうだ。お公卿さんかなんかの出かもしれないが、マロさんは、自分のことは、なにもはなさない。

「どうして、モチ子が自殺なのよ」ママの葉子は、自分でおかわりをしたジン・トニックのグラスを上にあげ、ぼくのグラスとカチンと合わせようとし、ぼくは、あわてて、グラスをひっこめた。カチンとやると、ぼくのおごりになる。「モチ子は、首をしめられて死んでたけど、首をしめた物は、死体のそばにはなかったのよ」ママの葉子は、おなじことをくりかえした。「だとすると、自分の手で自分の首をしめるよりないけど、そんなことができるとおもう？　犯人が、なにかでモチ子の首をしめるか、ま、手でしめてもいいけど、殺したあと、部屋をでていったのよ」

「しかし、モチ子の部屋は、窓にも内側からねじ鍵がかかっていて、部屋の入口には掛金がおりてたっていうじゃないか。どうやって、犯人が部屋からでていったんだ？」

「だから、密室殺人よ」

「密室殺人！」

ぼくは、つい声が高くなり、口をおさえた。しかし、もう夜もおそく、ほかの客はいない。

「モチ子が、そんなぎんぎらぎんの死にかたを……」ぼくは息をはきだした。「あのコは、もともと、派手《ファンシー》っぽ女のコとはちがうよ」

「殺されるほうにはカンケイないわよ。殺した犯人が、ぎんぎらぎんのスカしたやつだったんじゃないの。たとえば、こちらのマロぎみみたいにさ」

「お、おい……」マロさんが、口もとにもっていきかけたウイスキーをこぼした。

ぼくなんかがアルコール類を飲むときは、盃やグラスが口に近づくと同時に、口のほうも、逢いよる魂のように近づき、つまりランデヴーする。だが、マロさんは、そんなことはない。背中をシャキンとのばしたまま、口までグラスをはこぶのだ。ママの葉子が言うように、マロさんは、かなりスカしてるほうかもしれない。もちろん、飲みかけたウイスキーをこぼすなんてことは、ほんとにめずらしい。ぼくは、おどろいて、マロさんの顔をみつめた。鼻の下のほそいコールマン髭も、こまかくふるえているようだ。

ともかく、富士には月見草が似合うかもしれないが、モチ子に密室殺人は、まるで似合わない。

しちくどいが、マシュマロみたいに、あまい、しろい肌をして、ぷくんとまるまっこい女のコを、密室で殺してみたってしようがないではないか。

「窓には、内側からねじ鍵がかかってたというけど、窓ごとはずして、部屋の外にでて、窓ごとはめたなんてことじゃないの」ぼくは鼻をならした。「そんなのが嵩じると、野っ原のまんなかで殺した死体のまわりに部屋をつくり、ビルをたて、密室をこしらえたりする。バカなはなしさ」

「ほんと、ストーリイとしてはバカらしいけど、実際には、死体をかくすために、その上に家をたてたなんてことが、ちょいちょいあるね」

「これも、一種の密室犯罪だが、終戦後、中国で……」

マロさんは言いかけ、ママの葉子が口をはさんだ。

「終戦後、中国で、マロさん、なにをやってたのよ」

「捕虜さ」

「へえ、マロさんは兵隊にいったの？」

ママの葉子はマロさんの顔をのぞきこむ。マロさんは、指さきで、コールマン髭をひねるようにした。もっとも、鼻の下というよりくちびるとのボーダー・ラインに、ほそく、みじかく刈りこんだ髭で、指さきでひねるほどの長さはない。

「われわれがもっていた糧秣、米を中国軍に引渡して、倉庫のなかにいれたんだ。この倉庫が、もとは弾薬庫かなんかで、頑丈なレンガの壁に、ごつい扉、それに、窓には鉄格子がはまっててね。とてもじゃないが、なかにはいって、いったん引渡した米を、また盗みだすことはできない。しかし、そこに米はあるわけで、われわれは、つまり指をくわえて、ながめてたってたわけさ。ところが、中国兵は、ちゃんと、これをもちだしたんだな」

「だって、どうやって、そんな頑丈な密室みたいなところにはいったのよ」

「そこが、この密室犯罪のおかしなところでね。密室だから、もちろんはいれない」

「はいれないで、お米がもちだせる？」

「うん。中国兵たちは、さきを削《そ》いだ長い竹の筒を、窓の鉄格子のあいだからいれてね。そいつを米俵にぶっさし、竹の筒をひいて、筒のさきにはいってる米を、すこしずつ持ちだしたってわけさ。これだって、一晩中やってれば、かなりの量になる」

「でも、一晩中だなんて、わりとおっぴらなわけなのね。いくら密室犯罪でも、おっぴらなのはつまんない」

「それじゃ、こんなのはどうだ。横浜の北波止場《ノース・ピア》の貨物船の船倉《ハッチ》のなかのことだけどね。米軍がチャーターした貨物船で、その船倉《ハッチ》には、アメリカからきたビールの函がつんであり、それをおろしてたってわけ」

「だけど、マロさん、そんなところで、なにをしてたのよ。仲仕《ステベ》？」

ママの菓子は、プウッとふきだした。コールマン髭をはやした仲仕《ステベ》を想像して、おかしかったんだろう。

「いや、カーゴ・チェッカーだ」

マロさんは気取った発音でこたえた。しかし、カーゴ・チェッカーというのは、船につみこんだり、おろしたりする貨物《カーゴ》の数をかぞえるひとで、そんなに気取ってこたえるほどのものでもない。

「ともかく、その船は、戦争中にアメリカで輸送船用に大量造船したリバーティ型で、せいぜい六、七千トンかな。船倉《ハッチ》もたいして大きくはないんだ。しかも、ビールの函がぎっしりつみこんであって、そこに、警備員が四、五人、M・Pもたって監視している。

ところが、ひょいとよこをとおった仲仕が赤い顔をしてるんだな。口のにおいをかぐと、アルコールくさい。気がつくと、仲仕は、みんな赤い顔をしていて、赤くないのは警備員《ガード》とM・Pと、わたしぐらいのものなんだ。

だけど、今もいったように、そんなに大きな船倉《ハッチ》でもないし、船倉《ハッチ》いっぱいあったビールの函を、石炭の露天掘みたいに、まんなかに四角い穴をあけて掘りだすように、つみおろしてるわけだから、空間はもっとせまい。せいぜい、一辺の長さが七、八メートルってとこかな。

だから、だれかが、函をやぶって、ビールを飲んでたりしたら、見て見ないふりもできない。しかも、警備員《ガード》が四、五人に、M・Pも監視してる前で、仲仕たちは、つぎつぎに赤い顔になり、息がビール臭くなってくる」

「で、そのひとたちは、やはりビールを盗み飲みしていたの」

「うん」

「でも、せまいところに監視のひとが何人も立ってるんでしょ。どこかで盗み飲みしていても、すぐわかるわけじゃない？」

「わたしもそうおもった。だから、ふしぎで、なかのよかった若い仲仕に、ビールを飲んでるのか、とたずねたんだ。すると、チェッカーさんもビールを飲みたいのかい、とききかえし、警備員に気がつかれないように、なにげない顔でついてこい、と言う」

「まさか、船倉《ハッチ》の外みたいなところではないでしょうね。だったら、密室違反だわ」

「ちがう。ちゃんと船倉《ハッチ》のなか。船倉《ハッチ》の隅まできたら、はやく、このなかに……と、ちいさなトンネルができてたんだよ」

「トンネル⁉」ぼくも口をあけた。

「そう。まわりに壁のようにつみあげたビールの函の下のほうに、人ひとり、よこになってはいれるぐらいのトンネルがつくってあってね。つまり天井も床も壁もビールの函のトンネルにもぐりこんで、寝たまま、ビールを飲むってわけさ。そのトンネルの前には、仲仕が二人ぐらい、仕事をするふりをして立ち、トンネルの入口をかくしてる。そして、トンネルのなかで、いいかげんビールを飲んだあと、足で合図をすると、その足をもってひっぱりだしてくれるんだ。そういうトンネルつくりの名人も仲仕のなかにはいたらしい」

「だから、密室ってのはアホらしい」ぼくは、なんだか大きな声をだしていた。かなり酔ってきたのかもしれない。「だいいち、部屋とか、とざされた室内とか、そういうのがあるのがいけない」

「だって、部屋がなきゃ、密室にはならないわ」

「しかし、部屋があると、すぐカラクリができる。部屋のない密室犯罪ってのはどうだい。あけっぴろげの広々とした空間、たとえば、人も動物もキカイも、なんにもない砂漠のどまんなかで、だれかが殺される。これならインチキはないぜ。とざされた密室でなら、ひらかれた密室だ。まるっきり仕掛けがやりにくい」

「だけど、だれもいない、だれも見てない砂漠のまんなかで、たとえだれかが殺されたって、ひらかれた密室もなにも、べつにどうってことはないわ。だれも見てなく、だれも気がつかなきゃ、そんなことなかったのとおなじだもの」

「実際には、そんなものかもしれないな」ぼくは、すぐ迎合する。「ふつう、死体があって、はじめて殺人事件になるんだから……。それはともかく、ほんとにモチ子は、密室殺人……」

「わたしは、やはり、モチ子は自殺だとおもう」ママさんは、いやに断定的な言いかたをした。

「しかし、自分の手で自分の首をしめるのは……」

ママの葉子は、もうなんべんもおなじことをくりかえし、マロさんは、手をあげてとめた。

「だいいち、モチ子は、はかなんでいたからね」

「はかなむ？」

「ああ、モチ子は世をはかなんでいた」

ぼくは飲んでいたジンが鼻腔のほうに逆流し、涙がでた。

「あのモチ子が、ハナかんだじゃなくて、はかなんでたなんて……ア、ハ、ハ……」

ぼくは涙をながし、首をふった。マシュマロを焼いたみたいに、ぷくんと、しろく、やわらかく、まるまっちいからだで、いつもクリームのにおいのするような笑顔をしていたモチ子が、世をはかなむとは……。

「マロさん、どうして、そんなことをしってるの」

ママの葉子の目がほそくひかった。まてよ、マロさんはモチ子となにかあったのではないか。モチ子とマロさんとではうんと歳はちがうが、二人がカウンターでならんで飲んでたりするとき、コトバがとぎれた瞬間に、なにかがにおうような気がしたものだ。

あれは、男と女のほのなましい（たとえばフレンチ・ドレッシングのような）においだったのか。奇妙な想像だが、若い連中よりも、コールマン髭のマロさんのほうが、モチ子のマシュマロの白い肌にかさなって、構図のブレがすくなそうな……。

密室殺人なんてぎんぎらぎんのことは、モチ子には似合わない、とぼくがわらったとき、ママの葉子は、殺されたモチ子にはカンケイはない、殺した犯人がぎんぎらぎん趣味のスカした男で、たとえば、このマロぎみみたいだった、と言いかけると、マロさんは、ウイスキーをこぼし、気取ったコールマン髭までふるえたようだった。こんなことは、まずないことだ。

それにさっきから、モチ子は自殺だ、世をはなかむ、いや、はかなんでいた、ときめつけるみたいなマロさんの口ぶり……。

あ！　もしかして、マロさんがモチ子を……。

「キュージおじちゃん、オートバイを買ってくれるという約束だったけれど……」

ぼくは、すこし遠慮しながらきりだした。キュージおじちゃんにあうのは、ひさしぶりのことだ。昨夜とおなじ、新宿・花園の「3P《スリー》」で、マロさんもいる。

「え？　アタキがきみにオートバイを買っちゃる、言うたか？　いつのこと？」

「さあ、もう何年前になるか……」

「ふうん、オートバイをねえ。アタキがそげんことを……」

キュージおじちゃんは、自分のことをアタキという。これは、九州の博多の言葉だそうだが、キュージおじちゃんが、博多に住んだことがあるかどうかはわからない。

キュージおじちゃんの名は、久二と書いて、ほんとはひさじ、と読むらしい。いつだったか、キュージおじちゃんのはなしをすると、密室で殺されたという（マロさんは、自殺だとがんばってるが）モチ子が、クスクスわらいだした。

ぼくみたいに、頭の髪の毛が薄くなりかかった（このあたりの新宿・花園でよく飲んでいるタナカ・コミマサとかいうオジイほどではないが）それこそオジちゃんが、ひとのことをオジちゃんというのが、モチ子にはおかしかったらしい。

だが、キュージおじちゃんは、もう七十歳もいくつかこえている。ぼくがガキのころも、ちゃんとオジちゃんだった。（キュージおじちゃんは、ぼくの遠い親戚らしい）

「きみも、いいかげん頭ばひからかしとる歳ばして」ああ、また、キュージおじちゃんも、ぼくの頭のことを言う。「オートバイとかなんち、コドモんごたろ。オートバイは、やめれ」

「ダメですか」

「うん、そのかわり、ヒコーキ買うちゃろ」

「ヒコーキ！」

「どげなヒコーキが好いちゃろね」

「いえいえ……ヒコーキはいりません」ぼくはあわてて、手をふった。オートバイぐらいならともかく、アパートのひとり暮しでは、だいいち、ヒコーキの置き場がない。

「しかし、ヒコーキはネダンが高いでしょう」

「そりゃ、オートバイより高かろ。ばってん、たいしたことはなか。ヒコーキはよかぞ」

ぼくは、キュージおじちゃんに、ヒコーキを買ってくれる金があるのか、などと失礼なことはたずねなかった。

失礼なだけでなく、ヤバい。もし、ほんとに、キュージおじちゃんが、どかんとヒコーキを買ってくれたりしたら、アパート住いだし……。

キュージおじちゃんは、いつも、なんだかよれよれのものを着ているが、やたらに金をもってることがある。いや、終戦後は、キュージおじちゃんは、大森山王のでかい邸にすみ、その邸の一部にアメリカ人の軍属を住まわせて、その軍属の名義で大型の外車を、運転手つきでのりまわしたりしていた。

あのころ、キュージおじちゃんは、いったいなにをやっていたのか？　今も、それはおんなじで、なにをやってるのかはわからない。

キュージおじちゃんが、ぼくにオートバイを買ってくれると言ったときには、たしか、ヤシの実を割るキカイをつくるはなしをしていた。

ヤシの実を割るキカイを発明したので、これから大量生産をし、とりあえず、フィリッピンに売る。これは、賠償のなかにはいることになっており、だから、金は、確実にニホン政府からとれるそうだ。

ヤシの実は、割っていわゆるコプラをつくり、これを食用にしたり、やし油をしぼったりする。南方諸国にいけば、ヤシの木はどこにでもあるが、密集してはえているのは、やはりへんぴなところで、とったヤシの実を、そのまま、どこかの工場にはこんだりしたら、運賃が高くなる。

そこで、現地のひとたちは、ヤシの実をとると、その場で割るのだという。ところが、ヤシの実の割りかたが、昔からぜんぜんかわらない原始的な方法で、さきのとがった鉄の棒をつったて、それにむかって、エイヤッ、とヤシの実を両手でかかえてふりおろし、めりめりーと割る……とキュージおじちゃんは、もうお歳の、やせたほそい腕でその真似をしてみせたのをおぼえている。

こんな原始的な方法では、力を消耗するし、みじかい時間に、たくさんのヤシの実を割ることもできない。

ところが、キュージおじちゃんが発明したヤシの実割り器は、重量もかるく、携帯便利どんなへんぴなところにももっていけ、現地のひとにもらくにつかえて操作簡単、おまけに製造原価も安いという。

「へえ、すごい発明ですね」と、ぼくは感心し、すると、キュージおじちゃんは、いくらかくすぐったそうにわらった。

「ま、こげなもんばつくろうと考えりゃ、なんとかつくれるもんたい。このこげなものというとをおもいつくとが、いちばんカンジンやろな。こん場合も、ヤシの林のあるとこなら、どこでん、らくにもっていけるヤシの実割りのキカイ、ちいうところにアタキが目をつけたとが、よかったとよ。売れんもんは、なんぼ発明したっちゃ、イミはなか」

「それで、フィリッピンには、どれくらい売れるんです」

「わからん。ばってん、アタキんところにはいってくる総利益は、三億ぐらいのもんやろ」

「三億！」

ぼくは息をのんだ。今の三億ではない。十なん年も前の三億だし……。

それで、ぼくは、そのころ十六万五千円していたオートバイを買ってほしいと言ったのだ。

「おう、オートバイでちゃ、なんでちゃ、買うちゃる」キュージおじちゃんは、鷹揚にうなずいた。「アタキのポケットにはいる三億円は、フィリッピンだけの、それもさいしょの契約の金額やけね」

「フィリッピンだけ……というと、ほかの国にも、ヤシの実割りのキカイを？」

「ああ、ヤシの木は、フィリッピンにしか生えとらんわけじゃなか。インドネシアをふくめて、東南アジアの国々、インド、セイロン、アフリカのマダガスカルなんちところばいれたら……もちろん、世界中の特許ばとるが、なんぼの利益になるかわからん」

「わかりませんか？」

「わからん。計算するともめんどくさか。ばってん、大量生産にはいる前に、ちょっとこまったことのある。ヤシの実割りのキカイはうつくしゅう（ちゃんと）でけたばってん、実験材料のヤシの実のなか。ニホンには、ヤシの木はなかろ。ヤシの実もなか。輸入せにゃいかんが、農産物の輸入ちいうとは、こりゃ、やむいかんと。アタキのヤシの実割り器は、世界的な発明じゃけん、政府も特別の措置はしてくれろうが、きみもしっとるごと、お役所仕事ちゅうもんは、そんにこういうことは、ほんにとろうして、もし、そげんことでモタついて、どっかほかの国の者でん、ヤシの実割りのキカイば発明してしもうたら……」

「いや先生、そのことは、わたしにまかせてください」

と、口をはさんだのがマロさんで、考えてみると、はじめて、ぼくがマロさんにあったのはこのときだった。

キューージおじちゃんとマロさんが、どんなことで知り合ったのかはしらない。

もっとも、キュージおじちゃんはお酒を飲まないので、つい顔をあわせることがすくなく、

逆に、マロさんとは、こうして、しょっちゅう、新宿・花園の路地あたりで飲んでいる。

「しかし、ニホンの国には、ヤシの木も、ヤシの実もなかろうもん」

キュージおじちゃんは、くりかえした。宮崎県の青島あたりにはヤシの木がはえてるが、ヤシの実はあっただろうか。実のならないヤシの木だってあるのだ。また、そのころは、果物屋の店さきで、ヤシの実を見かけたりすることもなかった。まだ、ヤシの実の輸入はやってなかったのだろう。だから「実験材料のヤシの実は、もってきます」

「ばってん、どこから、もってくるとね」

それは、このわたしに……まかせてくれ、とマロさんもおなじことをくりかえした。

それから半年ほどたって、キュージおじちゃんにあったとき、実験材料のヤシの実のことをたずねると、いくらか七面鳥の首にも似て、皺がたるんだお年寄りの喉もとをひくつかせ、キュージおじちゃんはわらった。

「マロちいうとは、ふしぎな男ばい。実験材料のヤシの実は、どかどかもってきた」

「どこから？　ヤシの実の輸入はできないんでしょう？」

「海からたい。海は世界中どこんでん、ようつながっとる。ばってん、実験材料のヤシの実

のなかから、時計がごっぽりでてきたときにゃ、アタキもたまがった」

「ヤシの実のなかから時計が……」

「宝石をのんこんじょるヤシの実もあったばい」

マロさんは、今でも白状しないが、キューージおじちゃんの発明の実験材料のヤシの実を、東南アジアかどこかからもってきて、夜、船が港にはいる前、ゴミといっしょに海にほうりこんでたらしい。

そのなかには、どうせヤバいことをやるのなら、と時計や宝石をのみこんでるヤシの実もあったのだろう。もしかしたら、キューージおじちゃんのヤシの実割り器の実験材料のほうは、うたがわれたときの、つまりかくれミノで、マロさんにとっては、そっちのほうが本命だったのかもしれない。

そのころから、マロさんは、キューージおじちゃんがなにかやるときの、ヤバいこともふくめて、実行隊長みたいなことをしていたのではないか。

さて、ヤシの実割りのキカイのほうだが、どうなりました、とぼくがきくと、キューージおじちゃんは、ああ、あれね……と、まるっきり関心のない顔をし、ぼくも、それ以上はたずねなかった。

年よりは、過去のことばかりをはなしたがるが、キューージおじちゃんは、老人なのに、すぎさったことは、ぜんぜんしゃべりたがらず、そんなところも、ぼくはキューージおじちゃんが好きだ。

「まったく、やりにくい世の中になったわねえ」

カウンターのこちら側にでてきて、ならんでウイスキーのオンザロックを飲んでいた「3P《スリー》」のママの葉子が、ストールのうしろにつきでたお尻をかいた。

この女は、なにかをなげくときには、お尻をかくのか。ともかく、ぼくたちが世の中のことをなげくなんてめずらしい。

「ほんなごつ……それじゃけん、こげんやりにくかなら、いっそ死んでしまおうかとおもうたち、これがまた、やおいかん」キュージおじちゃんもなげいた。「四国の高知にいって、こりゃ、ほんにやりにくか世の中ばい、おもうた」

「四国の高知が、世の中やりにくいことと、どういうカンケイがあるんですか?」ぼくは、よけいなことをたずねた。

「ある、ある。浦戸湾の入口に、れいの桂浜から、浦戸大橋ちゅう大けな橋がでけて、橋梁《げた》と橋梁のあいだ、英語ではスパンちいうが、これのいちばん長かとこは、二三〇メートルで、ライン河のランドルフにかかっとる橋を抜いて、今では世界一ばい。青い海にはるか高う橋のかかって、ほんによかながめやった。ところが、先月、いっちみると、このうつくしか橋《もん》の両脇に、いがいがのうらめしか鉄条網がはりだしとるとよ。この橋から飛込み自殺する者がふえたためやげな」

「いがいがの鉄条網ぐらいで、投身自殺がへるんですか?」ぼくは、また、よけいなことをきいた。

「かなりのジャンプ力がなかと、橋から飛びおりても、鉄条網にひっかかるらしか。それに、いがいがの鉄条網で痛かろうが」

「飛びおり自殺をする者が、有刺鉄線にひっかかって痛いのを気にするかな」

「するんさ。死ぬのはよかばってん、痛かとは、痛うして、こまる」

「わたしだってそうよ。青いきれいな海のなかにすいこまれるみたいに死んでいくのならいいけど、有刺鉄線のとげとげにささって、からだじゅう血だらけなんていや」

ママの葉子は、またお尻をかいた。この尻に、有刺鉄線がブスッとささったら……。

「東北の仙台ばいったときも、あの八木山橋がかなしいことになっとった。青葉城のうしろのほうにある八木山橋ちいえば、下は、それこそみどりの峡谷で、自殺の名所になっとったばってん、これに、米軍基地の塀のごとある金網がはいってあるったい。いちばん上には有刺鉄線がひっぱっちあっち、これが、こちら側にまがっちょる。その金網をきったところもあっち、そこから這いだして、身をなげた男もおったらしか。ばってん、金網はごつかし、ちょっとやそっとじゃ、金網はやぶれん。よほど、あんた、元気のようして、ものごとに積極的な者《もん》でなかりゃ、身投げもでけんちゅうわけたい。そげな者《もん》が、だいたい身投げやらするね」

「まったく……」ぼくもため息をついた。身投げもおちおちできないとは、世をはかなむ気持になる。あ、そうだ。マロさんは、あのモチ子が世をはかなんでいた、と言ってたが……。

「近頃じゃ、クスリも、なかなか手にはいらん。前は、青酸カリやら、なんぼでもあった。ばってん、今は、どこの工場でん、毒物の管理のやかましゅうして……。ああ、こげんやりにくか世の中はなか……と、死のうちおもうても、これがまた、死んでん死ねんときとる。そこで、アタキは、すばらしかアイデアばおもいついた。前代未聞、これまでだれも考えんやった破天荒の大発明たい」

「なんです？」ぼくは、ジンのグラスを空中でとめてたずねた。

「安全自殺器」

ママの菓子がキュッというような音をたてた。からだのなかに、とつぜん、真空なところができ、空気でもすいこんだような音だ。

「安全カミソリ、安全ピン、安全避妊器……いろいろ、安全と名がつくものはあったばってん、安全自殺器ちゅうもんはなかった。ま、これこそは、世界中どこんでんなかった大発明ばい」

「うーん」ぼくはうなった。キュージおじちゃんがヤシの実割りのキカイを発明したとき、こんなものを、というアイデアがいちばんだいじで、そういうアイデアがうかべば、なんとか、それにそったものはつくれる、また、それが売れるかどうかがカンジンだ、と言った。

安全自殺器なんてアイデアは、それこそ、だれも考えつかなかった。それに、購買力のある文明諸国ほど、年々、自殺がふえている。ヤシの実割りのキカイみたいに、地域的に限定されたものでもない。

キュージおじちゃんは、ぼくに、オートバイでなく、ヒコーキ買うちゃる、と言ったが、安全自殺器が世界中で販売されれば、ヒコーキを買う金なんて、どうってことはあるまい。

「で、その安全自殺器は、どんなものなんです？　クスリみたいなものとか……」

「いやいや……。世紀の大発明の内容がもれるごとあるといかんので、ようと説明はでけんが、柔道のしめ技さ。自分で安全簡単、確実にやれるような器具たい。柔道のしめ技は、首をしめるちいうばってん、あれは、脳にいく血管の血ばとめて、つまり失神させるったい。瞬間のことで、痛みもなんもなか。しかし、気管をしめつけて、窒息死させるとちがい、ほっときゃ、意識をとりもどし、生きかえる危険もある」

「生きかえるのが危険ですか？」

「死ぬ者《もん》には、生きかえるのは危険なこったい。そんで、安全、確実に、しかも、からだも損われず、痛い目もなく、うつくしゅうあの世にいける安全自殺器ば発明したとばい。もちろん、手のこんだキカイのごたるもんじゃなか。偉大な発明品は、みんなシンプルで、つまり単純美そのものたい」

ぼくは、また、うーんとうなり、頭をふっていたが、あることにおもいついた。

「まてよ。安全自殺器は、ほんとに世紀の大発明だけど、ヤシの実割りのキカイの発明のときとおなじように、ひとつだけこまったことがあるんじゃないですか。あのときは、発明はできたが、ヤシの実を輸入してないころで、実験材料のヤシの実を手にいれるのに苦労したんでしょ」

結局はマロさんが密輸入し、その実験材料のヤシの実のなかに、時計や宝石をのみこんでるヤシの実もあって、キュージおじちゃんはたまがった、と言っていた。

「安全自殺器の実験材料をさがすのは、ヤシの実を、東南アジアのどこから船につんできて、入港前に、夜、海のなかにほうりこんで密輸入するようなわけには……」

「ああ、それも、マロくんがつごうばつけちくるる。な、マロくん」

キュージおじちゃんは、安全自殺器のはなしがでたときから、ずっとだまりこんでいたマロさんをふりかえり、マロさんは咳きこんだ。

マロさんは、鼻の下のほそいコールマン髭もふるえているようで、ぼくはハッとした。

あのマシュマロのように、ぷくんとやわらかな肌をしたモチ子が、世をはかなんでいた、とマロさんは言ったが、モチ子をキュージおじちゃんが発明した安全自殺器の実験材料につかったのではないか。ママの葉子は、モチ子は殺されたのだと言うのに、マロさんは自殺だとくりかえしてたし……。

「実験材料は、マロくんがなんとかしちくるるとして、こまっとるとは、なんしろ安全自殺器やもんやけん、死体のそばに器具がのころうが。まだ実験の段階で、発明のヒミツがわかってしまうたらこまる。マロくん、あれは、どげなふうに回収し……あれ、マロくん、どこにいったとやろ」

キュージおじちゃんは、あたりをキョロキョロに見まわした。マロさんは、キュージおじちゃんがしゃべってるうちに、だまって、「3P《スリー》」をでていった。

マロさんのうしろ姿を見送るママの葉子の目が、ほそくひかり……。

ヤシの実割りのキカイのときでも、その実験材料というのは、うたがわれたときの隠れミノで、マロさんには、時計や宝石をヤシの実のなかにのみこませて密輸入するほうが、ほんとのねらいだったのかもしれない。

こんど、キュージおじちゃんが発明した安全自殺器だって、自殺できるぐらいだから、他殺にもつかうだろう。キュージおじちゃんの言葉ではないが、簡単、確実な安全他殺器にもなり得る。

あの、しろく、やわらかい肌をしたモチ子が世をはなかんだではなく世をはかなんでたなんて、ぼくには信じられない。

マロさんには、モチ子を殺す、なにかの理由があったのではないか。考えてみたら、ぼくは、こうして、ときどき、新宿・花園あたりでマロさんと飲んでるが、マロさんのことは、なんにもしらない。

長々としゃべってきたが、じつは、これまでのことは前おきみたいなものだ。

昨日の午後、ぼくは、新宿の紀伊國屋の裏をあるいていて、モチ子にあい、たいへんなヨロクをした。いや、ヨロクなんてはしたないものではない。しあわせな気持、と言ったほうがいいだろう。

もちろん、モチ子は生きていた。殺された死体や、自殺した死体が、紀伊國屋の裏を、ひとりであるいてるわけではない。

ぼくは、モチ子の姿を見かけて、びっくりして足がとまり、心臓もとまったような気がしたが、気がついたときには、モチ子のところにかけより、そのぷくんとまるまっこいからだを抱きしめていた。

「ワラさん（ぼくのこと）に、あんな情熱があるとはおもわなかったわ。人がたくさんとおってる通りのまんなかで、わたしを抱きしめて……」

その夜、大久保百人町の旅館にいったとき、モチ子は言った。

モチ子は、着ているものをみんなとると、それこそ、マシュマロのような、あまい、やさしいにおいがし、ベッドのなかでも、いっしょうけんめい耐えているようで、おヘソの下や、やわらかい太腿を、ぴくんぴくんさせた。

モチ子が世をはかなんでいて自殺したとか、密室で殺されたとか、マロさんや、「3P《スリー》」のママの葉子は、二人で話をあわせて、ぼくをかついだのだ。

キユージおじちゃんにあった夜も、ぼくはあとから、「3P《スリー》」にはいっていったから、キユージおじちゃんも一枚かんでいたのかもしれない。

だが、ぼくは、マロさんや「3P《スリー》」のママの葉子、キユージおじちゃんを恨む気持なんかはない。おかげで、モチ子とこんなふうになれたんだから。

密室殺人ありがとう、安全自殺器ありがとう、と言いたいぐらいだ。
しかし、密室殺人とか、安全自殺器とか、よくもバカなことを考えたもんだ。
え？　そのバカなことにひっかかったのはだれだって？
かまわねえよな。モチ子。あ、モチ子、またやんのかい。

金魚が死んだ

1

吉川が死んだ。それが、おかしなことに殺された。

新宿区役所の前のいわゆる区役所通りをやってくると、左手に、もとは青線だったらしいちいさな路地が二本ばかりある。そのさいしょの路地を、新宿区役所の裏通りにぬけるところは、トンネルみたいになっている。

なぜトンネルになっているのか、あそこをとおるたびにふしぎにおもうが、トンネルの天井から上はトルコ風呂かなにかなのかもしれない。

ともかく、そこに、吉川はたおれて死んでいた。うしろから何カ所か刺され、心臓も刺されていた。刺したのは登山ナイフのようなものか、と新聞には書いてあった。

吉川は、ひとに殺されそうな男ではない。だいいち、吉川はおセンチなノンベーだ。おセンチなノンベーというのは、真面目な会社員なんかより、もっと殺される率がすくないのではないか。

　おセンチなノンベーの吉川は、飲んでいても、グチったりすることはあるけれども、ひとにからんだりはしない。喧嘩をしたこともない。あんなひよひよの痩せっぽちのからだでは、喧嘩をしたって勝てっこはないが……。

　また、女性関係で、ひとに恨まれるなんてこともなかった。これも、モテない男のほうが、モテる男より、殺すほうの率はともかく、殺される率はすくないのではないか。

　吉川は、女性関係どころか、女房さえもいなかった。かといって、独身なんてカッコいい名前のものでもあるまい。ただ、女房のきてもなかっただけのことだ。じつは、ぼくもそうで、だから、翻訳仲間の吉川とはわりになかがよく、あえば、いっしょにくだくだ飲んでたのかもしれない。

　金をねらって、吉川を殺す者もあるまい。吉川もぼくも翻訳をして食っていってるが、それも、つまらないミステリやS・Fで、おたがい、ベストセラーなんて訳したことはなく、収入はたかがしれている。

　殺された夜も、吉川は新宿歌舞伎町のあの路地の「ゆめ」で借りて飲んでおり、いつものことだが、金はほとんどもっておらず、その金も盗られてはいない。

だから、警察でも通り魔の犯行とみて……と新聞に書いてあった。吉川が殺されるなんておかしなことだが、通り魔じゃしようがない。

だいぶ前のことだが、北九州のある町で、通り魔事件があり、九州の高校でぼくとおなじクラスだった男から、ならんであるいていた友人が刺されて死んだ、というはなしをきいた。

通り魔の犯人はむこうからやってきて、すれちがうときに、その友人を刺したらしい。しかも何メートルかあるいて、その友人がたおれ、「どうした?」なんてことになったらしい。

夜の道でくらかったとはいえ、犯人はむこうからやってきて、すれちがってるのに、三、四人の友だちどうしでおしゃべりをしていたにしても、だれも、犯人の顔つきはもちろん、年ごろや服装なども、ぜんぜんおぼえてないのだそうだ。

そして、れいの通り魔にやられたんじゃないのか、とさわぎだしたときには、犯人らしい者の姿は見あたらなかったという。この通り魔は、とうとうつかまっていない。

通り魔とはカンケイないけど、元旦に、ある会社の重役のところに御年始にいった客が、「では、これで失礼します」とその重役の家の玄関をでて、これも何メートルかあるいたところで地面にうずくまり、死んでしまったという事件があった。

じつは、重役宅に御年始にきて飲んでるうちに、重役さんは酒ぐせがわるいのか、日本刀をもちだし、客の前のテーブルにうちおろしたのだそうだ。

この重役さんは、かなりの剣道の達人とみえ、日本刀はテーブルをきりとおし、客の下腹部かなんかにもぐさっといったらしい。

そこで、年始にきていた客たちはシラけて、そろそろかえろうということになり、重役さんも玄関まで送ってきて、「日本刀をふりまわしたりして、わるかった。すまん……」とあやまっている。

ともかく、だれも、テーブルだけでなく、その客まで斬られてることはしらず、「失礼します」と重役さんの家の玄関をでてから、すこしあるいてバッタリというのが、こんなことをおかしがってはいけないけど、おかしい。斬られた本人も、酔っていたりして、斬られたことに気がついていなかったかもしれない。

2

元旦といえば、元旦の夜も、吉川と新宿歌舞伎町の路地のれいの「ゆめ」であった。

ぼくは八王子のキャバレーで飲んでいて、終電近くに中央線で新宿にきて、まだ山手線の終電にも間にあったが、ひょろひょろ、新宿駅からでてしまった。

ぼくのアパートは中目黒にある。山手線の恵比寿駅でおりて、あるくつもりだった。タクシーは料金が高くなって、おもしろくない。

八王子のキャバレーでは、開店の五時半から飲んでいた。いや、ぼくたちがいったときは、まだホステスがならんで点呼をしていたから、開店前だ。

ぼくはキャバレーなんかにはいったことはない。いつも、新宿あたりの安飲屋で飲んでいる。元旦の夜、あいてるキャバレーがあるのもしらなかった。八王子という町にいったのも、はじめてだ。それなのに、なぜ八王子のキャバレーで、しかも開店前の点呼のときから飲んでたか、自分でもふしぎだが……あ、立川にいる友だちがつれていってくれたのだ。

じつは、今年の正月こそは仕事をしよう、とぼくは決心していた。正月なんて、飲み屋はあいてないし、映画館もまた混んできた。外にでたってロクなことはない。

それに、ぼくは年始にいくわけでも、年始にくるひともない。また、正月で会社がやすみってことでもないし、正月だから翻訳の仕事に不便なことは、なにひとつない。逆に、ぼくのアパートがあるあたりでも、やはり正月は静かで、仕事をするにはもってこいだ。

しかし、この決心も、元旦の昼すぎ目がさめると、いともカンタンにこわれてしまった。カンタンどころか、当然のことみたいに、仕事をしないのが当然のような気になったのがおかしい。

そして、立川の友だちのところに出かけていき、ともかく正月だから、と飲みはじめたのだ。

立川のこの友だちも、いつもあってる友だちではない。いっしょに飲むのも三年ぶりぐらいだろう。それを、元旦に、ひょいとたずねていく気になったのもおかしい。

八王子のキャバレーは、もちろん、この友人がおごってくれたのだ。

だが、こんなことは、吉川にはなんのカンケイもない。ただ、そんなわけで、元旦の夜、八王子のキャバレーにいき、そのかえりに、新宿でおりて、吉川にあったというわけだ。

元旦の夜、ふうふう新宿駅からでてきたぼくは、すぐ後悔した。だいいち、こんなに人のいない新宿駅を見るのもはじめてだった。新宿の街の通りも、暗くひっそりして、ほとんど人通りがない。

元旦の夜だし、もし、どこの飯屋もあいてなかったらどうしよう。山手線の電車があるうちに、恵比寿までいって、中目黒のアパートにかえればよかった……ぼくは背中をまるめ、ぶつぶつ、つぶやいた。

雨もつめたかった。へんにからみつくような雨だ。おもい雨だった。それに、雨に厚みがあった。雨におもさがあることもあるだろう。しかし、厚みのある雨というのは……。

事実、その雨には厚みがあり、大根おろしみたいに、べしゃっと皮膚を濡らした。

雨が大根おろしのようではこまる。元旦の夜になり、雨はみぞれに変ったらしい。

ぼくはなさけない気持で、もとの都電通りをよこぎり、区役所通りをあるいていった。新宿でもくらい夜があるのだ。これが新宿だということが、夜のくらさをよけいくらくしている。そして、夜のくらさが、雨のつめたさを、もっとつめたくしていた。

それでも、歌舞伎町のれいの路地をのぞきこむと、うすぼんやり灯りが見え、ぼくは白い息をはきだした。

「ゆめ」のガラス戸をあけると、いつもの顔がならんでいた。にやにや、たあいなくしあわせな顔だ。元旦の夜ふけ、新宿歌舞伎町のもと青線の路地の飲屋でしょぼくれて飲んでいて、どうしてこいつらは、にやにやしあわせなのだ。

だが、ぼく自身も、たあいなく、にやにやうれしそうな顔になったのではないか。「よう」いちばん奥にいた吉川が手をあげた。手の皮膚が、なんだかまだらにみどりがかっている。寒さのためだろう。

「ゆめ」は四、五人の客でいっぱいになる。みんな片手はコートのポケットにつっこみ、片手で酒を飲んでいた。

　去年の元旦の夜は、いつもの四、五人の顔ぶれのなかに玉川がいた。玉川は若いけどだらしないノンベーで、ぼくや吉川なんかといっしょに、鼻水をたらして、始発の電車がでるまで飲んでたものだ。

　しかし、今年の元旦の夜は、田部はいなかった。去年の暮、田部は結婚した。結婚披露宴は大きなホテルでおこなわれ、モーニングを着た田部は、しゃっきり端正にさえ見えた。考えてみれば、田部は一流出版社の、しかもいわゆる陽のあたるところにいる編集者だ。かがやかしい日々が約束されてるとも言える。

　だが、会社には停年があり、老いもやってくる。老いた田部は、また、元旦の夜、鼻水をすすりながら、こんな飲屋で飲んでるだろうか。にやにや、たあいなくしあわせそうな顔で……。かがやかしい日々には、しゃっきり端正な顔はしていても、たあいなくしあわせそうな顔はしたことはなかったのに……。たあいなくしあわせそうな顔をしてるのが、じつは、しあわせというようなことではないか……。いや、こんなおセンチでバカなことを言ったのは吉川だ。

　元旦の夜、吉川とぼくは、田部のことのほか、どんなことをけなしただろうか。ぼくは、たぶん、キャバレーにいったことを自慢したにちがいない。だが、キャバレーにいったと自慢するだけで、キャバレーなんて、それについてあれこれはなすようなことはありゃしない。

ともかく、吉川とぼくは、始発の電車がうごきだすまで、ぐだぐだ飲んでいて、渋谷で別れた。吉川のアパートは新丸子で、渋谷で東横線にのりかえる。

3

そのつぎに吉川にあったのは、もう二月にはいってからだ。この日も、日が暮れてから、雨がみぞれになり、寒い夜だった。やはり、新宿歌舞伎町の路地の「ゆめ」にいくと、吉川が飲んでいた。

吉川とは、毎晩のように顔をあわせて飲んでるかとおもうと、こんなふうに、ひと月以上もあわないこともある。

だが、ぼくたちは、「ひさしぶりだなあ。海外にでもいってたのか」なんてやりとりをしたことはない。いや、吉川もぼくも海外になんかいくわけがないのだが、吉川とのあいだで、ひさしぶりだな、といった言葉をかわしたことはないのだ。

これは、ひさしぶりだな、なんて日常的な言葉をつかうのが、吉川もぼくもテレくさかったとか、きらってたとかいうのでもあるまい。

毎晩あって飲んでても、ひと月も二月《ふた》も顔をあわせないでいても、べつにどうってことはないからだろう。

「ゆめ」には、ほかに若い男がひとりいたが、ぼくはしらない男だった。いつもの常連以外の者が「ゆめ」で飲んでるというのはめずらしい。「ゆめ」は、たいてい、ほかにいきどころがないような（自分のうちにもいられないみたいな）きまった顔ぶれが飲んでいる。だから、元旦の夜でも、「ゆめ」のママは店をあけてくれたのだろう。

「おめでとう」

吉川は焼酎のグラスをあげた。九州へ焼酎で、魔法びんのお湯を割って飲む。吉川とぼくは、どこかの飲屋であうと、おめでとう、とグラスをあげるのが口ぐせになった。ハシゴをして、ほかの飲屋にうつったときも、飲みはじめるときは、おめでとう、と言う。だから、ひと晩のうちに、四度も五度も、おめでとう、とくりかえすこともある。

しかし、元旦の夜、吉川とあったとき、おめでとう、と言っただろうか。言わなかったような気がするが、そんなことはどうだっていい。もちろん、べつにおめでたいわけではない。だけど、べつにおめでたくもないから、わざと、おめでとうと言うのだといったものでもない。吉川もぼくも、世にすね、世間に反抗して、なんてことはない。反抗などしんどい。吉川もぼくも、もっとなまけ者だ。

おめでとうのあとで、吉川は、「正月の三日の新聞を読んだか」とたずね、ぼくはすこしキョトンとした。ひとに新聞を読んだかときくのは、ご本人は読んだのだろう。しかし、吉川が新聞を読んでる姿など、どうにも頭にうかばない。いや、吉川と新聞とは、なんともむすびつかないのだ。

「正月の二日は新聞は休みでね。元旦も新聞はくるけど、あれは、つまり去年のニュースだ。だから、正月三日の新聞が、新年のいちばん新しいニュースってことになる」吉川がこんな解説《かいせつ》をするのもめずらしい。「ともかく、正月三日の朝刊を……いや、あの日は夕刊はないんだから、論理的には朝刊はまちがいで、ただの新聞かな……その新聞をよんで、おどろいたよ」

ぼくはますますキョトンとし、おどろいた。吉川が新聞を見ておどろくなんて、これはもう想像もつかなかったからだ。多摩川の水があふれ、川の近くの新丸子のアパートが流されてるのを、新聞の記事で読んでも、吉川ならおどろかないとおもっていた。

「渋谷のションベン横丁の飯屋の女が、元旦の夜、おれとおまえが、ここで飲んでたころ、殺されてるんだ」

「知ってる女かい？」

ぼくは疑りっぽい声をだした。くりかえすが、吉川ほど、自分自身をふくめて、だれかが殺されるなんてことには縁のなさそうな男はなかったからだ。

「うん、おまえも知ってる女だよ。渋谷のションベン横丁の、ほら、《鶴八》から共同便所にいくときの角の店で、いつも店の前に立ってた女がいただろ」

「角の店の《銀波》だな。白い金魚と赤い金魚と、殺されたのはどっちのほうだい」

「キンギョ？　ああ、白い金魚のほうだ」

渋谷のションベン横丁というのは、東急デパート東横店の旧館の前に、国鉄の貨物線の線路の土手と、どぶ川とにはさまれ、ほそ長くのびてる飲屋の列だ。

ここも、もう古い飲屋街だが、もちろん名前なんかはなく、どぶ川横丁とか、ノンベー横丁、ションベン横丁など、みんな勝手によんでいた。

ところが、何年か前に、この飲屋街の入口に、「のんべえ横丁」という大きなアーチ型の看板ができ、それが、正式の名前みたいになってしまった。

いや、そのころから、吉川は、いちいちションベン横丁と言いだしたのかもしれない。吉川はおセンチなノンベーで、わりと俗なところがある。俗なところがあるから、俗なことが気にさわるのだろう。

「看板をあげりゃ、それが名前になるのかよ」吉川は酔って、くだくだくりかえした。「どぶ川横丁でも、ノンベー横丁でも、ションベン横丁でも、名前なんかなくても、どうだっていいじゃないか。名前をつけたがる、いっぺん看板をあげたら、その看板どおりにみんなよびだす……そういうことが、じつは、戦争をおこしたりする、いちばん大きな原因になるんだ」

メチャクチャな理屈だが、ぼくも吉川の気持がわからないことはなかった。

ともかく、この横丁では、吉川もぼくもよく飲んだ。吉川のアパートは東横線の新丸子だし、ぼくのアパートも東横線の中目黒に近い。東横線でやってきて、終点の渋谷をおり、階段をおりたら、まん前がこの飲屋の列だ。

あちこちでも飲むが、やはり、国鉄の土手ぞいの「鶴八」で飲むことがおおかった。昔からのいきつけの店だし、翻訳仲間も顔をだすからだ。

この「鶴八」をでて、飲屋の列のあいだをすこし奥にいったところの右手に共同便所がある。その共同便所の前の飲屋が、元旦の夜に殺された、と吉川が言う女がいる「銀波」だ。

「銀波」の店の前には、とくに早い時間には、いつも女が二人たって、客をキャッチしていた。ぼくも吉川もこの横丁の「鶴八」で、毎晩のように飲んでいた時期があり、「銀波」の女たちとも顔なじみで、共同便所にいくたびに、つまらない話なんかを言いあった。

だが、ぼくが「銀波」で飲んだのは、二回か三回ぐらいだろう。店の前にキャッチ・ガールが立ってる飲屋やバーは、もちろんボラれる心配がある。しかし、ぼくは、すぐ近所の「鶴八」のおなじみさんだし、共同便所にいくたびに、「銀波」の女たちとは、顔をあわせているので、ボラれるようなことはなかった。ただ、日本酒がいやにあまったるかったのをおぼえている。

「へえ、白い金魚が殺されたのか……」

ぼくはため息をついた。なぜため息をついたのかは、ぼくにもわからない。ぼくと吉川は、「銀波」の女二人に金魚というあだ名をつけていた。いや、たぶん、ぼくが金魚というコトバをつかいだし、吉川が同調したのだろう。

だけど、どうして、「銀波」の女たちに、ぼくは金魚なんていうあだ名をつけたのか。べつに、金魚に似てたわけでもないし……。だいいち、金魚に似てるニンゲンなんているだろうか。

そして、なぜ、吉川が殺されたという女のほうが白い金魚で、もういっぽうの女が赤い金魚なのか。

赤い金魚は、たいてい赤っぽい服を着て、白い金魚は、白っぽい服装のことがおおかったからか。それだって、白い金魚が赤い服を着て、赤い金魚が白い服を着てたこともあっただろう。

だが、やはり、赤い金魚は赤い金魚で、白い金魚は白い金魚なのだ。

赤い金魚は、痩せぎすで、髪を赤茶っぽく染め、季節によるけれども、赤いシフォンの生地のような、それこそ金魚のひれに似てないこともないひらひらのあるワンピースを着て、店の前に立っていた。

白い金魚は、小肥りで、からだぜんたいが流線型で、腰から太腿とまるくラグビーのボールを地面に立てたみたいな感じで、白っぽい、あまり都会的でない服で、赤い金魚とならんで店の前に立ち、路地をとおる男たちに声をかけていた。

そうだ。彼女たちに共通したいちばん金魚的なところといえば、「おにいさん、こっちをむいて……。社長、よってらっしゃいよ」と客をよびとめる金魚声だったかもしれない。もちろん、水のなかの金魚は無言だが……。

「おしいことをした。いや、かわいそうなことをした」吉川はしきりに頭をふった。「元旦の夜も《銀波》があいてるとわかってりゃ、あそこに飲みにいったのに……。そしたら、ミナ子は殺されないですんだだろう」

「白い金魚はミナ子って名前だったのか？」

「新聞にでていた本名はちがってたけどね。あの店が、元旦の夜もあけてると知ってれば、わざわざ新宿まできて、こんなところで飲まなくても、渋谷でおりて、あの店で……」

吉川はくりかえし、「ゆめ」のママが吉川をにらんだ。

「新宿のこんなところでわるかったわね。わたしだって、元旦の夜くらいは休みたいよ。それを、無理して店をあけてやったのに……。おまけに、元旦の夜から、みんな借りなのよ。現金を払ったのは、ひとりもいないんだから……」

吉川もぼくも首をすくめ、ママに手をあわせた。その動作が、タイの踊りみたいに、ぴったりかさなってる、と「ゆめ」のママはわらった。

「長いあいだ、いつもつながって、あちこちで飲んでわるいことをしてると、よく呼吸があうのね」

しかし、あちこちの飲屋に借金をこしらえてるからといって、夜ふけに、うしろから刺し殺されるというようなことがあるだろうか。これも、あまりありそうもない。

さて、渋谷ションベン横丁の共同便所の前の「銀波」のミナ子のことだが、元旦の夜、若い男が飲みにきて、店がカンバンになったあと、やはり渋谷桜ケ丘の「楓荘」という旅館にいき、殺された、と正月三日の新聞に書いてあったのだそうだ。

その若い男は、いつのまにか、旅館から姿を消しており、あとに、ミナ子の死体が残っていたということらしい。

犯行推定時間は、元旦の夜といっても、もう二日になった午前〇時三十分から午前一時三十分ぐらいまでのあいだ……。

旅館の玄関の戸には鍵がかけてなく、やはり元旦の夜は客がすくなくて、旅館の女中は炬燵のなかで眠りこんでおり、そのあいだに、犯人はかえっていったとおもわれる……。

「ふうん、その若い男っていうのは、白い金魚のなじみの客なのかな。いっしょに旅館にいってるぐらいだからさ。ともかく、《銀波》はちいさな店だし、赤い金魚はその男の顔をよく見てるんだろう?」

「いや、見てない」

吉川は、へんに真面目に首をふった。

「どうして?」

「十二月になってからは、赤い金魚はいなくて、ミナ子ひとりで店をやってたんだ」

そういえば、ぼくは、なぜか近頃は新宿で飲むのがおおく、渋谷のションベン横丁には、しばらくごぶさたしている。

「へえ、赤い金魚はどこにいったのかな」

「そんなこと、しらないよ。犯人がれいの長いレインコートを着た若い男だというのは、旅館にいったとき、女中が顔を見てるからだ」

「レインコートねえ。犯人は野坂昭如じゃないのか」

「ア、ハ、ハ……、いや、女中はその男の顔を見てるといっても、まさか、あとでミナ子を殺すとはおもってないし、あんまりよくおぼえてないんだ。だいたい、旅館の女中っていうのは、アベックの顔は、そうじろじろ見ないよ」

「おたく、いやにくわしいな」

「あのあと、ションベン横丁の飲屋じゃ、どこにいっても、そのはなしばかりだったもの。なにしろ、すぐ近所の《銀波》の女のことだろう。それに、みんな、共同便所にいきかえりには、《銀波》の店の前に立ってるミナ子を見てたからさ」

「白い金魚がねえ。殺されるんなら、赤い金魚のほうが似合いそうだったな。赤い金魚は、ほら、やや、ほそっこい、ひょろっとした首をしてたから……あれを、ギュッと……」

よけいなことに、ぼくは両手をカウンターごしにのばし、首をしめる真似をし、「ゆめ」のママがふきだした。

「金魚の首をしめるの？」

「金魚の首……ふっふ……。しかし、白い金魚のほうは、ラグビーのボールみたいに、まるまっちいからだで、とっかかりがなくて……殺すとしても、せいぜい、あんこうのつるし切りだな」

「そんなふうに、あまり鋭利ではない登山ナイフみたいなもので、かなりずたずたに刺されてたそうだ。ひどいものだったらしい」

「じゃ、怨恨か？」

「いや、元旦の夜にキャッチしたふたりの客ではないか、という説だな」

「だったら、犯人は変態？　変質者？」

「らしい。ともかく、ミナ子もたいへんな客をキャッチ、つかまえたもんだ。それにしても惜しかった。元旦の夜、おれが《銀波》にいってれば、ミナ子はあんなことにならないですみ、べつの天国にいってたんだ」

吉川は安っぽいことをヌカした。

「おたく、それまでにも、何度か白い金魚を口説いて、フラれてるんじゃないの」

「だけど、ミナ子がふりの客とでもいっしょに旅館にいくような女だとわかってれば、もっと、はっきり口説いてたとおもうんだ」

「でも、白い金魚が旅館にいった相手は若い男だよ。おたく、今年、いくつになる？」

「しかし、ミナ子が寝た相手は人殺しだぜ」

「バカ、殺されるまでは、人殺しだとはわかってないんだよ」

「つめてえ野郎だな。若い女のコが殺されてるんだぜ」

「白い金魚の歳は、いくつぐらいだったんだろう」

「新聞には二十八歳と書いてあった」

「へえ、おたくには、二十八歳の女が、若い女のコなのかい？　歳はとりたくないねえ」

もうひとりの客、若い男は新聞を読みながら酒を飲んでいたが、新聞をたたんでコートのポケットにいれ、立ちあがった。たあいなく、ニヤついてるような顔ではない。しかし、ヘアー・ローションのにおいも強すぎた。この「ゆめ」にくる客にしてはめずらしい。

「だれ、あれは？」

若い男が店をでていくと、吉川も気にいらない声で、「ゆめ」のママにたずねた。

「だれでもいいでしょ。あんたたちとちがって、あのひと、現金でちゃんと払っていったわ」

4

「ちくしょう、元旦の夜、おれがションベン横丁の《銀波》にいっていりゃなあ……ああ、もったいない」吉川は、まだぶつくさつぶやいていた。「しかし、おまえ、正月三日の新聞、読まなかったのか？」

「読んだだろうけど、わすれちゃったな」

「お正月の三日の新聞には……」「ゆめ」のママが口をはさんだ。「たしか、元旦のスキー客が二十なん人か、長野県でバスにのったまま、湖に転落したって記事が一面にでていたわ」

「うーん、それはおぼえてる」

ぼくはうなずいた。しかし、ぼくは、人殺しとか事故とかいったことに、みんながさわぐ気持が、さっぱりわからない。れいの赤軍派の浅間山荘事件のときだって、みんな、テレビにかじりついて、あんな迫力のあるものはなかった、なんて言ってたけど、ぼくは、ただ退屈で残酷な気がしただけだった。

赤軍派の連中だってニンゲンで、それを人間狩《マンハント》する人は不幸なことで、警察側だって、偉い人はべつとして、かりだされた警官たちは、しんどくて、めいわくなことだっただろう。しかも、映画や、それこそテレビ・ドラマみたいに、テキパキ、はなばなしくことがはこばないのに、「窓ぎわにも、どこにも、赤軍派の人かげは見えません」などと、人かげが見えないことを興奮してしゃべるテレビを、みんな、えれえおもしろがって見ている。

ぼくは、みんなよりだいぶ想像力がにぶいのかもしれない。しかし、みんな、そうとうしんぼう強い残酷さをもってるようだ。

「正月の三日の新聞には、おかしなっていうか、ドジなドロボーのことがでてたな」ぼくは言った。「元旦の夜に、西武新宿駅のちかくのコンパ、若い連中がいくバーにはいったドロボーさ。酒があるんで、ウイスキーなんかを飲んで、いい気持になって、眠っちまって、あくる日、やってきた店の者にとっつかまってる」

「おれはしらないな」

「人殺しなんかとちがって、おかしなドロボー……みたいな記事だから、のってない新聞もあったんじゃないかな。どうしたんだい、ママ?」

ぼくは、「ゆめ」のママにたずねた。ぼくがそのことをしゃべりだしたときから、ママはケラケラわらってたのだ。

「さっきかえった若いひと、あのひとがそのドロボーなのよ」

「ふうん！　しかし、なぜ、わかった?」

「本人がそう言うんだもの」

「へえ、人殺しをしたのは、ヤクザなんかは威張ることがあるけど、ドロボーにはいったのは隠したがるものだけどな」

「バカなことをした、とボヤいてるのよ」

「そんなにドジなドロボーみたいな顔つきじゃないみたいだったけど……」

「酔っ払って、頭がおかしくなってたらしいわ。ドロボーするつもりはなかった、と言ってるの。それに、ドロボーにはいったわけではないそうよ」

「ドロボーにはいったんでもない？」

「ええ、あのひと、安田さんっていうんだけど、元旦の夜、西武新宿駅の前の地下のその《Q&A》っていうコンパで飲んでたんだって……。そして、もうカンバンだから、と店のひとたちがカウンターをかたづけだしても、酔っ払って、ねばってたんだそうなの。だけど、最後には、つまり追いたてられて、勘定もし、かえる前にトイレにいったのね。ところが、酔ってるものだから、トイレの便器に腰かけてるうちに、とろとろっと眠ってしまったというの。トイレから出てきたら、店のひとはみんなかえって、だーれもいなくて、店の入口のドアも外から鍵がかけてあったんだって……。元旦の夜だから、みんなバタバタ、いそいでかえったのかもしれないわ。ともかく、地下のコンパでしょ。入口もひとつしかないし、どこからも出られないわけよ」

「つまり、バーにドロボーにはいったんじゃなくて、バーにとじこめられたのか……」ぼくはわらった。「いや、アメリカのジョークにこんなのがあってね、あるホテルで、フロントに深夜、《バーは、何時《いつ》あきますか》っていう電話がかかってきた。かなり酔った声なんだ。それで、フロント係は、《午前十一時には、バーはあきます》とこたえた。ところが、しばらくして、フロントにおなじ電話がかかってきた。こんどは、もっと酔っ払った声でね。だから、フロント係もおなじようにこたえた。すると、またしばらくして、もっともっと酔払《デキアガ》った声で、フロントに電話してきて、おなじことをきく。フロント係も、とうとう頭にきてね。《だから、午前十一時にならないと、バーはあきません。それまでは、どなたも、バーにははいれません》と言ったんだ。それをきいて、相手はなさけない声をだした。《おれは、バーにはいろうっていうんじゃない。バーから出たいんだ。飲んでるうちに眠っちまって、バーにとじこめられたんだよ。酒はあるから、しかたなしに、こうして飲んでるけど、もう飲めねえ》」

「は、は……笑話なんて、おなじパターンのくりかえしがおおいけど、それは、わりとマシなほうだ。しかし、そのドロボーさん……あの男がトイレにはいってたのが、店の者はわからなかったんだろうか。店の電灯は消してかえったんだろ？　トイレの電灯も……」

「ええ、トイレの電灯は消してあったそうよ。目がさめて、トイレのなかが暗いんで、あれ……とおもったって……。でも、店のひとは、なかにだれかはいってるとはおもわずに、トイレの電灯だけを消したんじゃない。トイレは店の入口近くにあって、入口の廊下の電灯は、いつもつけたままになってたらしいわ。あのとき、店のひとが、トイレのなかまでしらべてくれてたら、こんなことにならなかったのに、と安田さんはボヤいてるの」

「そして、冷蔵庫からなにかだして、自分で料理をつくってたべてる、と新聞には書いてあった。ふうん、こまめなドロボーだな」

「夜もおそくなって、若いからお腹がすいたんでしょ。あんたたちとちがって、近頃の若い男性は料理はじょうずよ。はじめは、一一〇番に電話して、たすけにきてもらおうかとおもったけど、お正月で、会社もやすみだし、酔ってるし、ついめんどくさくなって、寝ちまったらしいのね。あのコンパは、カウンターのほかに、壁ぎわにテーブルもあって、ガスストーブをつけ、そこのシートに寝たんだって……。一一〇番に電話すりゃよかった……と、これも安田さんボヤいてるの」

「しかし、店の金を盗んでるんだろ」

「それだって、盗るつもりはなかったようよ。入口の鍵はないが、レジの引出しなんかをあけてみてるうちに、お金がいくらかあったのね。でも、そのときは、お金には手をつけず、あとで、とじこめられ、ヤケになって飲みだしてから、これも、ヤケみたいな気持で、お金をポケットにいれたんじゃないか、自分でもよくわからない、と安田さんは言うの。店のその日の売上げ金なんかは、もちろん、マネジャーかだれかがもってかえっていて、なにのためのお金か、わずかなお金がおいてあったのね」

「ドロボーした物が現金に目覚時計と新聞に書いてあったのは、おかしかった。目覚時計なんて……」

たわ」

「目覚時計をかけて寝てたのよ。サラリーマンのかなしい習性だな、と安田さんはわらって

「酔っぱらって、目覚時計が鳴ったのも気がつかなかったのかい?」吉川がたずねた。

「ううん、目覚時計は鳴らなかったらしいわ。自分の目覚時計じゃないから、慣れなかった

のかもしれないし、それに、ひどく酔ってたわけでしょ」

「しかし、目覚時計をかけて、目をさましても、地下のバーにとじこめられて、外には出ら

れないんだぜ」

「そういうところが、おかしいんだよ。おかしさはちがうけど、目覚時計が盗んだ物になっ

てるのもおかしい。だって、目覚時計をかけて寝たんだろ」

「店の酒は、かなり飲んでたのか」

「ウイスキーを、ほとんど一びんからにしてたらしいわ」

「自分で料理をつくって、ウイスキーをガブガブやって……地下バーで、自分ひとりの深夜

の新年パーティだ。だけど、目覚時計をかけて……鳴らなかったそうだけど……寝ていて、

つぎの日やってきた店の者につかまったというけど、夕方まで眠ってたのかな」

「ううん、あそこのコンパは、昼間は喫茶店みたいなことをやってるのか、それとも、お正

月中は早く店をあけてたのか、それともだれか用があったのか、昼前に、店へひとがきたら

しいのね」

「しかし、あくる日、さっそくとっつかまってよかったかもしれないぜ」吉川は無責任なこ

とを言った。「正月は、五日まで休みなんてバーはザラだからな。そんなことだったら悲劇だ」

5

それから三日ばかりして、新宿歌舞伎町のれいの路地の「ゆめ」にいくと、また、吉川にあった。吉川は首に毛糸の襟巻をまきつけて飲んでおり、ぼくたちは、「おめでとう」と熱燗のコップをあわせた。

「おかしなもので、昨日、××推理からミステリの注文がきてね」

吉川は言った。もう夜もおそく、ほかには客もない。

「なんで、ミステリの注文がきたのか、おかしいんだ」

吉川は、前にもミステリみたいなものを書いている。ぼくと吉川は、いっしょに同人雑誌をやってたこともあり、小説が売れないので翻訳でも、と翻訳をはじめたデモ翻訳家だ。今でも、吉川もぼくも、ごくたまにだが小説の注文があった。

それはともかく、吉川がミステリと言うのには、彼流の意味があった。なさけないけど、吉川が書くのは推理小説ではない。ぼくも吉川も、ものごとを、きりきりっとつっぱって考えることができず、推理など、とうていできないのだ。

推理ができなくて、推理小説が書けるわけがない。吉川が書くミステリは、たいてい犯人がわからず、「いつも犯人がわからないんじゃこまりますよ」と編集者からも言われていた。

　つまり推理によって犯人を割りだしていく推理小説ではなく、ただミステリアスなストーリイで、「だから、おれの書くのは、ほんとのミステリだ」と吉川は冗談に威張っていた。

　エドガー・アラン・ポーがあらわれて、探偵小説がはじまるまでは、そういった分野では、ミステリが主流で（というより、ふしぎなはなし、ミステリしかなく）おれのはポー以前の主流だ、と吉川は、これもかってのちがった威張りかたをした。

といっても、吉川が書くのは、バーのトイレにいった男が、そのまま消えちまったとか、じつにばからしいはなしだ。

　ある少女雑誌に吉川が書いたミステリは、めずらしく、犯人らしい男がつかまるが、その犯人が、どうしてそんな犯行をしたのか、と主人公の女子中学生がたずねると、探偵役の若い学生の易者が、「コドモは、そんなことはしらなくていい」とこたえ、このミステリはおわってしまう。

　推理小説、ミステリでは、じつは犯行の動機がいちばんだいじだと言われている。意外な犯人はけっこうだが、その犯人が、どうしてそういう犯行をしたか、動機がしっかりしないと、読者はだまされた気持になる。犯行のトリックなんてことを、いくらこまかく、しちめんどうに書いたところで、動機が説得力がないと、安っぽい推理ゲームにすぎない。ま、こんなふうに、とくに推理小説という言葉がつかわれだしてから、動機がもっとも重要だとおもわれるときに、「コドモは、そんなことはしらなくていい」と、ぜんぜん動機の説明はなくておわるというのは、すごいだろ、と吉川は威張り、ぼくはあきれてしまった。己惚れというのはおそろしい。とんでもないことまで威張れるものだ。

「いや、おかしなものでと言うのは、元旦の夜、渋谷のションベン横丁の《銀波》のミナ子が殺されたことや、やはり元旦の夜、西武新宿駅前の《Q＆A》ってコンパか、あそこにドジなドロボーがはいったことなんかを、おまえとはなしたすぐあとで、ひさしぶりにミステリの注文がきたからさ」

吉川は、指さきで顎をつまむようにして、無精ひげをなでた。髪の毛より、髭のほうがさきにしらがになるらしい。

「《銀波》の白い金魚を殺した犯人は、まだつかまらないのか？」

「うん。不特定多数の男性を相手にする夜の女が殺されたときは、なかなか犯人が挙《あ》がらないもんだ。古くは、有名なロンドンの切裂き魔ジャック・ザ・リッパーも、とうとうつかまってない。なにしろ、殺された女の相手が不特定多数だからさ」

「すると、《銀波》の白い金魚は……？」

「売春前科が二犯あったそうだ。キャッチした客と店で飲むだけでなく、よさそうな客だと、ちょいちょい旅館にもいってたらしい。そんなことがわかっていて、元旦の夜も、《銀波》があいてるとわかってれば……まったく、おしいことをしたよ」

「なん度、おなじことをくりかえしてたらいいんだ」

「ところが、じつは《銀波》のミナ子の場合は、警察で考えてるように、たまたま、元旦の夜にキャッチした客が、変質者みたいなやつで、殺されてしまった、ということではなかったとしたらどうだろう」

「だれが、そんなことを言ってるんだ?」

「このおれさ。そして、新宿西武駅前のコンパ《Q&A》でトイレにいってるあいだに雪隠《せっちん》詰《づ》めになり、ヤケをおこして店のウイスキーをガブ飲みして酔っ払い、ヤケになってそこいらの引出しにあった金をポケットにいれて寝てしまい、あくる日、店の者につかまったドロボーくんが、じつは、しらないうちにバーにとじこめられたのではなく、自分でとじこもったのだとしたらどうだろう」

「しかし、なぜ、そんなバカなことをするんだ?」

「アリバイ作りさ」

「なんのアリバイ?」

「渋谷ションベン横丁の《銀波》のミナ子殺しのアリバイ」

「おいおい……」

ぼくはふきだしたが、吉川はしらら真剣な顔つきだった。

「店がカンバンになり、飲代の勘定もすまし、店を出ようとして、トイレにはいって便器に腰かけてるうちにうとうとと眠ってしまい、入口のドアに外から鍵をかけられて、地下のバーだし、どこからも出られず、ヤケのヤンパチ、店のウイスキーをガブ飲みして、目覚時計をかけて寝たが、目覚時計は鳴らず、あくる日、まだ眠ってるところを、やってきた店の者につかまり、警察につきだされたということになれば、ミナ子殺しの完全なアリバイになる」

「ああ、ちょうどミステリの注文がきたから、そういうミステリを書こうとしているのか」

「西武新宿駅前のコンパ《Q&A》で寝ていてつかまったドジなドロボー、あの安田って若い男は、店がカンバンになるまでいて、勘定を払い、トイレなんかいかずに、店を出たのではないか。この「ゆめ」や、ゴールデン街の飲屋とちがい、コンパなんてところはカンバンが早い。まだ国鉄もうごいていたろうし、安田は電車で渋谷のションベン横丁にいったのかもしれない。山手線の電車で十分もかからないからね。それに、タクシーだって、いくらでもはしってるし、渋谷までなら時間もかからない」

「そして、渋谷のションベン横丁で、白い金魚にキャッチされ、店でちょっと飲んだあと、桜ヶ丘の旅館にいき、そこで、ついへんな気がおきて、白い金魚を殺し、殺したあとで、こりゃいけないと青くなって、新宿にひきかえし、アリバイを作った、ってわけ？」

「うーん、いや、ミナ子が相手にした不特定多数の男のなかに、運わるく変質者がいて殺された、というように見せかけた計画的なものじゃないかな。発作的にミナ子を殺したあとで、渋谷にくるまで飲んでいた西武新宿駅前のコンパをアリバイにつかうことを考えたとしても、どうやって、コンパ《Q&A》にはいるんだい。あんなところの入口のドアの鍵錠は、金庫なんかとちがい簡単にあくだろうが、前から計画していれば、もっと簡単に合鍵もつくれる」

「だけど、それこそ変質者の発作的な犯行でなく、計画的なものだとすると、《銀波》の白い金魚を殺す計画がいるよ。動機はなんだい？」

「それは、まだわからない」

「近頃の推理小説で、とくに動機が重視されるのは、動機ということで、人間がでてくるからだ。人間ぬきのトリックやアリバイ・ゲームはしようがない」

「自分は人間を描くために推理小説を書いているなんてひとは、すこしおもいあがってるんじゃないかな。人間というのは、ほんとにミステリアスなもんだ。カトリック風に言うならば、神の秘儀みたいなところもあって、ミステリアスは底がしれない。そんな底のしれない、どこに尻尾があるのかわからないものを、推理小説で書こうとしたら、収拾のつかないことになるよ。推理小説には、詰将棋ほどでもないけど、やはりルールがある。人間には、あらゆるルールが通用しないからね。推理小説の第一の条件は、人間を描かないこと、と言った作家もある」

「おたくの書くミステリには、たいてい動機みたいなものがないのの言い訳けか、アホらしい」

6

今夜もふらふら新宿歌舞伎町のもと青線の路地にきた。しかし、吉川は死んでしまったから、もう、「ゆめ」でも飲んでいない。

そのかわりというわけではないが、「ゆめ」に田部がいた。昨年の暮、田部が結婚してから、飲屋であうのははじめてだ。

「寒いですね」

田部は言ったが、前は、こんな挨拶みたいな口はきかなかったのではないか。しかし、寒かった。夏の暑いころ、ランニング一枚着ても、暑くてしようがなかった日があったなど、想像もできない。いや、これは、ただ想像できないといった、つまり観念的なことではなく、おなじ世界でありながら、今は存在しない、ちがう世界があるのではないだろうか。ひとつの世界でも、異次元的に、いろんな世界が同一している……現象学というやつは、そんなことも言っているのかもしれない。吉川は死んでしまったから、この「ゆめ」にはいないけど、やはり、それは、思い出とかいったものではあるまい。げんに、今、夏の暑い日がないように、げんに吉川はいるのだ。

吉川のミステリはもちろん読んだ。やはり、渋谷ションベン横丁の「銀波」白い金魚、ミナ子殺しと、西武新宿駅前のコンパ《Q&A》で目覚時計をおいて寝てるところをつかまったドジなドロボーをくっつけたもので（もちろん、店の名前などは変えてあったが）この「ゆめ」で吉川がしゃべったことと、だいたいおなじだった。

吉川とあんなはなしをしたときは、これから書きだすように、ぼくはおもったが、もういくらか書いてたのかもしれない。吉川が、この「ゆめ」の前の路地を、新宿区役所の裏通りのほうにぬけるところの、おかしなトンネルになったところで、うしろから刺されて死んだのは、ぼくたちがあってから二日ほどあとの夜だったからだ。吉川にはめずらしく、二、三日で原稿を書きあげて、すぐ出版社に出したのだろう。もっとも、みじかいミステリで、枚数もたいしたことはない。

もちろん、こまかなことはあれこれ書きたしてあって、たとえば、犯人が渋谷のションベン横丁にいく前、新宿のコンパでカンバンまでねばってたのは、トイレにいって、そのままとじこめられたことを、店の者に印象づけるためだとか、新宿のコンパにもどったあと、ウイスキーをほとんど一びんあけ、酔っぱらって寝てしまったようになってるが、長い時間に（渋谷にいってたあいだをゴマかすために）そんなに多量のウイスキーを飲んだみたいに見せかけるためウイスキーをはんぶんぐらい流しにすてていたとかだ。しかし、これは、もう仕事はおわったあとなのだから、飲めるならば、ほんとにウイスキーを、一びん飲んだってかまわないみたい。

それより、吉川のいつものくせで、犯人とミナ子のむすびつき、犯行の動機がヨワかった。犯人は、前にも、渋谷ションベン横丁の「銀波」にきて、ちがう旅館でミナ子と寝ているというのだ。そして、寝たあと、いろいろはなしてるうちに、ミナ子が、「まあ、わたしはあんたの姉さんよ」と言いだす。犯人の姉が、ちいさいとき、ほかの町に養女になっていったことは、犯人もはなしにきいていた。だが、まさか、と犯人が首をふると、ミナ子は、「わたしの本名は、こうこうでなんなら親もとにたずねてみたら」と言う。

犯人はびっくりして、ミナ子を、はじめはそんなに悪気はなかったが犯人はあんまりおどろいて青くなったので、犯人を恐喝することを考える。犯人は、田舎で結婚のはなしがあるのだが、そんなことも、よそに養女にいった実の姉が、東京にでて売春のようなことをやっておりその姉のからだを、弟の犯人が買った、なんてことが田舎や会社でも噂になれば、縁談はもちろんぶちこわしだし、一生、そんな噂はついてまわる。それにミナ子はつけこんだのだが、犯人は、それこそ一生強迫されつづけてはたまらない、とミナ子を殺す決心をするというわけだ。

しかし、殺したあとでわかったのだが、ミナ子は、じつは、ちいさいときよその町に養女にいった実の姉ではなく、そういった事情にくわしい同郷の近所の者だったというオチもついている。

わたしはあなたの実の姉……なんてへたな田舎芝居じゃあるまいし、それに近親相姦をもちだしたり、なんともドロくさい。吉川という男は、おセンチなノンベーだったか、いたってかるい人間で、かるい人間がグルーミイな動機なんかをもってくると、それこそとってつけたようでウソウソしく、死んだ吉川にはわるいけど、この動機には、ぼくはがっかりした。

それにしても、なぜか頭にひっかかる。たぶん、ただの偶然だろうか。渋谷ションベン横丁の白い金魚、ミナ子が殺された凶器は、あまり鋭利ではない登山ナイフみたいなものだという。そして、吉川がうしろから刺されたのも登山ナイフのようなものらしい。

つぎにひっかかるのは、吉川とぼくが、元旦の夜、ミナ子が殺されたことを、西武新宿駅前の地下のコンパ《Q&A》で、ドジなドロボーが酔っぱらって寝たことをしゃべったとき、そのドジなドロボーだという安田が、この「ゆめ」を出ていったのは、まだ、吉川がミナ子のことをはなしてるときだった。

ぼくが、コンパ《Q&A》のドジなドロボーのことをしゃべりだしたあとならば、自分のことなのでテレくさく、席をたつということはあるだろうが、その前だ。

考えてみると、安田は、吉川が、元旦の夜のミナ子殺しのことをはなしだすと、新聞をだして読みはじめた。飲みながら新聞を読むというのは、家庭のお父さんならやるかもしれないが、飲屋ではめずらしい。安田は、新聞を読むふりをして、吉川のはなしをきいていたのではないか。そして、吉川のしゃべることが、新聞の記事のセンをでてないことをしって、「ゆめ」をでていった。

「西武新宿駅前のコンパで寝ていてつかまったドロボーが、じつは、渋谷ションベン横丁の女を殺した犯人ではないか、なんて吉川がはなしをしたあと、あの安田って男はここに飲みにきた？」

「ええ、あくる日にね。それで、あんまりバカバカしいはなしだから、そのことを言ったのよ。だけど、わるいことをしちゃった。ああバカバカしい、と安田さんもいっしょにふきだすかとおもったら、むりしてわらってるの。自分であのコンパでつかまったことをはなしたのに、そのために会社をやめたらしいし、やはり、おもしろいことじゃないのね」

「ふうん、吉川が言ったことを、あの安田って男にはなしたのか……」

「なんのことですか？」

田部が口をはさんだ。田部は吉川のミステリは読んでいなかった。ぼくは、わりと長々と、西武新宿駅前のコンパに、一晩じゅうとじこめられて、ヤケになり、冷蔵庫のものをだして料理をつくり、ウイスキーを飲み、引出しのなかにあった金もポケットにいれて、酔いつぶれて、あくる日、寝てるところを店のものにつかまったというドジなドロボーは、それで、渋谷ションベン横丁の女殺しの偽のアリバイをつくってたのだという吉川説のことを、田部にしゃべった。

「もっとも、吉川のミステリとおなじようなことを、警察も考えだしてたら、あのミステリは雑誌にものってるんだし、話題になって新聞にもでるとおもうんだがね」

「いやいや、新聞にはでませんよ」田部は、いやにはっきり言った。「渋谷の通称ノンベー横丁の女を殺した犯人は、まだつかまってないんだもの。そんなことを新聞にだしたら、警察の考えを犯人におしえるようなものですからね。しかし、もうひとりの女も殺されてたことを、新聞で読みませんでした？」

「もうひとりの女？」

「ええ、渋谷のノンベー横丁の《銀波》ですか、あそこで、元旦の夜殺された女といっしょに客引きをやっていた女……」

「赤い金魚も殺されていた!?」

「神奈川県の厚木の近くのそんなに人里離れたところでもない空地に死体があったんです。

着てるもののなかから、《銀波》のもうひとりの女だとわかったらしいんだが、十二月はじめごろに行先も言わないでひょいといなくなったとき、殺されてたらしいということなんです。ほんとに、新聞読んでないんですか?」

「うん、しらなかった。しかし、渋谷ションベン横丁のおなじ店で、ならんで客引きをやっていた女が、二人とも殺されたというのは……」

「ま、警察でも偶然だとはおもってないでしょうね。なにかのつながりがあると考えるのがふつうだ。おそらく、おなじ人じゃないですか。たとえ、さいしょの殺人のときは、殺された女の不特定多数の相手だったかもしれないが、元旦の夜、殺された女の場合は、単なる不特定多数の相手のひとりではなくてね。さいしょの女を殺した男ではないか、とミナ子という女が疑いはじめているようなので、犯人は元旦の夜、ミナ子と旅館にいって殺したとか……。あ、おそくなったので失礼します」

田部も結婚して変ったというより、結婚して、マジメな男の地金がでたのだろう。もともと、死んだ吉川やぼくみたいに、鼻水をすすりながら、いつまでも、だらしなく飲んでるような男ではなかったのだ。

しかし、田部が「ゆめ」をでていくとき、ニヤッとわらったのが気になる。

《銀波》の赤い金魚も、十二月のはじめに殺されていて、神奈川県のどこかの空地で、その死体が見つかったというのも、ぼくのはなしをきいていて、田部がデッチあげたものではないのか。

もしかしたら、みんなでかってなことをいって、ぼくをおちょくってるのかもしれない。

この路地を新宿区役所の裏通りに抜けるトンネルみたいなところで、吉川が、だれかから刺されて死んだことはまちがいない事実だが、吉川までも、死体になってぼくをおちょくってるような気さえする。

カリブ海第二戦線

オダブツウ！

上くちびるの中心に糸がくっついていて、それを、ひょいと、上にひっぱりあげたみたいに、まんまるな顔のどまんなかに三角形のアナがあく。

マンちゃんは、もう一度、オダブツウ、とさけび、その声がきえると同時に、三角形の頂点が、なんだかだらしなく崩れて、もとの横一文字の口になった。

うーん、この口は、あの一の字だったのか。

マンちゃんの顔は、なにかに似ているとおもっていた。それも、遠い思いでにつながる……。

戦争中の一銭玉だ。

だいたい、人間のくちびるは、中央部にいくほど巾が厚くなっている。ところが、マンちゃんの口は、胃でもわるくて、口のはしがきれてるのかどうか、両はしのほうが、ムクレたみたいにぶっとい。

　戦争中の一銭玉の裏には、時の大蔵大臣で、元自民党のタカ派の親玉、賀屋興宣先生がお筆で書いた一の字があったが、それと、マンちゃんの口もとがそっくりなのだ。

　戦後のことだが、うちのおやじの机のひきだしのなかにあったこの戦争中の一銭玉をぼくたちは（ぼくは、今、二十九歳）風呂場のタライに浮かして、あそんだ。

　それを、うちのおやじが見て「あーあ、水に浮くような貨幣《ぜニ》がでてきたようじゃ戦争に敗けたのも当り前だ」と言った。おふくろは、バーやキャバレー遊びとおなじで、戦争は、男だけの遊びだとおもっていたが……。

　ともかく、マンちゃんの顔は、戦争中の一銭玉のリコピイみたいだ。

　だいいち、一の字型の口が、顔のどまんなかにある。

　なにしろ、十五夜お月様みたいに、つるつる、まんまるな顔だ。もちろん、おデコと頭の境界線などはなく、ついでだが、頭にも顔にも、一本の毛もない。

　目も鼻も、コケシ人形の目鼻ていどしか、凸凹はなく、耳から顎の下をまわって、反対側の耳まで、きれいに円周をえがいて、たっぷり、脂肪の層がとりかこんでいる。

　二重顎、三重顎なんて、ケチなものではない。顎なんかは、どっかにいってしまってる。はるか内陸の奥ふかく、ちんまり皺になってへこんでいるのが、顎の名残りだろうか。

　オダブツウ！

　こんどは、マンちゃんのアドバルーンみたいにふくらんだお腹《なか》にはりついたホステスがさけび、手をあげた。

　そして、さけびおわって、ホステスが手をおろそうとしたとき、マンちゃんがホステスの腕のつけ根をつかみ、顔をそっちのほうに近づけた。

「きゃっ、エッチ！　変なところ、なめないで！」

　腕をつかまれて片手バンザイしたまま、ホステスが、けたたましい声をだしてバタつく。

　マンちゃんは、下にもっていきかけた顔を、もとにもどした。まんまるな顔と、やはりまんまるな胴体が雪ダルマみたいにかさなり、そのあいだに首ってものがないから、顔を移動させるのもたいへんだ。

　そして、自分の顔をうごかすかわりに、片手をホステスのヘソ線（ウエストともいうな）にまわすと、かるく抱きあげて、これまた、小山のように盛りあがった膝の上にのっけた。

「なめやせん。おとなしくしろ」

　マンちゃんは、膝の上のホステスの尻に手をあて、くるっと、そのからだをまわした。

　乳房《パイ》線から上はむきだしのドレスなので、片手バンザイでオープンしたホステスの腋の下が、まともに、マンちゃんの満月顔のほうをむく。

「あたし、腋臭《わきが》なんか、ないわよ。変態！」

　ホステスは、あげっぱなしの腕をまげ、マンちゃんの頭のツル天にのせて、やすませた。

「懐かしいなあ」

　マンちゃんは、からだには似合わないボーイ・ソプラノ声で言い、ため息をもらした。

ホステスの腋の下をのぞきこんで、なにが懐かしいのか……。しかし、ぼくはだまっていた。マンちゃんが言うことを、いちいち不思議がってたら、キリがない。

「カリブ海の青い空、青い波……」マンちゃんはつづけた。「きみ、カリビアン・ブルーって言葉しってるか？」

「しりませんねえ。メディテレイニーン・ブルー（地中海の空の青さ）というのなら、きいたことがあるけど」

ぼくは、つっけんどんにこたえた。どうせ、れいによって、マンちゃんがかってにつくったマン語だ。

それよりも、このキャバレー「第三フルフル」の勘定は、どうなるんだろう。マンちゃんは、おれにまかせとけ、と言ったが、いつも金はないんだから、今夜だって、金をもってるはずがない。

マンちゃんのフルネームは清野満三。満州で生まれた三番目の男の子なので、満三とおやじさんが名前をつけたんだそうだ。満一、満二という兄さんがあり、マンちゃんは、男ばかりの三人兄弟の末っ子らしい。

マンちゃんは、満州生まれの満州育ち、満語は、満人ハダシの大ペラペラということに、スパイ仲間ではなっていたが（事実、それだけが、取柄みたいにいわれていた）ハルピン学院出身の元特務機関員で、戦後、満人の奥さんをつれて引揚げてきた男が、マンちゃんお得意の満語をきいて、あんたの朝鮮語はわからない、と言ってから、インチキのサンプルみたいにされ、マンちゃんのマン語というコトバまでできた。

だいたい、マンちゃんをスパイと言えるかどうか……ま、そんなことは、どうだっていい。

「……カリブ海の青い波にあらわれる、晒《さら》したように白い珊瑚礁《リーフ》、貿易風にそよぐヤシの葉。な、そっくりだろ?」

マンちゃんは、ホステスの腋の下に、マンホールの空気穴みたいな、高さのない鼻をつっこみ、ぼくは、つい、ききかえした。

「なにが?」

「このコの腋の毛さ」

マンちゃんは、ウインナ・ソーセージのような指で、ホステスの腋の下に、チョロチョロはえている毛をなでた。

数にして、五、六本しかあるまい。しみったれたはえかただ。しかし、一本一本はかなり長く、どういうわけか、毛の根もとのほうが赤茶っぽくなっている。

しかし、ホステスの腋の毛が、なににそっくりなのか? ついでだから、ぼくはきいてみた。

「なに? おいおい、ヤシの木にきまってるじゃないか」

マンちゃんは、あきれた顔で目をとじ(というより、海底の生き物みたいに、脂肪の層のなかに目をひっこめ)ぼくもあきれて、ホステスの腋の毛をみつめた。

「これが、ヤシの木?」

「うん。カリビアン・ブルーの空と海とのあいだにちらばる常夏《とこなつ》のバハマ諸島……あのパルメラ島のヤシ林……」マンちゃんは、古い流行歌の文句みたいな言葉をくりかえした。

「バハマ諸島があるのは、フロリダ沖の大西洋で、カリブ海のうちには入りませんよ」

「きみ、スパイは学校の教科書でならったことなど、みんな忘れてしまわなきゃいかん」

「ぼくがスパイ！」

「そう。きみは、国際政経研究所という、内調（内閣調査室）からも、毎年、金がでている調査機関につとめ、その月給でくらしている。つまり、国の情報活動費用で生きてる人間だ。もっとも、内調は窓口で、ほんとのスポンサーはアメリカのＣＩＡあたりかもしれんがね。ともかく、全収入がスパイ資金からでているきみがスパイでなかったら、世界中にスパイはひとりもいない。おれなんか、スパイで食ってるわけではなし、きみにくらべたら、アマ・スパイみたいなもんだ」

「しかし、ぼくは、たった月給六万五千円もらって、インドやビルマの英字新聞の切ヌキをつくってるだけで……」

「情報収集という、りっぱなスパイ活動じゃないか。きみ、きみみたいなプロのスパイが、テレビのスパイ番組をみて、あんなのがスパイだとおもったりしちゃ、こまるな。どこかの大使館にもぐりこんで、金庫をあけたりするのがスパイではない、そんな仕事は、本職の金庫破りをアルバイトにつかえばよろしい。現代のスパイの９９・９パーセントはデスクで仕事をしている。きみたちデスク・スパイはスパイの主流派だ」

「いいかげんにしてくださいよ。ぼくは、スパイになろうとおもって、国際政経研究所に就職したんでもないし、また……」

「スパイはスパイ意識の問題ではない。スパイ行為をしているのがスパイだ。パンをつくるからパン屋。エントツを掃除するからエントツ掃除……ま、詩人は、詩をかかないでも詩人でいられるけどね。きみなんかは、毎日、朝九時半から夕方六時まで、昼休みを一時間はさんで、拘束八時間半、実働七時間半、スパイ活動をしている。そんなきみがスパイでなければ、世界中にスパイといえる者は……」

オダブツウ！

頭の上で声がして、白いコートをきたボーイが、ぼくとマンちゃんの前に、ウイスキーのグラスをおいた。

「はい、ウイスキーのおダブ(ル)二杯《ツウ》」

さっきから、マンちゃんやホステスがさけんでいたオダブツウの正体はこれだったのか。

マンちゃんは、オダブのウイスキーのグラスを、戦争中の一銭玉の一の字の口にもっていきかけて、手をふりあげると、ボーイ・ソプラノ声でどなった。

「おーい、兄き、こっち、こっち」

マンちゃんの兄きの清野満二は、角ばった顎をよけい四角にして、こちらにくると、マンちゃんとむかいあい、ぼくのよこに腰をおろした。

マンちゃんたちの両親は、どんな子供のこしらえかたをしたのか、マンちゃんはマンマルだが、この満二兄は、顔もからだつきも、角型にできている。性質も、いたって四角四面《スクエア》だ。マンちゃんは、満二兄が、まだ、腰を、きちんと几帳面《スクエア》にすえないうちから、まんまるなからだを、それこそゴムマリのようにはずませながら言った。

「兄き、六億円のモウケばい」

マンちゃんは、この満二兄とはなすときは、なぜだか、おかしな九州弁をつかう。ストリッパーのあいだで、九州弁が標準語になってるみたいに、満州にいたニホン人は、みんな九州弁をつかってたのかもしれない。マンちゃんはくりかえした。

「六億円。純益やもんな。兄き、さっそく、設計ばして、見積りをだしちゃんない」

それでも、満二兄はだまっていた。さすがは兄弟、長いあいだのつき合いだから、へたな口はきかない。

「製造は、ぜんぶ、兄きの会社にまかせる。間にあわんごとあったら、下請でんなんでん、そっちで出してよか」

満二兄は川崎で鉄工場を経営している。駄ジャレみたいだが、かたい商売だ。満二兄は、やはり口をきかないまま、じっと、弟のマンちゃんの顔をみつめた。

いつもなら、満二兄がこんな目つきをすると、空気もれの風船みたいに、まるまっこいマンちゃんの顔が、しおたれ、なんとなく張りがなくなるのだが、きょうは、逆に、ますます張りきってきた。

「たのんだばい、兄き」

満二兄も、いつもとはかってがちがい、口をひらいた。

「なんのはなしだ、満三《マンゾー》？」

マンちゃんは、となりのホステスの腕をつかんで上にあげ、チョロチョロ、五、六本はえた腋毛をゆびさした。

「これたい。ヤシの実を割る機械ば、つくるったい。六億の純益ばい」

ぼくはオダブのウイスキーにむせ、満二兄は、しずかに、タバコに火をつけた。

「商売のスケールがちがうもんね。国が取引きの相手やから、大きかよ。大統領の奥さんと、直接交渉するけん、もう、はなしはきまったようなもんばい」

マンちゃんは、横一文字の口を、急にマジメにひきしめた。もっとも、戦争中の一銭玉にマジメな顔ができればのはなしだ。

「それで、兄きにも、このセーノくんにも、ここにきてもらって……」

セーノだなんて、また、土方の掛声みたいなことをいう。ぼくは口をはさんだ。

「ぼくは、おたくとおなじ清野って苗字でも、セーノではありません。キヨノです」

「わかった、わかった。コマカかことば気にしよると、偉《えろ》うなれんばい」マンちゃんは満二兄にむきなおった。「じつは、兄き、きょう、大事件がおきとったい」

満二兄の四角く不動な顔が、ほんのわずかだけど、表情がうごいた。マンちゃんに大事件がおこると、どうしてだか、しまいには、かならず、金を貸すようなことになるからだ。しかも、しょっちゅう、大事件がおこるんだから、たまらない。

「地球はせまかなあ」マンちゃんの声にビブラートがついた。

「ミナがきとったい。ミナがニホンにきたとばい。このトウキョウに、ミナが……。そんだけでもたまがったとに、兄き、ミナがなんになっとるとおもう？　大統領夫人ばい。戦争中、南北アメリカ大陸にはさまれたカリブ海のどまんなかに、おれがつくった第二日本帝国の大統領夫人ばい」

マンちゃんは、年季がはいって半透明になったプラスチックの定期入れから、うす茶っぽく色があせた写真をだし、ヤシかシュロかソテツか、南方系の木の前に、若い男とならんで（それが、マンちゃんだそうだ）ハダシでたっている娘を、ウインナ・ソーセージみたいな指でゆびさした。

「このミナが……」


六万五千円の月給で、ぼくが勤めている国際政経研究所は、神田・田町の戦前からのビルの二階にある。

このビルには、スパイがイッパイ。野球帽とかメダルとかスリッパとかを売っている、ちいさな雑貨屋がならんだ通りにあるこの古ぼけた、もちろんエレベーターもないビルは、一階から三階まで、スパイだらけなのだ。

といっても、じつは、このビルの廊下や階段を、近所の出版屋が倉庫がわりにつかっており、００７のスパイ・ブームの尻馬にのってだしたスパイ物が、ブームがすぎて、文字通り返本の山になってつみあげてあり、注意して、そのあいだをすりぬけないと、何百、何千というスパイの下敷きになり、おしつぶされてしまう。

国際政経研究所の所員は、ぼくをいれて四人。ひとりは、昔の商業学校をでたオジさんで、会計係。ソロバンをはじく前に、かならず大きな咳ばらいをする。

もうひとりは、中野学校出身だと自称し、所長とはなすときは、ほとんどくちびるをうごかさず、すごくちいさな声でしゃべる古島。しかし、中野学校はウソじゃないかとおもう。とにかく、この男は、どこをほっつきあるいているのか、ほとんどオフィスにはいない。

それと、藤島理世子さんだ。理世子さんは、今はなくなった有名な仏文学者のお嬢さんで、フランス語もよくできる。理世子さんは印度シナ方面の係りだが、こんなひとが、どうして、こんなところに、長い間勤めているのか、ぼくには、さっぱりわからない。理世子さんが所長のメカケだとヌカした、元憲兵曹長のおやじがいたけど、まさか、そんなことはないだろう。

所長は、帝国陸軍参謀本部の参謀だったそうだ。ほんとに参謀本部勤めだったかどうかはしらないが、参謀だったことはウソではないらしい。参謀肩章とかいうやつをつけた軍服姿の写真を見せてもらったからだ。

しかし、この写真を見て、ぼくはおどろき、ふきだした。兵隊さんの服をきた七・五・三の坊やの写真かとおもったのだ。

そして、元参謀本部・参謀が、いっぺんに元参謀本部・参謀でなくなった。これは、ガキだ。ガキの参謀殿なんてあるもんか。

もっとも、ちょいと計算すれば、すぐわかることだった。所長は、今、五十三、四歳だ。とすると、戦争がおわったときでも、やっと二十四ぐらいじゃないの。

参謀というのは、陸軍士官学校をでて、一年か二年か三年、部隊勤務をし、それから陸軍大学にはいり、卒業した連中のうちで、参謀の仕事をしている者がなるときいた。

この計算でいけば、たとえ終戦まぎわでも、うちの所長は、なりたてのホヤホヤのかけだし参謀だったわけだ。

どこの軍隊でもそうだろうが、昔のニホンの軍隊では、メンコの数がなんとかいって、古いやつが、やたらに威張ってたらしい。

つまり、うちの所長はお茶くみ参謀だ。お茶くみ参謀は、参謀のうちには、はいらない。だいたい、みんな錯覚をおこしている。これは、映画やテレビのせいかもしれない。映画の中隊長は、たいてい髭をはやしたオジさんだが、実際は、二十二、三ぐらいがおおかったときく。

そのころも、今も、二十二、三という歳頃にはかわりはない。おたくのまわりにいる二十二、三の連中を見てみろ。いや、てめえが二十二、三のときはどうだった。ガキじゃないか。

所長は中肉中背。オシャレでもないが、服装に気をつかってないわけでもない。靴だって、ピカピカにひかってはいないけど、よごれてもいない。歳は、さっきもいったが、五十三、四。頭の髪の毛は薄くもないし、濃くもない。メガネも、かけてるときもあるし、かけてないときもある。なんのメガネかはしらない。

どこかの会社の、いくらか古手の課長、区役所勤めのオジさん、学校の先生、なんといってもとおりそうな人相・風体だ。ただしスパイにだけは見えない……なんてことは、廊下につんである返本のスパイ・ストーリイにかいてあること。

いや、所長がスパイに見えないってわけではない。一目見ただけで、スパイみたいな男がいるわけがない。もしいたら、映画会社がふっとんで、やといにくるだろう。

所長はケチだ、とみんな悪口を言う。悪口を言わないのは、フランス語がじょうずで、印度シナ担当の藤島理世子さんだけだ。

しかし、経営者は、どこでもケチだときまってる。たとえスパイ企業でも、かわりはあるまい。

所長の特徴は、なんにでも領収証をとることだ。喫茶店でコーヒーを飲んでも、領収証をもらう。ぼくなんかも、月給をもらうと、領収証を書かされる。月給の領収証なんて、はじめてきいた。

スパイ企業こそは、領収証のいらないビジネスだとおもっていたのに……。

うちの所長は、謀略経費を、キャバレーなみの明朗会計にし、スパイ・ビジネスをせちらい近代企業化した先駆者かとおもったが「なにしろ、うちは内調（内閣調査室）から、毎年、予算がでてるでしょう。日本政府はミミッチクてねえ。アメリカのCIAから、直接、金をうけとるときは、こんなうるさいことはないんだが……」と、ソロバンをいれる前に、かならず大きな咳ばらいをする会計の田口さんが、いつかボヤいた。

もっとも、領収証がそろい、帳簿さえちゃんとしてれば……ということもあるだろう。

ぼくは、大学の英文科をでて、ある新聞社と、ある商社と、あるテレビ局の入社試験をうけて、みんな落ち、自衛隊員と結婚した姉から、理想が高すぎるのよ、と地方からきて学習院をでたおムコさんさがしの女のコに言うみたいなことをいわれた。

そのあと、駐留軍の座間キャンプで四年ほど倉庫係りをやって人員整理になり、失業保険がきれかかったころ、英語に堪能な者を求む、という新聞の求人広告を見て、この研究所に就職した。

もちろん、どんな研究所かはしらなかった。マンちゃんがいうように、もしぼくがスパイなら、新聞広告でやとわれたスパイってことになる。

研究所につとめだしたころは、ずいぶん変った、おかしな人物が、いろいろたずねてくるとおもい、自慢そうに、飲屋で友人にはなしたりした。

うちの研究所が、スパイ本（エロ本や講談本があるなら、スパイ本があったってかまうまい）を廊下につみあげたビルの二階にあることは、前にも言ったが、二階には、ほかに、東京商事とか神田企画とかいった名札をかけたオフィスがあり、研究所といっても、一部屋きりだ。

だから、おれは死んだスカルノとキンタマをにぎりあった仲だとか、中共の水爆工場をこの目で見てきたとかいう連中のはなしは、いやでも、おなじ部屋にいるぼくの耳にはいる。

世間では、こういった連中のことを得体のしれない人物などといったりする。ぼくも、さいしょは、そんな気がしていた。

しかし、けっして、得体がしれないわけではない。その証拠に、みんな、なんとか食っている。

得体がしれない者には、だれも金をださない。得体がしれた、計算のできる行為だからこそ、ソロバンをはじいて、そのぶんだけの金をくれるのだ。

だから、得体がしれないというのは、なにを考えているんだかわからない、ってことだろう。

しかし、この連中が、なにを考えてるかは、じつにはっきりしている。なにも考えていないのだ。

この連中は、自分たちをスパイだとおもっている。そして、はじめのうちは、ぼくも、この連中の顔がスパイに見えた。

しかし、所長の参謀姿の写真を見て、ぼくは目がひらいたような気がした。

所長は、参謀本部のなかを、参謀肩章をつけてあるいてたかもしれないが、参謀ゴッコをやってたようなものだ。くりかえすが、七・五・三参謀は参謀ではない。

所長の写真をみて、ぼくは、スパイの連中の正体もわかったとおもった。こいつらは、スパイ・ゴッコをやってるだけなのだ。映画やテレビのスパイたちと、あまりかわりはない。

だいたい、アメリカのスパイならともかく、ニホンの国にスパイなんか要るだろうか？

それに、軍隊さえもたないニホンにも、ぼくみたいなスパイまで（ぼく自身はスパイじゃないとおもってるが）いるくらいだから、アメリカやソ連、イギリスなどのスパイは、それこそ日本中にワンサといるだろうに、新聞などにでてくるスパイは、北朝鮮や中共のスパイばかりで、アメリカのスパイなんてきいたこともない。

マンちゃんは、うちの研究所にたずねてくる者のうちでは、いちばんヘンテコなほうかもしれない。

なにしろ、戦争中の一銭玉みたいな顔と口をし、近頃のガス・タンクのようなまんまるのからだつきだから、それだけでも、たいていの者はびっくりする。

それに、なにかをやって、どこかから金をもらってるようなけはいが、まるっきりない。会計の田口さんのはなしだと、うちの研究所でも、マンちゃんには一円も金をわたしたことはないそうだ。（ほかのスパイたちは、最高七万円ぐらいまでの金を、ときどき、うけとっている。最低は、百五十円の領収証まである、と田口さんはいった）

もちろん、マンちゃんに女房・子供がいるかどうかもはっきりしないし、どこに寝泊りしてるかもわからない。

もっとも、それだって、夜、どこにも寝てなきゃ、それこそ得体のしれない、ふしぎな人間だが、たとえ、共同便所の天井裏でも、どこかに寝てれば、どうってことはない。

そんなことはともかく、マンちゃんは、スパイ・ゴッコの連中からも、スパイのうちにはいれてもらっていない。

それは、つまり、スパイとしてのキャリアがないってことらしい。スパイにも公認コースがあり、うちの所長みたいに、元陸軍参謀本部参謀とか、いわゆる中野学校出身とか、すこし古くて、五・一五、二・二六事件の関係者とか、東京裁判の法廷で東条サンの頭をひっぱたいた大川周明がつくったスパイ学校の卒業生とか（九州の熊本にも、高等小学校をでたばかりの子供に、大陸における特殊任務につくための、特殊教育をした学校があった）、そのほか、陸海軍の特務機関にいた者（陸軍では、太平洋戦争のころから、連絡部という名前をつかっていた）、憲兵あがりなどが、その公認組だが、マンちゃんは、そのどれにもはいっていない。

また、マンちゃんにはスパイの実績もないということになっていた。もっとも、ほかのスパイたちの実績というのも「そのとき、われは、スカルノのキンタマをグッとにぎり……」とか「共産ゲリラに追いつめられ、もうダメだと観念し、背中にしょったプラチナ二貫目を、ドボーンと、メコン河のなかに……」とか、そばで三味線の伴奏がはいりそうなはなしがおおい。

そして、もちろん、スパイのうちにいれてもらえないマンちゃんは、スパイたちからバカにされていた。

しかし、人間はスパイばかりではない。藤圭子がスパイではないからといって、スパイたちは、べつに軽蔑はすまい。

マンちゃんがスパイ・ゴッコもできないのに、その仲間にはいりたがるのがいけないのだ。

そもそも、自分がスパイだとおもうのがおかしい。

だけど、やること、すること、およそ、スパイとは縁のなさそうなマンちゃんが、なぜ、スパイづいたのか？　ぼくには謎だった。

ことわっておくが、うちの所長が元陸軍参謀本部の参謀だということも、印度シナ担当の藤島理世子さんがたいへんフランス語がじょうずだということも、会計の田口さんがソロバンをはじく前に、大きな咳ばらいをすることも、元関東軍憲兵や、元特務機関員が、うちの研究所にトイレをかりにきたり、お茶を飲みによったり、ときには、領収証をかいて、ゼニをもらっていったりすることは、このはなしには、なんの関係もない。ただ、そういった環境のなかで、このはなしがはじまったというだけだ。

きょうの昼休みだった。所長たちは天丼、会計の田口さんは、自分のうちからもってきた弁当、ぼくはかけソバをたべていたが、ソバがまずかった。

なにもたべないで、新聞を読んでいるマンちゃんの、戦争中の一銭玉みたいな顔をみていると、頭にきて、ソバの味がしなかったのだ。

ごくふつうの顔で天丼をたべてる所長にもシャクにさわった。だいたい、所長がどケチだから……しかし、うちの研究所の仕事はなにもやっていない、ただ、ぶらぶら遊びにくるだけのマンちゃんに、昼メシをとってやることはない、と所長はいうだろう。おれだって、そうしょっちゅう、マンちゃんに昼メシをおごることはない。

だけど、こうやって、げんに、マンちゃんひとり、なにもたべてないと……ぼくは気分をこわし、その腹いせに（だれにたいしてだろう？）嚙まずに、ソバを喉の奥にながしこんだ。

所長たちというのは、所長と、なにをやってるのか、いつも外をほっつきあるいてる中野学校出身の（ウソにきまってるけどさ）古島とお客さん——元関東軍の情報将校だという前川の三人だった。前川は、うちの研究所に顔をだすスパイ（ゴッコの）連中のひとりだ。

前川は、木材関係の業界紙の仕事をやっていて（だれかと共同経営だそうだが、共同経営というのは、たいていハッタリで、また、スパイ・ゴッコの連中のいうことはアテにならない）最近、三週間ばかり、シベリアにいってきたらしい。

きょうは、朝の十時ごろから、前川をかこんで（前川が、まんなかの椅子だった）所長と、めずらしくオフィスにいた中野学校出身の古島とで、前川が集めたシベリアについての情報データの分析をやっていた。

ぼくには関係ないことだし、興味もないので、三人のはなしはロクにきいていなかったが、イルクーツクかどこかから、どこかにむかって、南に三十キロとか四十キロとか列車がはしったとき、左のほうに、推定十三メートルぐらいの高いエントツ一本と六メートルていどのエントツが見え、高いエントツからは、だいだい色がかった黄いろい煙、低いエントツからは白い煙がでていたが、あれは、はたして、いかなる産業のいかなる工場であるか、というような情報分析をやっていたのだ。

前川は、関東軍の情報将校（そんな名前が、昔の日本陸軍にあったかどうかはしらない）

時代、きびしいスパイ訓練をうけ、カメラで写真をとるよりも、自分の観察のほうが、するどく、正確だと自慢し、シベリアでやたらに写真をとりまくって、ソ連の官憲にとっつかまった男のことを、戦後のスパイはやはり正規の訓練をうけていないから、とケイベツしていた。

また、前川のようにキャリアもあり、信用のあるスパイは、物的証拠（たとえば、現地の写真とか）がなくても、目で見、耳できいて頭のなかにしまっておいたデータが、貴重な情報として、ＣＩＡでも、どこでも、よろこんで買ってくれるそうだ。

ＣＩＡはどうかしらないが、うちの研究所では、前川のシベリア情報を買った。会計の田口さんの机の上に、一金六千五百円也の前川の領収証があったのだ。六千五百円では、シベリア行の船賃と汽車賃には足りないとおもうが、ぼくにはカンケイない。

マンちゃんは、十一時すぎにきた。いつものように、マンちゃんは、列車がとおりすぎて、ガクンとシグナルがあがるときみたいなカッコで手をあげ、やあ、と部屋のなかの者ぜんぶに声をかけたが、これまた、いつものように、だれも返事をしなかった。

所長と中野学校ガセ卒（嘘《ガセ》にきまってる）の古島とエリート・スパイ（と自分でおもっている）前川は、ちらっと目をあげて、マンちゃんのほうを見ただけで相手にせず、マンちゃんは、椅子をひっぱって、ぼくの机のそばにきた。

汚い小犬でも、なついてくればかわいいものだが、マンちゃんみたいに、顔は戦争中の一銭玉みたいで、胴体は、まんまるくふくらんだガス・タンク型、体重三十貫以上はあるバカでっかいのにコロコロ懐《なつ》かれたんじゃ、だれだってこまる。

　そんなぼくの気持なんかおかまいなしに、マンちゃんは、とくべつ、ぼくを気にいってるようだが、その理由というのをきいて、ぼくはゾッとした。

　このぼくが、マンちゃんの若いときにそっくりなのだそうだ。もし、それがほんとなら、ぼくもマンちゃんの歳には、マンちゃんみたいな化物になる可能性があるってことになる。

　ぼくはマンちゃんにはかまわずに、ノリとハサミのスクラップづくりをつづけた。近頃では、もうめんどくさくなって、ぼくの担当のインドやビルマの新聞のなかにcommunistとかcommunismとかいう文字があると、記事の内容は読まずに、そこをハサミで切りとり、スクラップ・ブックに糊《ノリ》ではりつける。ついでだが、共産党に関係したことでないとゼニにならないのだ。

　マンちゃんも、床の上にういてるアドバルーンみたいなカッコで（あんまり図体がまんまるくぶっといので、腰かけた椅子が見えないのだ）そこいらにある新聞を、手にとって読んでいた。（藤島理世子さんはお休み。近頃ちょいちょい休む）

　そのうち、十二時になり、会計の田口さんが大きな咳をしてたちあがり、所長は、お昼のサイレンがわりの田口さんの咳の音で、壁の電気時計を見あげ、中野学校偽卒《ガセ》の古島とエリパイの（エリート・スパイの略。エリート・スパイが、わざわざシベリアまでいって、一金六千五百円也の情報代では、どうしようもないけどさ）前川に、なにをたべるか、とたずね、二人が、なんでもけっこうです、とこたえると、所長は近所のソバ屋に電話して、天井並《なみ》三つ、と言った。

ぼくは、それまで待っていて「あ、所長、ソバ屋ですか?」とわかりきってることをきき「ついでに、かけソバもおねがいします」とたのんだ。

所長はうなずき「いっしょに、かけソバをひとつもってきてくれ」と言いたした。

かけソバひとつ、と言ったのは所長だ。ぼくは、かけソバがいくつとはたのんでない。もし、所長が、かけソバいくつだ、とききかえしたら、マンちゃんのぶんもいれて、二《ふた》つとこたえていただろう。

しかし、マンちゃんが、かってにぼくに懐《なつ》いてるからって、くどいようだが、そういつも、昼メシをおごってやることはない。

だいたい、所長がケチなんだ。ぼくに天丼をおごってくれとは言わない。だけど、たまには、自分たちだけでなく、会計の田口さんや、たとえ用はなくても、毎日のように研究所にやってくるマンちゃんに、天丼ぐらい食わせたってよさそうなものなのに……くりかえし、グチるのはやめよう。

天丼とかけソバがとどくと、所長は、代金をとりにくるときに、天丼並三つの領収証をたのむ、かけソバ代は、ぼくからもらってくれとソバ屋の出前にいった。

そして、所長たちは、シベリアのどこかのエントツの煙についての情報分析をやめて、天丼をたべだし、ぼくは、なんにも悪いことはしてないのに、やはりうしろめたい気持で、なるべくマンちゃんのほうを見ないようにして、ソバをのみこんでいるとき、とつぜん、バクダンでもドカンと破裂したみたいな風圧がおこり、口のなかのソバが何本か鼻の穴にとびこんだ。

マンちゃんが、ガバッと新聞をふせ、急にたちあがったのだ。ま、巨大なガス・タンクが空中にはねあがれば、これぐらいの風圧がおこってもふしぎではない。

これまで、マンちゃんが、どれだけえんりょして、そのバカでかいからだをうごかしていたか、ぼくは、はじめてわかった。

マンちゃんは、大型台風のように、窓ガラスをならし、床をふるわせてあるきだし、その進路が、まっすぐ自分のほうに向いてるのをしった中野学校偽卒《ガセ》の古島は、天丼のドンブリをかかえ、椅子からずりおちそうになった。

しかし、マンちゃんは古島には危害をくわえず、その前までくると、足をとめ、古島が天丼をたべながら読んでいた週刊誌をとりあげた。

台風の眼にはいったときのような、あらあらしい動きの極限の沈黙が、部屋のなかをつつむ。

弁当箱の底をかっさらっていた会計の田口さんの箸がとまり、古島も所長もエリパイの前川も、天丼のテンプラを嚙むのをやめ（おそらく、息をするのもやめて）マンちゃんをふりあおいでいた。

マンちゃんは、今まで、ただ一度も、大きな声をだしたり、あらっぽい動作をしたことはない。スパイたちが、マンちゃんをバカにしていたのも、ひとつは、図体ばかりでかくて、

およそ男っぽいことはなにもできないとおもっていたからだ。（スパイは暴力を否定しない）

だから、よけい不気味で、こわかった。

ぼくは、マンちゃんが突然変異をおこし、なにか、べつの生き物になったような気がした。これだけの大きさのべつな生き物だとすれば、たいへんな大怪物だ。

あとできいたことだが、所長たちは、マンちゃんが急にお脳にきたとおもったらしい。

沈黙は、ギリギリのところまで張りつめ、台風の眼は、ついに、すさまじい音をたてて、おっとびだし、マンちゃんのまんまるな顔が、七色のライトをうけた、ストリップ小屋の天井のミラーボールのように（なにも、ストリップでなくてもいいけどさ）赤くなり、青くなり、むらさきにかわり、手にもった週刊誌が、わなわなとふるえ、マンちゃんは、玉突きの玉から水分をしぼりだすみたいに、ツル天の頭からしぼりだした声で、うなった。

「オオ、マイ・ミナ！」

さわぎのもとは、陸軍中野学校偽卒《ガセ》の古島が読んでいた週刊誌の記事だった。

なにかを読みながらでないと、ものをたべられない人種がいる。この連中は、トイレにも、かならず、新聞や雑誌をもっていく。読みながらいれたものは、やはり読みながらでないと出ないらしい。

ともかく、古島が、天井をたべながら、週刊誌のその記事のことを言ったのが、マンちゃんの耳にはいり、この大台風がおこったのだった。

ニュース・スナップという欄のちいさな記事で、去年、英領バハマ諸島のなかで独立した（まだ、日本とは国交はない）ニポン国のマンソイ大統領夫人が観光のため、来日しているが、本月十三日、東京見物の途中、タクシーのなかに、日本金七万四千円と三千ドルの旅行者用小切手《トラベラーズ・チェック》がはいったハンドバッグをおきわすれたのを、正直な運転手が大統領夫人が泊っている帝国ホテルにとどけ、同夫人は大よろこび——といったおきまりの文章に、ニッコリ白い歯を見せた大統領夫人の顔写真がでていたのだ。

紙の悪い凸版印刷でさえ、こんなに白く、きれいに歯がうつってるところを見ると、お顔のほうは、だいぶ黒いのかもしれない。

どうにか、台風のピークがすぎさり、マンちゃんはしゃべりはじめたが、注射をした競走馬みたいに興奮し、その姿かたちからいえば、馬よりも、H・G・ウェルズの火星人から事情をききだすみたいで、はなしはすんなりいかなかった。はなしの内容が、あんまりとっぴょうしもなかったせいもある。

「オオ、マイ・ミナ！」とうなったあと、マンちゃんは「やはり、国の名はニッポンとしたのか……」と声をつまらせ「マンソイ大統領夫人ではない。大統領夫人なら、マンソヤだ」とさけんだ。

ニポンというのは、ニッポンのことだ、とマンちゃんは言う。

太平洋戦争中、マンちゃんはカリブ海に第二戦線をつくり、つぎからつぎに、カリブ海の島々を占領し、その占領した島々に、第二ニッポン、第三ニッポンと名前をつけていき、ついに、第百ニッポンまでいったとき、終戦になったのだそうだ。「ハワイ」というキャバレーのチェーンも、こんなふうに第一「ハワイ」から第百「ハワイ」あたりまであるらしいが、まさか、マンちゃんの真似をしたわけではあるまい。

マンちゃんは、つっ立ったまま、一気にしゃべり、みんな（会計の田口さんもふくめ）口もきけないでいたが、さすがは、強盗からでも領収証をとりそうなくらいガッチリした所長だけあって、マンちゃんに言った。

「へえ。戦争末期に、沖縄の背後の台湾や、中国大陸に第二戦線をつくろうという作戦計画はあったが、カリブ海に第二戦線ねえ。はなしだけでも、はじめてきいた」

「こっちは、沖縄戦線の背後なんて、ケチなものじゃありません。アメリカ本国のまうしろの第二戦線だ。さいしょに占領したのは英領バハマのパルメラ島だが、ここを基地にして、キューバ、ハイチ、ジャマイカの諸島、遠くはバージン諸島から、アメリカ本土のフロリダ州の島まで占領し、バハマをふくめた二千キロにおよぶカリブ海第二戦線をつくったんです」

「しかし……」椅子からずりおちかかった尻《けつ》をもとにもどして、中野学校偽卒《ガセ》の古島が言いかけた。「そんなことが、戦後三十年もたった今まで、だれの耳にもはいってないというのは……」

「戦後とはなにか！」

マンちゃんは、頭のツル天から、レモンのあぶらのようなきいろい声をしぼりだし、古島は、また、椅子から尻がずっこけそうになった。マンちゃんはつづけた。

「大東亜戦争は、まだおわってはおらん。また、日本は負けてもいない。その証拠に、インド、ビルマ、ジャヴァ、印度シナ、マレー半島の諸国は、みんな、敵米英仏蘭から独立した。日本帝国は朝鮮、台湾をうしなったが、大東亜戦争が契機になり独立した国々の面積、人口と比較したら、差引きの計算は問題にならん。それでも、大東亜戦争が負けたといえるか。だいたい、戦争を将棋みたいに考えるのが、まちがっとる。戦争に負けたなんていうやつは、碁をしらん人間だ。いや、大東亜戦争は、まだ、つづいている。ベトナムの戦争は、大東亜戦争の延長だ。カリブ海第二戦線のことが世につたわらなかったというが、げんに、こうして、アメリカ州にニッポンの国ができるという大戦果があがってるじゃないか」

「その、カリブ海第二戦線のことだが、どういう系統の命令で……?」

　所長は、なんだか、おそるおそるたずねた。マンちゃんが急性精神異常になったのなら、なるべく、さからわないほうがいいとおもったんだろう。マンちゃんは、小汚いハンカチで、それこそカリブ海の珊瑚礁みたいに標高のない鼻の頭をこすりながら、こたえた。

「だれに指図されたわけでもありません。日米開戦前、おれはハーバード大学に留学してたんだが、このまま戦争になって、抑留され、交換船にのせられて、内地に送りかえされたんじゃ、お役にたたないとおもい、単身、バージン諸島にとび、英領バハマに潜入したとき、真珠湾攻撃のニュースをきいたってわけです。もっとも、そのときは、戦争がはじまって、もう一月《ひと》ほどたってましたけどね。あ、バージン諸島にいく前に、ワシントンの日本大使館により、駐在武官の神部海軍少佐と、カリブ海第二戦線について、ひと晩はなしあかしたな」

「その神部少佐は？」

エリパイの前川がきいた。やっと、ものが言えるようになったらしい。まだ、箸をうごかしてる者はなかった。

「交換船でかえってきて、その後、レイテ海戦で戦死したそうだ」

「ふうん」所長が腕をくんだ。「単身といったけど、あの、たったひとりで、カリブ海に第二戦線を……？」

「そう。日本人は、ぼくひとりでした。しかし、島の同志がいましたからね」

「島の同志？」

「ええ。だいたい、バハマ諸島の住民は、ごく少数のヨーロッパ系と、アフリカからつれてこられた農業ドレイの子孫かその混血で、インディオ、つまり南アメリカ・インデアンのカニを常食にした原住民のカリブ土人は、ほんのわずかしかのこっていません。まして、カリブ族にほろぼされたアラワク族などは、ごくかぎられた島にいるていどです。ところが、ぼくが、さいしょに日本領土にし、今、米英からわかれて、アメリカ州における独立ニッポンとなったニポン国の母体のパルメラ島の島民は、もちろん白人ではないし、アフリカ系の黒人でもなく、カリブ族、アラワク族ともちがう。顔つきなんかは、日本人そっくりで、それに、子守歌が日本の子守歌に似てるんだなあ。これは、ぼくの考えだが、パルメラ島民は、日本人の先祖でもあり、マレー語で、水の人という意味の、海のジプシー、オラン・ラウトの系統じゃないかとおもう」

「つまり、その連中に民族教育をして、独立運動をおこさせたってわけ？」

陸軍中野学校偽卒《ガセ》の古島の声に、皮肉なひびきがくわわった。が、マンちゃんは、それに気がついたかどうか、ともかく、まともな口調でこたえた。

「うん。よその国の人間が、ほかの民族に民族教育をするなんておこがましいが、われわれは、海のジプシーのオラン・ラウトをおなじ祖先にもつニッポン民族だからね。しかし、べつに独立運動をおこしたわけじゃない。わがパルメラ島のアメリカ・オラン・ラウト、つまり、アメリカ・ニッポン族は——アメリカン・インデアンという言葉があるんだから、そんな言いかたもかまうまい——もともと、だれの支配もうけていなかった。そりゃ、地図の上では、パルメラ島はバハマ諸島のうちにあり、バハマ諸島はイギリス領だが、島はバハマ総督の出張所があるわけではなし、また、税金をとられるわけでもない。それに、オラン・ラウトは、水の人、海のジプシーだ。海には国境はない。どこの海も、自分のうちの庭みたいに、バハマのアメリカ・ニッポン族はかんがえていた」

「どこかの島を占領したといったが、軍隊組織はどうやってつくった？　いや、どんな攻撃方法をとったのかね？」

所長はたずね、天井に箸をつけた。所長はケチだから、金をけちって、領収証をとるからには、たとえ、マンちゃんが、とつぜん気がくるったとしても、天丼はたべなきゃ損だとおもったんだろう。

戦争中の一銭玉みたいなマンちゃんの顔にさざ波がたった。ほほえんだのだ。

「戦闘訓練はやりましたよ。気ヲツケ、敬礼からはじめて、散兵戦の傘型散開あたりまでね。ぼくが中学の教練の時間におそわったことを思いだしながら……。しかし、攻撃をしたことはない。だいたい、ぼくは戦いはきらいだ」

「だけど、攻撃しなきゃ、占領はできまい」

エリパイの前川も天丼をたべだした。

「バカを言っちゃいけない。戦わざるをもって、最上の戦略となす。われわれは、ぜんぶで百の島々を占領したが、一度だって、血をながしたことはない。それに、バハマの島々も、カリブの島々も、毒蛇なんか、ぜんぜんいないんじゃないかな。とにかく、前から島にいた動物は、ほとんどないんだよ」

「毒蛇や動物のはなしじゃない。相手の人間だよ。抵抗はなかったのかい?」中野学校偽卒《ガセ》の古島が威張った口調になった。

「ないねえ。こっちが攻撃しないのに、どうやって、相手が抵抗する。それは、論理的にも物理的にも不可能だ。そういうところを、ニホンの再軍備論者も考えてみなきゃいかんな。だいいち、われわれは、島々を占領したのであって、島の人間を占領したわけではない。島を占領すれば、その島の者は、もう同志だ。こうして、アメリカ本土のフロリダ州の島々まで占領して……うーん、あそこはたしか、六十番目だったな。第六十四ニッポンか……。戦争がはじまったとき、海軍がハワイの真珠湾を攻撃したが、そのころは、ハワイは、まだアメリカ本土《ステーツ》のうちにはいってなかった。アメリカ本土を占領したのは、あとにも、さきにも、おれたちだけだろう。そして、いくいくは、特別攻撃隊をつくって、パナマ運河に船をのりいれて、爆破し、運河の機能をとめると同時に、ワシントン、ニューヨークにも敵前上陸をする計画もたてていた」

所長もエリパイも、また、天丼をたべるのをやめ、中野学校偽卒《ガセ》の古島が、くだらないことをたずねた。

「攻撃もなにもしないで、どういう占領のしかたをしたのかわからんが、それだけたくさんの島を占領したっていう証拠があるのかい?」

「証拠? ああ、なんじ信仰うすき者よ」マンちゃんはごきげんだった。「これぐらいハッキリしたことが信じられんようでは、自分のおふくろの言うことでも、ほんとにすまい。もっとも、おふくろってやつは、ウソばかりついてるけどさ。おれは、ものごとのかたちを信用しない。かたちあるものは、かならず、そのかたちを失う。真に実存するのは、精神だけだ。しかし、かたち亡者ばかりの世の中で、かたち亡者どうしがおこした戦争だから、しかたがない。うん、証拠はのこしておいたよ。どの島も、島のいちばん高いところに――といっても、みんな、もとは珊瑚礁だから、そう高い山なんかないけどね――何年何月何日、この島を占領し、ニッポン領土にくわえ、たとえば、第八十九ニッポン島とする、ときざんだ占領碑をたててきた。占領した島さえわかれば、そのいちばん高いところにいくと、証拠の占領碑がある。しかし、わざわざ、カリブ海までいかなくても、ミナにきいてごらんよ」

「ミナ?」みんなの目がマンちゃんを見あげ、マンちゃんは、手にもった週刊誌の、ニポン国の大統領夫人の写真を、ふとい指さきでゆびさし、赤くなった。戦争中の一銭玉は、銅貨じゃないんだから、赤くなっちゃこまる。

「ミナが大統領夫人か……ミナは、そのころの、ぼくの恋人でね。たいへんな娘だった。二人姉妹で、姉さんのルナ《ルナ》は、月って名前どおり、やさしくて、しずかなコだったけど、ミナは、まるっきり反対でね。ミナという言葉には、宝物、フォーチュンといった意味のほかに、英語でいえばマインだから、いつ爆発するかわからない、地雷や機雷のこともふくんでいる。いたずらっぽくて、危険で、ちょいとつつくとはじけそうで、ぴちぴち、パッショネートな……」

中野学校偽卒《ガセ》の古島が口をはさみ、ぼくはホッとした。ほかのものならともかく、ガス・タンクが恋の思い出をかたっちゃいけない。古島は言った。

「どうせ、わたしは、信仰うすきものだ。なにしろ、プロのスパイですからね。(自分がプロのスパイだと威張るプロのスパイがいるだろうか?)ひとをすぐ信じてたんじゃ商売にならない。ついでにうかがうが、ニポン国の大統領夫人がおたくの恋人だったという証拠はどこにあるんだい?」

するとマンちゃんは、でかいからだでモジモジしだし……とおもったんだが、じつは、あちこちのポケットに手をつっこんで、定期入れをさがしていたのだ。そして、うす汚れ、半透明になった定期入れから、つかりすぎのタクアンみたいな色にかわりかけた、れいの写真をだし、週刊誌の写真とならべて、所長の天井のそばにおいた。

「ほら、両方ともミナだよ」

この写真のことは前にも言ったが、シュロかヤシの木をバックに、ハダシでつったってる娘が、週刊誌の大統領夫人かどうかはなんとも言えないけど、いっしょにならんで写ってる若い男は、マンちゃんが言うとおり、マンちゃんかもしれない。

このぼくによく似ていたからだ。マンちゃんの若いときに、ぼくはそっくりだと、マンちゃんは言う。もし、そのとおりなら、この写真の男はぼくにそっくりだから、マンちゃんだ。

「あんまり、似てないなあ」

みんな、しばらく、写真を見くらべてたあとで、エリパイの前川はつぶやき、マンちゃんは、ガス・タンクみたいな腹をなでた。

「うん。そのころより、うんとふとったからね」

「いや、おたくのことじゃない。似てなきゃお化けだよ。大統領夫人さ」

「本人どうしだ。似てなきゃお化けだよ。ほら、この目もと、口もと、耳のかたちも……うーん、耳は髪にかくれて見えないか……。年齢やヘアスタイルのちがいでゴマかされるようでは、スパイとは言えんな」

カメラよりも自分の目のほうが観察がたしかだと自慢している、元関東軍情報将校のエリート・スパイ前川は、スパイの数のうちにもいれてなかったマンちゃんから、こんなことを言われ、カッとなった。

「情報業務専門家として、はっきり言う。あんたがもってた写真の女性と、週刊誌の写真の女性とが同一人物であるかどうか、はなはだうたがわしい」

「賭けるかい？」マンちゃんはニヤッとした。

「ああ、いいよ」前川は胸をはった。

「千円……どう？」

「千円か……うん、よかろう」前川の胸がひっこみ、顔がすこし青くなった。千円ぽっちで青くなるようでは、エリート・スパイの名が泣く。「しかし、どちらが正しいか、どうやってきめる？」

「そりゃ、本人にきくのが、いちばんてっとりばやい」

「本人？」

「帝国ホテルにいるミナさ。バハマ・ニポン国大統領夫人のミナ。ちょっと、電話をかりますよ」

マンちゃんは帝国ホテルに電話し、千円賭けてない前川以外も、息をのんで、電話に耳をむけていたが、大統領夫人は出かけているそうで、ホテルにはいなかった。

みんな息をはきだし、なんだかモヤついた沈黙がしばらくつづいたあとで、今まで口をはさまなかった会計の田口さんが、ひょいとたずねた。

「で、その第二戦線とかの兵力は……？」

「兵力？」マンちゃんはかるくききかえした。「ああ、人数のこと？　パルメラ島の住民は三十五人だから……」

会計の田口さんの顎がガクンと下にさがり、それにつれて、金魚のコーラスみたいに、みんな口をあけた。

「あの……女や子供もいれて、島ぜんぶで三十五人？」

「そう」マンちゃんは、これまたかるくこたえた。「ほかに、豚が十六匹とニワトリが二十羽ばかり」

おなじ階の東京商事の女のコが二人つながって、こわごわのぞきにきたぐらいだった。とつぜん、なにかがおこり、みんなが悲鳴をあげてるようにおもったのかもしれない。

ともかく、笑い声にはきこえなかっただろう。それほど、爆発的な笑いだった。いや、あんなに笑ったことはない。

日頃、ええカッコしで、スカし屋の所長まで、涙どころか、鼻水を、両手でかかえた天井のなかにたらして、笑った。

スパイが笑うとき、というのは、こんなときのことだろう。

笑い声は、いつまでもつづき、はじめは、マンちゃんもキョトンとしていたが、そのうち、中野学校偽卒《ガセ》の古島の笑い声に、ケケケ……と皮肉な調子がくわわってくると、マンちゃんは、へんに凝《こ》った、アーティフィシャルな微笑を顔にうかべ、自分でも大きな声で笑いだすと、笑いながら、週刊誌をもったまま、部屋をでていった。みんなが笑いおわったのは、マンちゃんがいなくなって、五分ぐらいあとだろう。

オダブツウ！

ホステスは、また腕をあげて、ダブルのウイスキーのおかわりを注文し（マンちゃんの兄きの満二兄はジュースを飲んでいた）マンちゃんは、さっきとおなじように、その腕をつかんで、ホステスの腋の下をのぞきこみ、チョロチョロ、五、六本はえた腋毛を、ぶっとい指さきでなでていたが、不意に、顔をちかづけ、戦争中の一銭玉の裏側に、ときの大蔵大臣賀屋興宣先生が書いた一の字みたいな口をひらくと、思春期の牝牛のようなピンク色の舌をだし、へんにエッチなくぼみをえがくホステスの腋の下を、ペロッとなめた。

ホステスは悲鳴をあげて、三段ロケットみたいにパットをかさねたオッパイをマンちゃんのガス・タンクの腹にこすりつける。

マンちゃんは、ピンク色の舌で、もう二度ほど、ペロペロっと、ホステスの腋の下をなめ

「おまえ、塩分がたらんな」と意見をのべてから、ぼくに目をやった。

「きみまで、おれのはなしを疑ってちゃ、どうしようもない。バハマ諸島からカリブ海にかけて、あちこちの島を占領して、日本領土にし、第百ニッポン島までつくったんだ。もっとも、海綿採りに便乗した感もあったけどね」

マンちゃんのはなしは、さきがどうなるかわからないので、こまる。ぼくはたずねた。

「海綿採り？」

「うん。島の連中は、どっちみち、あっちこっちの島や珊瑚礁に海綿をとりにいくんだ。なにしろ、海のジプシーだからさ。海綿でおもいだしたばってん、兄き、ほんなごと、たのむばい」

マンちゃんは、川崎で鉄工場をやっている満二兄のほうにむきなおり、満二兄は四角な顎をひいた。

「なにを?」

「きいてないとか……。ヤシの実を割る機械たい。パルメラ島、いやバハマ・ニッポンの産業は、海綿採りがおもやけど、これが、塩化ビニールかなんかしらんが、化学製品の代用品にくわれ、まるっきりすったり、近頃は、ぜんぜん商売になっとらんそうな。とすると、バハマ・ニッポンで、海綿採りにかわる産業は、ヤシの実のコプラ採りしかなか。もともと、七月から十月のハリケーンのシーズンの、海が荒るるときは、アルバイトにヤシの実ばとっとるとやもんな。ところが、ヤシの木にのぼって、ヤシの実ばたたきおとすとは、きやすかばってん、コプラをとるのに、ヤシの実ば割るとは、やおいかんったい。ヤシの実ば、両手でふりあげ、鉄の棒のさきのとがったとに、ヤッとたたきつけ、ヤシの実の尻《けつ》ばつきさす。そして、メリメリ、バリバリ……満身の力をこめ、てまえにひき、ヤシの実ば割る。大人でちゃ、大ごとばい。なんしろ、ヤシの実を割る道具ていうたら、さきのとがった鉄棒一本……こげな原始的なこつじゃ、ヤシの実の近代産業はでけん。それで、兄き、ヤシの実を割る機械ば、兄きの工場で大量生産してもらいたいったい。純益は六億円。大げさな、ふとか機械はいかんばい。工場をたてるとやなかと。ヤシの実を割る工場をたてたっちゃ、工場まで、あげん重か、ガサのあるヤシの実ば、どげんしてはこぶね。だいたいヤシの木は、交通の便利なとこにははえとらん。ヤシの実をおとした現場で、ヤシの実ば割って、コプラをとり、それをあつめて、工場にもっていく。これがでくるごとあると、ヤシの木は無尽蔵、なんぼあるかわからん。だいいち、ヤシにコヤシはいらん。そこいらじゅう、かってにはえとる。島の名前のパルメラも、ヤシちゅう意味じゃもんな。そげな機械ば、兄き、こしらえちゃんない。六億円の純益ということは、ごくごく、内輪に見積って、パルメラ島ひとつのこつばい。おれが占領した第百ニッポン島までいれると、その百倍、六百億円……たのんだばい、兄き。携帯便利で、奥さまはもちろん、お嬢ちゃまがた、坊ちゃまがた、どなたにでも、かんたんにご使用できる文化ヤシ割り器」

マンちゃんは大道ヤシみたいな口調になった。

じつは、きょうの昼休み、みんなが笑いくるってるあいだにマンちゃんが姿をけしてからしばらくたって、ぼくの机の上の電話が鳴り、受話器をとりあげると、通りの車の音をバックに、マンちゃんの声がきこえてきた。

「おれからの電話だってことを、ほかの者にわからないようにしてくれ。さっきのカリブ海第二戦線のはなし、みんな、本気にしないので、腹がたったが、考えてみたら、そのほうがよかった。なにしろ、欲の皮のつっぱったスパイ連中だからね、デタラメだとおもわせておいたほうがいい。しかし、きみはおれの友だちだ。いっしょにB号作戦をねろう」

また笑いだしたら、やっと、胃のなかにおさまったかけソバが、どうなるかわからない。ぼくは用心しながら、ききかえした。

「B号作戦?」

「シッ! B for Bahama バハマ作戦だ。ともかく、そちらの仕事がおわったらあおう。人気のすくないところは、かえってマズいな。そうだ。ほら、いつかきみといった浅草国際の裏のキャバレー《第三フルフル》がいい。あそこなら、ガチャガチャしていて、逆に、人目につかない。川崎の鉄工場の兄きにもきてもらう。じゃ、仕事がおわりしだい、第三フルフルで……」

こちらがなにか言う前に、マンちゃんは電話をきっていた。

第三フルフルは、たったいっぺんだけ、マンちゃんが、ぼくにおごってくれたところだ。フルフル・サービスと称するオサワリサービスが看板だが、ぼくは独身だし、おかしなところをさわったり、さわられたりしてたら、あとがこまる。

ともかく、考えたすえに、マンちゃんにあいにいくことにしたのは、カリブ海の第二戦線や、バハマ占領地区のことはともかく、ニポン国の大統領夫人をしってるというマンちゃんの言葉は、まんざら、口から出まかせではないとおもったのだ。

だいいち、大統領夫人が昔の恋人だという証拠があるか、と陸軍中野学校偽卒《ガセ》の古島がたずねたとき、マンちゃんは、その証拠をさがしにいったりはしなかった。証拠の写真をもちあるいていたのだ。もっとも、この写真の娘と、週刊誌の大統領夫人の写真は、似てるようでもあり、似てないような気もする。

それよりも、エリパイの前川が両方の写真は別人だと言ったとき、マンちゃんは、千円賭け、みんなの目の前で、大統領夫人が泊っている帝国ホテルに電話した。

マンちゃんには、千円の金はない。昼メシ代がなかったぐらいだ。（ここのキャバレーの勘定はどうなるんだろう？）

そして、マンちゃんの言うとおりかどうかは、大統領夫人にきけば、すぐわかる。

しかも、マンちゃんは千円の金を賭けた。マンちゃんには自信があったのだ。

だが、マンちゃんはそう信じていても、人まちがいってこともあるのではないか？

週刊誌の大統領夫人の写真は、けっこう若い。戦争中のマンちゃんの恋人とすると、もうかなりの歳になってるはずなのに……。

研究所の仕事がおわって、第三フルフルにいくと、ぼくは、さっそく、そのことを、マンちゃんにたずねた。

しかし、いちばん奥のボックスで、もう何杯目かのオダブのウイスキーを飲んでいたマンちゃんは（このオサワリ・キャバレーは六時前からあいている）ごくあっさりこたえた。

「そう。ミナは、あのころ、十二、三だったからね。まだ若いさ」

「十二、三で男と……」

「うん。南の島の女は成熟するのがはやい。バージン諸島では、十歳以上のバージンはひとりもいないっていわれてるぐらいだ」

こんな、週刊誌の笑い話みたいなことでは、ぼくの疑問はひっこまない。まるで、犯人でも取調べるみたいに、ぼくは、あれこれ、マンちゃんにたずねたが、おなじことだった。たとえなんにしろ、確かなことを、マンちゃんからひきだそうとするのがまちがいのようだ。マンちゃんがはなしをしぶったり、また、ゴマかそうとするような様子があったりしたのではない。

逆に、マンちゃんはしゃべりまくり、ぼくは、春南邦の大ローマンスにうんざりした。マンソイ大統領夫人はまちがいで、女性はマンソヤ。だいたい、マンソーと言う言葉は、バハマの原住民のあいだでは、酋長って意味で、だからおれ（マンちゃん）の名前がマンゾーだと言うと、ニホンの酋長かと言われた。

まだ青いパイナップルの実のようなミナの乳房。ハミングバード（蜂鳥）の気ぜわしい恋のハミング。チューインガムの木の下での長いキス。オレンジ、レモン、タンジェリン、マンダリン……とりどりの柑橘類。気どったフラミンゴの散歩。恋のあとのバナナの重さ。やきもちやきでノゾキ趣味の海亀……。

〽ミーオ・ミレミナ・ミーヤ
　コーレ・コレドレ・コーサ
　ミレカ・コレカ・レーニヤ

バハマ原住民のラブ・ソングというのを、マンちゃんはくりかえし、ぼくは背筋がチリチリしてきた。

なんどでも言うが、ガス・タンクの恋物語はこまる。

だから、満《マン》ちゃんの兄きの満二兄がきたときは、たすかったとおもった。満二兄は、さすがに慣れていて、マンちゃんの言葉をきいてるのかどうか、ただしずかにジュースを飲んでいる。

マンちゃんにつれられて、久我山の満二兄の家にも二度ばかりいったが（考えてみたら、ぼくは、マンちゃんと、いつもつながってあるいてるみたいだ）このひとの顔は、うちでも外でも、おなじ四角形で、ちょっともかわらない。

マンちゃんがトイレにいったあいだに、ぼくは満二兄にたずねた。

「マンちゃんが、戦前、アメリカのハーバード大学に留学していたというのは、ほんとですか?」

「ああ、満三《マンゾー》は勉強ができなくてね。日本にいても、ロクな大学にしか入れないだろうと、うちのおやじがハーバードにやったんだ。外国は、世界的に有名な大学でも、入学試験ってものは、ほとんどないからね」満二兄はゆっくりこたえた。

「すると、戦争中にバハマ諸島にいたというのも……?」

「うん、あいつのはなしは、自分でもフィクションの部分とノンフィクションのところの区別がつかなくて、客観性はまるでないが、ウソをつく男じゃない。戦争がはじまる前、ワシントンの日本大使館にいた、うちの親戚のところによって、バージン諸島とかバハマにいくとかいったきり、交換船でもかえってこず、みんなで心配してたんだよ」

「その親戚の方というのは、海軍の駐在武官とか……」

「そう。ワシントンにきたとき、満三は、そうとうたくさんの金、ドルをもってたらしい。うちのおやじは、末っ子で、頭のわるい満三がかわいくて、バカみたいに送金してたからね」

「おとうさんは、満州でなにか事業でもなさってたんですか？」

「事業？　いや、満蒙開拓というのがおやじの趣味みたいなもので、満鉄の総裁もやった」

マンちゃんが、そんなえらいひとの息子とはしらなかった。どうりで、おっとり、貧乏人のぼくにかけソバなんかをたかってるはずだ。（きょうのお昼は、おごってやらなかったけどさ）

「しかし、日本にいたんじゃ、まったく、よその土地のことはわからない」満二兄はつづけた。「戦争中、満三がいたところの連中は、のんきというのかなにか、とにかく、満三がつかまったり、抑留されてたりしなかったことは、事実なんだ」

「だったら、マンちゃんが言うことは、みんなほんとかもしれませんね」

ほんとなら、けっこうなことなのに、なぜか、ぼくは気が重くなった。

「うん」

満二兄はうなずき、だまりこんだ。夢が現実になっちゃ、甘ったるさがしつこくていけない。

そのとき、マンちゃんが、おしぼりで手をふきながらボックスにもどり、トイレのなかでウォーミング・アップでもしてきたみたいに、しゃべりだした。

「さて、ヤシの実割りの機械をつくるほうは、兄きにまかせるとして、こんどは売込み、いよいよ、B号作戦のはじまりだ。売込みの交渉の相手は、もちろんミナ、大統領夫人だが、これは、きみにやってもらう」

きみというのがぼくだとわかるまでに、しばらく時間がかかり、わかって、ぼくはおどろいた。

「ぼく？　このぼくがどうして？」

「きみはおれだからだ、セーノくん」

マンちゃんはふしぎなことを、ごくあたりまえのように言った。

「ぼくの名前は、おたくのようにセーノじゃありませんよ。三十分おきぐらいに注意しなきゃいけないんだから、いやんなっちゃうな」

「しかし、たとえ読みかたはちがっても、おれもきみもおなじ清野だ。きみとおれとがこんなに似てるのも、たぶん、ご先祖がおなじ清野だからだろう」

顔は戦争中の一銭玉みたいで、からだはポンコツ前のまんまるなガス・タンクのようなマンちゃんと、そんなに似てるなんて、光栄のかぎりだ。

「冗談じゃない。どこが似てます？」

「現身《うつしみ》の姿かたちこそかわっていても、本質的にきみはおれだ」

「大昔の神秘主義の哲学みたいなことを言ったって、ぼくにはわかりませんね。だいたい、へんですよ。三十なん年か前のガールフレンドが東京にやってきて、帝国ホテルにいる。もしなつかしいなら、さっそく、あいにいけばいいじゃないですか。なのに、ヤシの実を割る機械だとか、それを売込むとか、売込みの相手に、そのガールフレンドをなんて、はなしがまるっきりおかしい。昔の恋人を、ただ利用しようってつもり？　マンちゃんらしくないな」

「あいにいきたいよ。このままあえるなら、ホテルにふっとんでいっただろう。それに、もちろん、あいにく。しかし、このおれはいけない。きみがいくんだ。きみがおれだからね」

「たまには、わかる話をしてくださいよ」

「こんなによくわかるはなしはない。このおれは」と、マンちゃんは、れいの写真の、シュロかヤシの木をバックにして、はだしの娘とならんでうつっている若い男をゆびさし、その指をターンさせると、自分の胸につきつけた。「このおれではない。きみだ。写真ときみを見くらべれば、まことにはっきりしている」

ひどい理屈だけど、たしかに、ぼくのほうが写真のなかのマンちゃんには似ていた。マンちゃんは、鼻の穴をふるわせて、息をはきだした。

「自分が自分自身に似なくなった男の悲劇さ。なんどでも言うが、おれだって、ミナにはあいたい。しかし、ごらんのとおり、あえないんだ。おれがおれでなくなっちまったからさ。ところが、たまたま、おなじ清野のご先祖をもつ、おれに生き写し、いや、おれ自身のきみがいた。こんなことを、偶然といえるだろうか？　スパイは偶然を信じない。しかし、じつは、きみはおれだったってことになると、きわめてすんなり論理のスジがとおる」

「そんな論理は、はじめてきいたな」

「ユークリッドの幾何学だけが幾何学ではないように、ギリシャの昔に完成した形式論理学だけが論理学じゃない。ともかく、きみ、明日の朝の九時半、帝国ホテルにいってくれ。さっき、ミナに電話して、時間もきめた。いや、きみの言うとおりだ。これは、ながいあいだはなれていた恋人どうしの再会だからね。ヤシの実の機械を売込むことが目的の商談ではない。ただ、おれ、つまりきみの昔の恋人も、今では、バハマのアメリカ・ニッポン国の大統領夫人だ。おたがい、私情にばかりおぼれるわけにはいかない。国のことも考えなきゃいかん。海綿採りの国家産業がダメになったバハマのアメリカ・ニッポン国に、ヤシの実を割る機械により、コプラ採り産業がおこれば、国民こぞってよろこぶだろう。こちらのニッポンも、その機械を売って利益をうる。もちろん、われわれも、もうけさせていただく。パルメラ島だけで、純益六億円、二百万ドル。それを、この三人で等分にわけて、兄きが二億円、おれが二億円、きみも二億円。国際政経研究所なんかやめちまえ、きみ」

まんまるなマンちゃんの顔に亀裂が生じた。ご本人は、それこそ百万ドルの微笑でもうかべたつもりらしいが、戦争中の一銭玉には、すこし荷がかちすぎたようだ。

ぼくは、もうなにも言うことはなかった。満二兄は、はじめからだまって、ジュースを飲んでいる。しゃべってるのは、マンちゃんひとりだった。

「さっき、電話でミナとはなしたときだが、ミナの声をきいてると、受話器から、あのカリビアン・ブルーの空の青さのにおいがただよってきた。バハマの空はにおいがするんだよ。だいたい、近頃のニホンの女は、牛くさくていかん。顔じゅう、べたべた、牛のクリームをなすりつけるからだ。しかし、ミナはちがう。だいいち、パルメラ島には、牛は一頭もおらん。牛のクリームみたいなけだものくさいやつでなくて、ヤシの実のコプラからとった、ほのかに甘いかおりが、からだじゅうのあちこちのくぼみから……」

マンちゃんは、そう言いながら、となりのホステスのあちこちの出っぱりに手をやっていたが、顔をしかめた。

「おまえも、牛くさいな」

そして、ひょいと、ホステスをだきあげて、膝にのせ「オッパイまで、牛の乳くさいんじゃないか」と、きれこんだドレスの胸もとに手をつっこみ、おトウフ屋さんが、水のなかから豆腐をすくいあげるみたいな手つきで、ホステスのオッパイをだし、それに、鼻の頭をおしつけた。

「くさい。やはり、牛くさい。人間のオッパイが、牛のオッパイのにおいがするというのは、こりゃ、どういうことだ」

ホステスは、エッチ、エッチとさけび（このコは、アルファベットの八番目の文字しかしらないらしい）バタぐるうんだが、べつに抵抗しているわけではなくて、逆に、からだをすりよせ、だから、マンちゃんの鼻の頭がやわらかな乳房にめりこんでしまった。

ホステスは、からだじゅう派手にバタつかせ、ハイヒールがかたっぽうとんでしまい、落下傘型にひらいたドレスのすそが、だんだんめくれあがっていく。

おまけは、小山のようにもりあがったマンちゃんの膝の上にのっかって、上半身をそらし、両足をバタバタやってるもんだから、ちょうど、ぼくのおメメのまん前で、ホステスの太股がゆれうごいた。

マンちゃんは、牛くさい、牛くさいと言いながら、ホステスの乳首に口をつけ、ホステスのからだがしずんで、足があがり、とうとう、太股の奥が見えちまった。

さすがは、特攻精神のフルフル・サービスで有名なオサワリ・キャバレーだけあって、このホステスもノウ・パンティだ。

太股のまたその奥（これを、股奥《またおく》という）が、キャッ・エッチという伴奏につれ、微妙に、小生意気によじれ、ひらき、かたちをかえる。

腋毛と、したのほうの毛とは、たしかに関連があるらしく、ほの白く、小生意気な股奥にも、腋の下とおなじように、チョロチョロ、指をおってかぞえるぐらいしかはえていない。

色も、腋毛とおなじで、いくらか赤茶っぽく、それをみつめているうちに、うちよせる波によって、さまざまにかたちがかわる白い珊瑚礁の砂州のあいだにたっているヤシの木に見えてきたのには、ぼく自身おどろいた。

ふしぎな口もとだった。こわがってるようでもあり、皮肉にわらってるようでもあり、おそれているようでもあり、軽べつしてるようでもあった。

じっとみつめている口もと。たえず、なにかをさぐっている口もと。なにをさぐっているのか？　ぼくのなにをさぐろうとしてるのか？

もっとも、こちらとしては、さぐられてもしかたがない。マンちゃんは、本人よりも、ぼくのほうがマンちゃん自身だ、とわけのわからないことを言ってるが、ぼくに言わせれば、ぼくはマンちゃんのニセモノだ。

いや、この口もとは、もっとべつな、ふかいところをさぐっている。ぼくの心を……。

相手の男の気持をさぐる女はある。男の正体をさぐりだそうとする女もあるだろう。しかし、心をさぐる女はいない。

ともかく、さいしょから、みょうなぐあいだった。

だいいち、そのあくる日の朝九時半、帝国ホテルにいくと、大統領夫人が、ちゃんと、ロビイでまってたのだ。

あれだけ長々と、マンちゃんの熱っぽいはなしをきかされたあとだが、ぼくは、そんな人間が実在するとは、どうしても信じられなかった。

それが、ロビイのすみに、ひとりで、しずかに腰をおろし……。ぼくは、夜、アパートの部屋にかえったら、宇宙人がタバコをすってたような気がした。

大統領夫人が女だったのにもおどろいた。

むかし昔、中国のひとは、白馬は馬にあらず、と言った。それほどきびしい論理ではなくても、大統領夫人はどこまでも大統領夫人で、たとえ、ネグリジェを着ておやすみになるときも（まっぱだかで、ベッドにもぐりこんでもかまわない）やはり大統領夫人だろうとおもったのだ。

しかし、ロビイのすみに腰をおろしていたひとは、ごくふつうの、なんだかさみしそうな女性だった。

ぼくはよわった。マンちゃんのはなしのなかの女性が、げんに、この世に生きているとはおもえなかったので、ノコノコ、ホテルにまできてみたのだが、実際に、こうして顔をあわすと、どんなことをしゃべっていいんだか見当もつかない。

ぼくは、「清野満三です」と自己紹介しかけてハッとした。マンちゃんは、この女性の恋人だったのだ。いくらひさしぶりにあったからといって、昔の恋人が自己紹介しちゃいけない。

もっとも、どんなことをしゃべるかは、心配することはなかった。きかれたことに答えるのが、やっとだったのだ。

ぼくは米軍の座間キャンプに四年間つとめていたけど、大統領夫人の言うことは、英語らしいんだが、さっぱりわからず、こちらの英語も、むこうには、ほとんどつうじない。

たとえば、タンキ、タンキ、タンキと大統領夫人がおっしゃるのがサンキューのことだと見当がつくまでに、だいぶかかったぐらいだから、三十なん年か前のラヴ・ロマンスの思い出を語り合うなんてとんでもない。

ぼくのサンキューもつうじなく、パルドン（え？）ときかえしてくる、相手のパルドンが、またわからない。

それに、大統領夫人が若いのにはおどろいた。今から三十なん年か前、マンちゃんと恋をした（まだ十二、三歳だったそうだが）女性とは、とうていおもえない。

しかし、はじめてあった女性に、歳をきくわけにもいかず……まてよ、ぼくはマンちゃんだから、昔の恋人に現在の歳をきくのはかまわないかな？

身ぶり、手ぶり、ときには、ホテルの便せんに画をかいて、にぎやかにトンチンカンにやってるうちに、大統領夫人が、ガイド、ガイド、とくりかえしてるのに気がついた。

どこかに案内しろと言ってるらしい。こういうときは、地図をひろげるほうがてっとりばやい。東京の観光地図をフロントからかりてきて見せると、大統領夫人は首をふり、両手を大きくひろげた。

もっとでかい地図……日本地図のことか？

大統領夫人は日本地図を前において、瀬戸内海をゆびさし、ガイド、ガイドと言った。

東京見物ならともかく、瀬戸内海を案内するなんて……いや、瀬戸内海を、すぐちかくの、品川のさきぐらいにおもってるのかもしれない。

ぼくは、シュシュポッポ、汽車の音をだし、ヒコーキの真似をし、船の画をかいて、ファーラウェイ、ファーラウェイ（遠い）とさけんだが、大統領夫人は、わかってると言うようにうなずいている。

ぼくは、大学をでて駐留軍につとめる前、ある出版社の教科書のセールスをやっていて、瀬戸内海の島々の学校をまわったから、あのあたりのことは、いくらか知ってるけど、とつぜん、そんなことを言われたってこまる。

だいいち、ぼくは代用品にすぎない。大統領夫人だって、三十なん年か前の恋人にしては、ぼくはすこし若すぎはしないか、という疑問はわかないのだろうか？　それが、あのさぐるような口もとにあらわれているのか？

今も言ったけど、大統領夫人だって、三十なん年か前のマンちゃんの恋人にしては、どう考えても若すぎる、とすると、偽者《ガセ》が相手も偽者《ガセ》ではないかとうかがってるのかもしれない。

また、どんなにちいさな、独立したばかりの国でも、元首である大統領の奥さんが、こんなところに、たったひとりでいるというのもおかしい。

しかし、週刊誌にでていた写真の女性であることはまちがいなかった。大統領という言葉は、英語ではプレジデントだが、会社の社長でも、ＰＴＡの会長さんでもプレジデントだ。プレジデントちがいってことも考えられないことはない。

こんなとき、住所不定のマンちゃんには連絡がとれないのでこまった。

ともかく、ぼくとしては、ここまでやればじょうとうだ。マンちゃんには、べつに義理はない、昼メシのかけソバだって、いつも、ぼくがおごってやっている。それに、スパイの手伝いだって（うちの研究所でのぼくの仕事は、やはりそういうことになるんだろうな）そう何日もやすむわけにはいかない。瀬戸内海まで案内するなんて、とんでもないはなしだ。

パッショネートな恋をした昔のガールフレンドに言う言葉ではないが、ぼくはハッキリ言った。

「ノウ・マネー」

ところが、大統領夫人は、けげんな顔をし、もちろん、あなたの旅費もわたしがだす、と言い、これだけは、ぼくにもよくわかった。

あたりまえのことだが、ぼくにはいく気はなかった。だから、羽田から広島行の旅客機にのっても、後楽園の遊園地のヒコーキにでものってるような気持だった。

なぜ、こんなことになったのか？　あのさぐるような口もとにケンカでも売られてるみたいな気がして、ヤケクソに、それを買う気になったのか？　それとも、スケベ、あるいはロマンチックな気持がうごいていたのか？

大統領夫人は、けっこうきれいだった。南の島の大統領夫人というので、黒い、ちぢれっ毛の大統領夫人かとおもったら、大まちがいで、肌の色は日本人とあまりかわらない。瞳はダーク・ブラウン。それに、さぐるような口もとがうごくとき、なんだか玉虫みたいな色が、ちらっとひかる。

ほっそりした足だが、椅子に腰かけているのを、上から見ると、乳房のふくらみが、むっちり豊かだった。

それはともかく、この女性は、いったい何者なのか、ぼくは、ますますわからなくなってきた。

ほんとに、どこかの国の大統領夫人かどうかってことではない。そんなことはどうでもいい。

このひととマンちゃんとは、どんなつながりがあるのか？　マンちゃんの昔の恋人だとは、やはり、ぼくには信じられない。

だいいち、顔をあわせるうちに、だんだん、歳が若くなってくる。外人の歳がわからないといっても、若く見えることはない。

三十なん年か前のマンちゃんの恋人では、どんな計算のしかたをしても、合いそうもない。だとしたら、くりかえすが、マンちゃんのなになのか？　なにかなければ、このぼくに瀬戸内海まで案内しろなんて言うわけがない。いや、このぼくは、この女性にとって、なになのか？

おたがいの英語があまりつうじないせいもあるが、マンちゃんのニセモノのぼくには、つっこんだことなどきけない。

相手の口もとは、あいかわらず、ぼくの心をさぐっていた。

広島県の呉からのった四国の今治行の船の甲板で、その口に、ぼくのくちびるがふれたときも、それはかわらなかった。

船が、昔の軍港の呉の港をでたときから、大統領夫人の顔つきがかわった。冬でもあかるい瀬戸内の日ざしのせいかとぼくはおもったが、しらない家の応接室で、じっと、かしこまっていた子供が、外にでて、急にはしゃぎだしたように、なんだかバカみたいに表情があかるくうごきはじめたのだ。

そして、おなじ海でも、こんな海があるのか、とくりかえし、船のすぐそばをとおりすぎていく島々を、それこそガッついた目つきでながめた。

船は、いわゆるポンポン船で、乗客も五、六人。ものめずらしく、上の甲板にあがってる者なんかはなく、ぼくと大統領夫人だけだった。

大統領夫人は、手すりによりかかって、口笛をふきはじめ、ぼくもつられて、藤圭子の歌を口のなかでつぶやいたりしていたが、ひょいとよこに目をやると、大統領夫人が、あれだけ食いいるように見ていた海に背をむけて、じっと、こちらをみつめていた。なんだかあっけにとられた顔だ。

どうしたのか？　ぼくはキョトンとし、歌をやめ、大統領夫人は、その歌を、だれからおそわったのか、ときいた。

「どの歌？」とききかえし、ぼくは、前の晩、マンちゃんからおそわったバハマ諸島の原住民の歌というのを、自分がうたっていたのに気がついた。

ぼくは、不意に自分の正体がバレてしまったみたいにドギマギし、つぎの瞬間、なぜだか、とんでもないことを答えていた。

ユー、あなたからおそわった、と言ったのだ。

大統領夫人の目がハッと大きくなった。

「ミイ？」

そう、きみから、バハマのパルメラ島の白い砂浜で、カニにいたずらをしながら、おそわった。忘れちまったのかい、ミナ？　ぼくはきみの恋人のマンちゃんなのだ。

しかし、ぼくの口からでたのは、もっとかんたんで、自分でもギョッとする言葉だった。

「イエス、きみだ。きみはぼくを愛していた。そして、ぼくはきみを愛していた。そして、きみは、ぼくにこの歌をおしえた。ぼくたちはこの歌をうたった。バハマで……」

大統領夫人は大きく目をひらいたまま、またたきもせず、甲板のてすりに背中をつけ、からだをうしろにずらし、ちいさな声で言った。

「ホワイ？」

なにが、なぜなのか？　なにがどうしてか？

「Why you love me?（どうして、あなたはわたしを愛するのか？）」

大統領夫人はきいた。現在形だった。ぼくは答えた。

「Because I love you.（それは、ぼくがきみを愛しているからだ）」

ぼくたちは、おたがい海に背中をむけ、ながいあいだ、だまって、むかい合っていた。

白いコートをきて、素足にぞうりをはいた子供みたいな船員が、いかにもキャビン・ボーイといった顔つきと、足どりで、焼飯をもった皿を、上甲板にある操舵室にもっていった。

ボーイは、階段をおりて姿をけし、やがて、おおげさな帽子をかぶって、やはり素足にぞうりをはいた船長が操舵室から、焼飯の皿をもってでてくると、甲板のはしにいき、海のなかに焼飯の残りをほうりなげ、大きな咳ばらいをして、また、操舵室にひっこみ、ぼくと大統領夫人はふきだした。

それまで、顔をみつめあったまま、だまっていたのだ。

大統領夫人もぼくも、とつぜんお祭り気分になっていた。ぼくは、マンちゃんからおそわった歌を、船のエンジンの音にまけないようにどなった。

〽ミーオ・ミレミナ・ミーヤ
　コーレ・コレドレ・コーサ
　ミレカ・コレカ・レーニヤ

大統領夫人は、テレたみたいにクスクスわらっていたが（Y歌みたいなものかもしれない）そのうち、ミーオ、ミレミナと拍子をとってうたいだした。大統領夫人がうたうと、ぼくやマンちゃんのときとちがって、ちゃんとカリプソ調にきこえる。

いつのまにか、ぼくたちは手をとりあい、その手を、大きくふりまわした。そして、歌いおわった瞬間、大統領夫人は、パイナップルの実のようにつきでた乳房をブルンとバウンドさせて、ぼくの腕のなかにとびこみ、くちびるをあわせた。

ぼくたちは、つぎの島で船をおりた。この島の浜辺には、ちいさな舟がたくさんならんでいたが、どうも漁船とはちがう。島のひとにきいてみると、みかん畑だけがある無人のみかん島にいくための舟だとわかった。

ぼくたちは、島の部落長みたいなひとにあい、そのひとのみかん島に、ポンポンポンと焼玉エンジンの音をさせるみかん舟でおくってもらい、二人だけで、無人のみかん島にあがった。（舟はあとで、むかえにくる約束だった）

大統領夫人は、身ぶり、手ぶりで、トウキョウは、車がおおくて、こわかったと言った。ここなら、人間もいないから、クルマもない。

島ぜんぶが、海の上にお椀をさかさまにして浮かしたような（さかさまにして浮くかな？）かたちをしており、波のうちよせるところまで、みかんの木がびっしりはえ、黄色く熟れた冬のみかんが、冬とはおもえない、あかるい、澄んだ太陽の光をうけて、クリスマス・ツリーの飾り電球みたいにかがやいていた。

ぼくたちは、島のいちばんてっぺんまでのぼって、ほかのみかん島や、盆栽みたいな岩と松の、やはり人がすんでいそうもない島々をながめたあとで、手をつないで、みかんの木のあいだをおりはじめたが、途中で、大統領夫人が足をすべらせ、そのまま、二人で、そこに寝ころんだ。

ぼくは、首すじが、カサカサ、チカチカするのをがまんして、瀬戸内海のおだやかな、あったかいブルーの空を見あげながら、自分は、こんなところで、いったいなにをしてるんだろう、とおもった。

首すじに落葉がさわって、くすぐったく、ぼくは、このまま、みかんの葉の濃いみどりとかさなりあった、あったかいブルーの空に、ふわふわ、うきあがっていきそうで、なんだか、マンちゃんにあいすまない気持がした。こうしているぼくは、ぼくではなくて、マンちゃんなんだから……。

大統領夫人の手が、頬にさわり、ふりむくと、ひとの心をさぐるような口もとがほほえみ、ぼくはつぶやいた。

「ミナ……」

「ミナ?」

ミナはききかえした。その声は、まちがいなくバハマの娘ミナの声だった。ぼくには、はっきりわかった。

「イエス、マイ・ミナ」

「あなたのミナ……」

「そう、ぼくのミナ」


ヤシの実割りの機械のことは、とうとう、ぼくはもちださなかった。東京にかえり、マンちゃんに、そのとおり報告したが、マンちゃんはうなずいただけだった。

もう、ミナのはなしもしない。あの写真は、やはり、ポンコツ定期入れのなかにあるだろうか? スパイは、過去の女のことなど、いつまでも、べたべたしゃべるものではない、とマンちゃんは言った。

ぼくは、自衛隊員の亭主がいる姉が再婚する結婚式にでるとウソをついてやすんでいた国際政経研究所にもどり、たまっていた新聞の切ヌキをはじめた。

そして、一週間ほどたったとき、フロリダ州マイアミの消印で、差出人のアドレスのない航空便がとどいた。

——ふしぎな詐欺師《コンマン》さん。あなたは、いったい、なにをねらっていたんです？　あなたが旅行社のガイドでないことは、旅行に出てから、わかりました。だいいち、こんなに英語のへたなガイドなんているわけがないんですもの。でも、おかげで、スリルにみちた冒険旅行をたのしむことができました。ミナ……恋人って意味の、すてきなニホン語もおしえてもらったし……。もうひとつ、あなたのおかげで、夫と離婚する決心もついたのを感謝します。あなたがねらっていたのが、ほかのことでなく、わたし自身だったら、うれしいんだけど……。サヨナラ、あなたのミナより。

この手紙は、マンちゃんには見せなかった。

板敷川の湯宿

女の喉もとがひくひくうごき、それは、しろいウエーブになって、肩から、乳房の狭間をとおり、おヘソのまわりを回流し、下腹のくぼみにつたわっていった。女がしゃくりあげて泣いてるのか、とぼくはおもった。とじた瞼のはしから、ななめに、涙が糸をひいてながれたからだ。

しかし、女はわらっているのだった。とじた瞼から涙をながしながら、わらっている。

裸身になり、こうして、あおむけになっても、女の首すじは、すんなり長かった。ほっそりした首すじなのに、そのすんなりとしたのびかたには、おちついた自信のようなものもあるようだった。

長いあいだの上流のくらしに、おっとり身についた自信みたいなものか。いつも、まっすぐ、首すじをたてて、相手を見おろしてるような……。

げんに、女は、ぼくのからだの下で、裸身のまま、くっくっ、と喉をひくつかせ、わらっている。

頬のまるみまで、糸をひいて、ななめにながれていった涙は、頬のまるみの頂点で、はじけて消えた。

女のまっすぐにのびた首すじに、ぼくはくちびるを這わせた。ぼくのくちびるの下で、女の喉がごくんとうごき、ぼくは、女の首のホネをほおばった。しかし、どんなに、口のなかにほおばろうとしても、やわらかな首すじの肉《み》にさえぎられ、その奥の首のホネは逃げてしまう。

女の肩の肉はうすく、乳房も、しなしなと、ひとすくいで、ぼくのてのひらにはいり、それにしては、左右の乳房の狭間はふかくて、ちいさな紡錘型のペンダントのような汗が、そのとき、にじみそうだ。

しかし、これは、女の乳房の狭間のひそかな感じにたいするぼくの想像で、この女は汗などはかくまい。

この喉で絶頂の声をあげるときでも、首すじは、しずかに、おちついて、まっすぐのびているようなふうでは、たとえ、からだの芯まで快楽にひたっていても、そのため、汗をながすということはないのではないか。

ぼくは、女の乳房をすくいあげた手をずらし、下腹のくぼみから、太腿の奥のしげみにもっていった。

なんとやわらかな、しかし、ひんやりした下腹のくぼみだろう。指さきがふれるかふれないかのうちに、ひそかな漣《さざなみ》がひろがるほど、やわらかな下腹のくぼみだ。だが、このつめたさ。冷えたポタージュのような、もう液体みたいなやわらかさとひんやりした手ざわり、舌ざわり。

ぼくは、てのひらといっしょに、くちびると舌でも、女のしげみにさわってみた。これも、ひんやりした海底に漂う海藻の舌ざわりだ。

ほそく、舌のさきにからみつき、ただ、海の水がゆれるのに身をまかしている無責任さ。無責任な海藻のあいだから、ちょろっと、ななめにのぞいてる貝の身は、もっと、無責任で、これまた快楽にふけってはいても、つめたく、しらばっくれて、身をかたくして上気する初々《うい》しさはないみたいだ。

　まだ若い女なのに、どうして、こんなにエレガントとも言える無責任さを身につけたのだろうか。

　ある種のひとたちは、身をひらくということがない。こちらが身をひらいてこそ、相手も身をひらき、おたがいに、相手のはらわたをつかみあい、くすぐりあい、それこそ、はらわたがよじれるおかしさも味わう。

　だが、ある種のひとたちは、身をひらいたところで、なにも得るものはない。ほっそり、上品な首すじ、からだつきをしていても、このひとたちは、ずっしり、たくさんのものを詰めこんでいるからだ。

　おたがい、身をひらいて、はらわたのくすぐりっこなんかしていたら、こちらがためこみ、詰めこんだ地位や金を、いつ、相手にもっていかれるかわからない。しかも、相手は、なにも盗るものはない、すかんぴんのはらわただ。

ぼくは、女のおだやかなマン丘《ヒル》のまるみを、形式的にてのひらのなかでさすっておいて、貝の身のよこに指をすべらせ、女のはらわたをさぐろうとした。

女のからだがよじれて、みじかい声がもれた。ただの痛みの声なのか、快楽が痛みのさけびになったのかはわからない。

この女とは、旅館のバーであった。このバーが、なんとも寒む寒むとしたバーだった。今は残暑のころで、暑さがつづいたあげくの残暑だから、ぼくは、もうたまらないという気持で、東京から逃げだしてきた。

だが、どこにいくというアテもなく、とりあえず、ぼくは新幹線にのることにした。そして、豊橋までのキップを買った。新幹線で、新大阪までのあいだで、まだおりてない駅は豊橋だけだ。岐阜羽島なんて駅は、ほんとになんにもないところで、それに、岐阜の町までも遠いが、二、三回はおりている。

しかし、豊橋でおりても暑く、このあたりにいても、東京とおなじようなものだし、とバカらしい気になったが、豊橋からは飯田線がでているのを知って、さっそく、飯田線のディーゼル車にのった。

飯田線は、地図で見ると、うんとさきは、天竜川の上流になり、とにかく、山のなかにむかってはしってる。海抜なんメートルというところは、やはり涼しいにちがいない。それに、飯田線も、ぼくにははじめてだった。

飯田線のディーゼル車はごとごとうごきだし、豊川、新城をすぎて、それこそ、山のなかにはいる。

このまま、飯田までいってもいいけど、やはり曲がない。しかし、途中、どこかで、ひょいとおりて……とおもうのだが、なんにも知らないんだから、どうしようもない。

「どこで、おりたらいいでしょう?」

おなじ座席の、むかいあって腰かけてるオジさんにたずねたら、首すじの皮膚に、渋茶色の皺ができてるオジさんは、だまって、ぼくの顔をみつめた。

どこにいっても、ぼくはおなじような質問をし、みんな、めんくらってる。ニホン語がつうじるニホンの国でもそうだ。外国ではなおさら、おかしなことになる。

あるとき、パリの郊外から列車にのった。そもそも、なんで、パリの郊外の駅にいったのかわからないが、ともかく、列車にのるのには、キップを買わなきゃいけない。だが、ぼくは地図ももってなきゃ、それこそ、どこにどんな町があるかなんてことも、ぜんぜん知らない。また、知る気もない。

それで、駅の窓口に、とりあえず、五フラン札をだすと、「パリか?」と駅員がきくので、「ノン、パリ」と首をふった。

「じゃ、どこだ?」と駅員はたずねているらしいが、ぼくには、行先はわからない。パリ市内の終点の駅とは逆の方向に、五フランほどキップをくれ、と言おうとするが、そんなフランス語は、ぼくにはできやしない。

結局、駅員がくれたのは、パリ市内行のキップだった。だが、ぼくは、かまわず、反対方向の列車にのった。

すると、だいぶたって、大男の黒人の車掌が検札にきて、おまえは、反対方向にいく列車にのってる、とていねいにおしえてくれた。

それで、ぼくは、「そう!」てなことを言って、つぎの駅でおりた。古びた駅の建物で、広々としたフランスの田園風景がひろがってる。改札なんてものはなく、ぼくは、のんびり散歩をして、パリ行の列車にのった。

この列車では、小柄な、やせた黒人の車掌がいたが、まちがえて、逆のほうにいく列車にのり、今、ひきかえしてきてる、とぼくが身ぶりで説明すると、よくわかったらしく、ニコニコうなずいた。

というわけで、フランスの田園風景を、列車のキセルでたのしんだのだが、「ぼく、どこで、おりたらいいでしょう?」とたずねると、みんなナヤんで、返事をしてくれないのでこまる。

飯田線でも、プラットホームに、温泉の案内がたってるところがあり、あわてて、ディーゼル車をとびおりた。

山あいのちいさな駅だ。山と山とのあいだに川が流れ、川っぷちにいくつか家がたっている。

駅をでて、左にまがりながらくだる坑道をいくと、格子戸のある古めかしい家の板壁に、張紙がしてあった。

「近頃、釣った魚を、よくとんびにさらわれます。右、念のため。主人敬白」

洒脱な墨の字だ。とんびに油揚をさらわれる、という言葉があるが、ピーヒョロロ、とのんびり空を舞ってるようで、とんびはいたずらな鳥らしい。

それにしても、とんびに、釣った魚をもっていかれるなんて、のどかなはなしではないか。

川っぷちにたっているわずかな家なみがきれると、つり橋があった。つり橋のむこうは崖で、いやでも、つり橋をわたらなきゃいけない。

つり橋をすすみだして、ぼくは、ほうと声をあげた。つり橋から見おろした川底が、なんともみごとだったのだ。大きなというより、ひろびろとした、ひらったい岩が、川底いちめんに、敷きつめられたようになっている。

その岩は、つり橋の下のあたりだけでなく、もっと上流のほうから、ずっとつづいているのだ。

コンクリートのようにのっぺらぼうではなく、デリケートに岩層をならべ敷いて、それは、はるばると川底につらなっている。

その上を、目にしみるような透明な水が、さわがず、しずかに、だが、ひそかなわらい声のようなものもたてて、みれんなく、ゆたかな水量でながれていた。

つり橋をわたり、川のむこうの旅館に、ぼくはいった。川のむこうには、この旅館しかない。そして、道はここでいきどまりだ。

つい近頃までは、山あいのひっそりした温泉場の湯宿っといった旅館だろう。だが、ぼくが案内された部屋は、新築の八畳間で、テラスもあり、そのテラスの下を、あのひらったくかさなった川底の岩を見せて、透明な川の水がながれている。

夕食の膳をもってきた旅館の女中は、このあたりでは、この川のことを板敷川とよんでいる、と言った。

川底に、はるばるつらなる、ひらったい岩が、それこそ、川のなかにひろい板でも敷いたように見えるからだろう。ともかく、こんな川は、ぼくははじめて見た。

山あいなので、やはり涼しい。東京駅で新幹線にのったときのプラットホームの熱気がウソみたいだ。それに、川面をひんやりした風がわたり、板を敷いたみたいな岩の上をすべる川の水音も涼《すず》やかだ。

しかし、日が暮れて、むこうの川の崖の上に、ちいさな祠《ほこら》でもあるのか、ぽっちり赤くお灯明のようなものがともったころから、ぼくは、ひとりで、なん度も、ため息をつきだした。

なにしろ、さみしい。見えるものと言ったら、それこそ、暮れて、川音だけになった川のむこうの、それこそ、あの崖の上のぽっちり赤いお灯明ぐらいのもので……。

ぼくは、あまりチャンネル数もなく、またうつりもわるいテレビのチャンネルを、カチャカチャきりかえ、ひとりで、ビールを飲み、酒をついでは、ため息をもらした。

旅館の女中も、夕食の膳をおいただけで、いってしまった。今では、それがあたりまえのことだから、しかたがない。

このあたりに、飲屋みたいなものはないか、とぼくは女中にたずねたが、女中が、とんでもないという顔で首をふる前から、ぼくには、そんなものはないことは、わかっていた。

ため息なんかついて、あまったるく舌にのこる酒なんか飲んでないで、さっさと旅館をでて、駅にいけば、まだディーゼル車はあるのではないか。

だが、くらいつり橋をわたる自分の姿が、ぼくには見えない。ということは、そんな決心もつかないのだ。さみしさと、夜のくらさに、ぼくはすくんでしまっている。川音でよけいふかまる夜のしじま、夜のくらさを、東京にいるあいだ、ぼくは忘れてしまっていた。

それに、ぼくが、ぐずぐず酒を飲んでいるのは、女中から、このあたりに飲屋なんかはないが、旅館にバーがあるときいたからだ。

しかし、ぼくは、自分にいましめた。旅館のバーに期待しちゃいけない。こういうところの旅館のバーというのが、どんなに味気なく、さみしいものか、ぼくは、よく知ってるからだ。

いや、自分をだますことはない。ぼくは、さっき、ため息をついて、立ちあがり、階段をおりて、旅館の地下にあるというバーをのぞきにいった。

地下はがらんとし、ゲーム・コーナーには、赤いライトやきいろいライトがついていたが、ここも人かげはなく、バーのほうは、電灯もついてなかった。

それから、もう一度、ぼくはバーをのぞきにいっている。だが、このときも、バーはくらかった。

そして、三度目に、地下への階段をおりていくと、ゲーム・コーナーのあかりは消えていたが、バーには灯がついていて、旅館の浴衣の男と女がいた。

がらんと広いバーだ。カウンターも長い。その長いカウンターに、男と女がくっつきあって腰をおろし、カウンターのなかには、いやにちゃんとした顔だちの中年の女がいた。ぼくがこの旅館にきたときにフロントにいた女で、フロントでさえ、かたくるしすぎる顔に見えたのに、バーでは、まったく似合わない。

地下の窓のない、がらんとしたバーで、なにかのにおいがする。窓のないバーに特有のカビのにおいだけでなく、なんだか、倉庫のにおいのようでもある。

ぼくは、しかつめらしい顔の中年女にジンを注文し、ほんとに、ぶるっと、肩をふるわせた。

部屋では、ぼくは冷房をとめて、テラスのほうの窓をあけていたが、それでも、けっこう涼しかった。

それを、ここでは、いっぱいに冷房をいれているらしい。冷気の逃げ場のない地下の窓のないバーは、カウンターのなかのしかつめらしい中年女の顔もひっくるめて、いかにも寒む寒むとしていた。

こんな山あいのひっそりした湯宿にもシーズンといったものがあるのかどうかは知らないが、今は、客の混んでるときではあるまい。ぼくの部屋からこの地下のバーにおりてくるあいだにも、だれにもあわなかったし、ほかの部屋の前をとおりすぎるときでも、部屋のなかにひとがいるようなけはいはなかった。

バーに、ぼくのほかに、たった一組だが、男女の客があるのさえも、ふしぎな気がしたぐらいだ。だが、このふたりのあいだのおしゃべりのなかに、ぼくはわりこめそうもなかった。だいいち、ふたりは、ぴったりくっついている。そして、ふたりならんで、こちら側に女がいるのだが、浴衣の生地をおしあげて、ストールの上でよじれている女の腰に、なにかにおうものがあった。

このふたりの男女は夫婦ではあるまい。男は三十四、五歳だろうか。血色のいい、若々しい顔をしていて、おでこのまるさかげんなど、頭のいい坊っちゃんといったふうだ。

この男はサラリーマンではない、とぼくはおもった。事実、どこかの社長の息子で、親父の会社の専務をしているとかいうことではないか。

まだ若い歳で、おそらく、その歳以上に若々しい顔をしていながら、この男にはおちつきがある。おちついて、冷静で、愛想がよく、そして、人の痛みには平気な男だろう。

平気というよりも、家がよくて、生れたときから、いい家の息子ということで、とくべつに育ってきて（それは、いわゆるきびしい育てかたかもしれないが）人の痛みがわからないのだ。

出世するのには、人の痛みなどにかかりあってはいけない。いや、人の痛みを利用するぐらいでないとだめだ。そうして出世し、いい家がらになる。

まことによけいな想像だが、こういう想像は、よくあたる。もっとも、あたったところで、どうってことはない。

このふたりの男女は夫婦ではあるまい、と、さっき言ったが、これもまちがいあるまい。そして、たぶん、女は芸者だろう。女は旅館の浴衣を着ており、湯上りの薄化粧で、素人の女性と、見たところべつにちがったところはないが、顔つきから、からだぜんたい、腰のよじれた張りざまなどにも、男心をたぐりよせるようなところがある。

色気といってもいいかもしれない。色気というのは、あんがい、自然なものはないのではないか。自然にそなわった色気みたいに見えても、女としては無意識でも、からだぜんたい、心までもふくめての媚びみたいなものがあるような気がする。

しかし、男のほうは、芸者（にきめちまおう。もし、ちがっていたら、罰金をはらう）をつれて、山あいの温泉にきて、旅館のバーで飲んでいて、なにか浮かれているというようすは、ぜんぜんない。

かといって、テレてるわけではなく、まったく、どうってことはないみたいだ。

ふたりはくっつきすぎている、とぼくは言ったが、それは、女がからだをよじらせて（そのため、ぼくには、女のよじれた背中と腰が見えるだけだ）男にくっついてるのであって、男は、ごくふつうに、まっすぐ前をむいていた。

ただ、そういう女の態度を、男はわずらわしがってるふうでもなく、くりかえすが、まったく、どうってことはない顔つきで、ニコニコしている。

こんなことは、自分の修業でできることではなく、やはり、生れ育ちと、親ゆずりの地位によるものだろう。ともかく、なみのサラリーマンなどには真似もできまい。

いつ、その女はバーにはいってきたのか？　カウンターのなかの、しかつめらしい顔の中年女も、その女がバーにはいってくるのは見ていなかったらしい。
しかつめらしいだけで、無表情な女の顔に、「おや？」というようにうごくものがあり、そのうごきの方向をたどって、目をやると、バーのカウンターの入口ちかくのほうに、この女がいた。（ついでだが、カウンターのなかの中年女は、あのふたりの男女が、バーはあかないのか、とフロントにいき、ほかにてきとうな従業員もいないので、事務か会計係かのこの中年女がバーにきたのかもしれない）
ともかく、ふりかえって、この女を見たとき、ぼくは、ひやっとしたものを感じた。
なぜ、そんな感じがしたのかは、わからない。出口のない地下をながれている冷気が、しろい人柱のかたちに、霜になって凝固したように、ぼくは感じたのか。

女は白いシルクのワンピースを着ていたが、きらきらと絹地がひかる高価そうなワンピースで、旅館の浴衣姿がならぶ、こういったバーには、そのシルクの光沢は、つめたすぎ、かたすぎた。

カウンターのなかの中年女は、「ご注文は?」とたずね、女は、だまって手をふったが、そのほっそりした指のうごきに、また、指のあいだの空気がしろい霜になったようだった。なにも飲まないのに、どうして、この女はバーになどきたのか。それに、用もないひとが、ぶらぶら、バーをでたりはいったりするといった状態ではないのだ。

女の歳は二十八、九ぐらいだろうか。色がしろく、姿勢がよくて、ほっそり長い足をエレガントにくんでいるが、色がしろすぎ、姿勢がよすぎるような気もする。

ふたりの男女の男のほうが、ちらっと、この女に目をやったが、おちついたニコニコわらいはそのままに、笑顔のうらで、なにかがよぎったようだった。

そう言えば、この女とあの男とのあいだには、共通点がある。エレガントでつめたい上流のにおいみたいなものが。

男は、しずかな声で、カウンターのなかの中年女になにか言い、中年女は飲代の勘定書をもってきて、男はそれにサインした。

つれの芸者は、からだをよじったカッコのまま、ストールからおりて、両手を男の片腕にかけ、ふりかえって、入口のほうにいこうとし、手をはなし、顔がこわばった。

入口ちかくのカウンターにいた女を見たためだということはまちがいない。ふたりの男女とこの女とは、いったい、どういう関係なのか？

しかし、男はこの女が目にもはいってないみたいに、笑顔でつれの女にはなしかけながら、ゆっくり、バーをでていった。

むっつりしかつめらしい顔の中年女はカウンターのなか、ぼくと霜の人柱みたいな女は、ぽつんとはなれてカウンターのそと。

ぼくはため息をつき、ふりかえって、しろいワンピースの女に、無意味にほほえんだ。

よこから見る女の頤《おとがい》の線もエレガントだ。だが、こんなふうに、きちんとよこから頤の線が見えるということは、女がまっすぐ前をむいていて、こちらをふりかえってはくれなかったってことだった。

ほっそり長い足のくみかたも、あいかわらずエレガントで、しかし、こんなにしっとり足がくめるのは、太腿の肉がうすいからだな……ぼくは胸のなかで、よけいな悪口を言った。

ぼくはジンのおかわりをし、カウンターのなかの女は、「もう、バーはおしまいにしますから」としかつめらしく、めいわくそうに言い、ぼくは、ため息をついて、アテにできないのはわかってる助けをもとめるみたいに、れいの女のほうをふりかえり、すると、女の姿が消えていた。このときも、いつ、女がバーをでていったのか、ぼくは気がつかなかった。

しかたなく、バーをでて、階段をあがり、部屋のドアに鍵をさしこんでいると、うしろで、なにかのけはいがし、ふりむくと、廊下にしろいワンピースのれいの女が立っていた。

ぼくはドアをあけ、女もつづいてはいってきたが、ぼくは、ただぼんやりしていた。

夜のひっそりした廊下で、たまたま、部屋のドアの鍵をあけてるぼくのうしろに、ほかの部屋の女が立っていたということはあるまい。

この女は、なにか、ぼくに用があるのだろう。だが、なんの用があるのだ？　バーでも、ぼくはこの女とは、はなしていない。

あのふたりの男女とこの女は関係はあるらしいが、めんどうなことでもたのまれると、こまる。

しかし、ぼくは、バーでも飲みたらないで、おいだされたのだし、ひとりでさみしくて、うろちょろ、ため息などついていたのだから、こんなとき、はなし相手ができたというのは、うれしい。

しかも、相手は二十八、九歳のなかなかの美人だ。こんな美人とさしむかいになったりしたことは、ぼくはないのではないか。

もう布団はしいてあるが、テーブルは飲みのこしたまま、部屋の隅におしやってある。

ぼくは冷蔵庫からビールをだしてきて、テーブルの前にすわり、女もテーブルのむこう側に腰をおろしたので、ビールをすすめたが、女は、バーで注文をきかれたときとおなじように、指のあいだの空気にしろい霜でもできるみたいに、手をふった。

「なにか？」

ぼくは飲みのこしの銚子の酒をグラスにつぎながらたずね、すると、女のきちんと浮彫りにしたみたいなくちびるがほころんだ。

女は、くすっとわらってるのだ。それは、しろく、ととのった顔だちには、ちょっと意外な、なにかいたずらっぽいほほえみのようでもあった。

考えてみれば、夜のしじまのなかの旅館の部屋で、しらないどうしの男と女が、部屋の隅におしつけたテーブルに、ななめにむきあっている。

しかも、部屋のまんなかには、布団がしいてあり、男のぼくは、女がなにをしに自分の部屋にきたのか、ぼんやり、きょとんとしてるのだ。

女の目から見れば、おかしかったかもしれない。だけど、この女は気がへんなのではないか。ととのいすぎた、美しい顔だちも、狂気のせいではないか。

女のすっきり長い首すじに、ちいさく、ほそく、漣《さざなみ》のようにひかって、よこにゆれるものがあり、そのまま、女の首すじが上にのびるようにして、女は、しずかに立ちあがった。首すじでゆれたのは、うごきがないと目につかないほどほそいプラチナのネックレスか。

女は立ちあがったまま、優雅なまるみの頬に、まつ毛のかげをおとして、ぼくを見おろしている。濃いまつ毛で、いい家のお嬢さんに、あんがい強情っぱりがおおい、その証拠みたいでもある。

どうするのかとおもってると、女は、シルクのワンピースのすそをゆらめかして、部屋のまんなかに敷いてある布団のうしろをまわり、テラスにでた。

テラスの鉄柵に手をかけて、女はくらい川面《かわも》を見おろしているようだ。

ぼくは、まだぼんやりした気持で、冷蔵庫からとってきたビールの栓はぬいてしまったし、燗がさめたなまぬるい酒とビールを、どちらもグラスについで、ぼんやりした気持を自分でゴマかすように、かわるがわる、喉にながしこんでいた。

テラスに立った女のワンピースのすそが、なにかのしろいかげのようにゆれる。川面をわたってくる風があるのだろう。

そのワンピースのすそが、ふんわりめくりあがるようになったとき、そのむこうの闇が透けて見えたみたいに、ぼくはおもった。

女のしろいうしろ姿も、ぼうっと、闇のなかにたってるひとのかたちのキリヌキのようだ。女の姿も、しろく透けて闇にとけこんで、かたちをうしない、また、闇からにじみでるように、輪郭がうきあがってくる。

ぼくは目をぱちぱちさせた。かなり酔ってきたのだろうか。それとも、ぼくがすわって飲んでるところから、女がいるテラスまでは、たいした距離ではないが、こちらは、電灯があかるい部屋のなか、女はひっそりとした闇につつまれたテラスのはしという明暗の魔術がさせるのか。

女は、どれぐらいテラスにいただろうか、部屋にはいってくると、テラスにでていったときのように、布団のうしろをとおって、ぼくがいるテーブルのほうにもどってはこず、布団の枕もとにいくと、立ちどまった。

そして、こちらをむいたまま、片手を背中のほうにやり、その肘《ひじ》が、なんだかむりな角度にうごいてるとおもいながら見ているうちに、白いワンピースが、音もなく、女の足もとにおちた。やわらかな絹地にふさわしく、すべるように、女のからだのカーブをながれて……。その下には、やはり、白いスリップを、女は着ていたが、なにかの半透明の膜みたいに、しっとり、女のあちこちの曲線にからみつき、そんなに大きくはないが、いろんなソフトな起伏をうきあがらせている。

女はスリップはとらず、しかし、シンプルなデザインだが、手縫の刺繡のあるブラジャーをぬきとると、足もとのワンピースの上に、ぽとんとおき、れいの、とりすました顔には似合わない、すこしいたずらっぽいわらいかたをすると、敷いてある布団に、するっと身をいれた。

ぼくは、ますますぼんやりしてきたが、ま、そんなものかという気にもなった。

夜、ほかの部屋は客がいるのかいないのか、ひっそりしずまった旅館の男の部屋に、女がひとりではいってきたというのは、男となにかあっても、しかたのないことではないか。

ただ、その男というのが、女とは旅館のバーであっただけで、口もきいてないぼくだというのが、おかしい。それに、女のほうで、なにも言わずに、ワンピースを脱いで、布団にはいってしまったというのもおかしい……。おかしがってる場合じゃないが、ぼくは、胸のなかで、ハハハ、とわらった。

しかし、この女が、旅館のバーにいたふたりの男女と関係があるのは、ほぼ、まちがいない。そして、女は芸者だろうから、男のほうと関係があるのではないか。

男は女の夫で、その夫が芸者をつれて、この温泉旅館にきた。

それを追って、女もこの温泉にきたが、夫はひらきなおるか、妻をまったく無視してしまった。

そんなことになったのは、この女のほうにも弱味があって、たとえば、この女も浮気をしており、それを、亭主は知っていたのではないか。

上品でとりすました上流家庭の奥さんなどは、平気で浮気をする。そして、それこそ、しずかにとりすまして、なにごともないような顔をしている。夫が平気で浮気をしたり、女を囲ったりするんだから、それもあたりまえのことだろう。

しかし、女にしてみれば、夫が芸者と、この旅館でいっしょに寝ているというのは、おもしろくない。で、そっちがそうなら、こっちもおなじ旅館でほかの男と……とぼくのところにやってきた。

しかし、よりによって、ぼくみたいな男を、という気もするが、ほかに泊り客はなかったのかもしれないし、また、口はきかなかったが、ぼくとは、旅館のバーで顔をあわせてる。

それに、ぼくはさみしかったし、いつものことで、でれでれした顔を、この女にしたのかもしれない。

あとでわかったことだが、このぼくの想像は、だいたい当っていた。ひとつのことをのぞいては……。

女のからだは、ひんやりつめたかった。はじめ、ぼくは、女がながいあいだテラスに立っていて、川風でからだがひえたのかとおもった。

だが、そうならば、こうして素肌をかさねてるうちに、しだいにあったかくなってくるものだ。

ふとってる女は、夏など、見ていても暑くるしいが、扇風機にあたったりすると、脂肪のあついところほど、つめたくなる。まるく肉がついてあったかそうな女のお尻が、女のからだのなかで、いちばんひんやりしてるように……、もっとも、ふとった女のあつい脂肪が火照《ほて》ってきたら、でっかいタドンでも抱いてるようなもので、もう、どうしようもない。

ところが、この女は肌をあわせ、からだのふかみにはいっていくにつれ、そのつめたさが、こちらの身にしみるようなのだ。

乳房も大ぶりではないが、すんなりかたちよく、おヘソもお上品にたて長で、下腹は、それこそポタージュスープのようにソフトだが、そこにかさなっていると、ひんやりしたものが、しんしんといった感じでつたわってくる。

下腹につづく、恥ずかしいホネも、くろい茂みにかくれた凍土《ツンドラ》のように、そのつめたさが、ぼくの指さきにふれ、そこに顔をうずめると、くちびるがかじかむようだった。

しげみのなかにきれこんだ、やわらかい粘膜も、氷の洞窟の天井がとけかかって、たれさがっているように、つめたく、やわらかく、そこからにじみでる透明な液さえも、つめたく粘っていた。この女は、いわゆる名器の女なのかもしれない。素肌をかさね、腰を波うたせていても、瞼をとじた女のとりすました顔つきはかわらず、だが、ヘソの下では、ぼくのものを、女のからだの奥にすいこんで、ひだひだがつつみこみ、なでまわし、しめつけている。だが、なにかの無数の生き物のように、うごめきつづけるそのひだひだまでが、じっとりつめたい。

スリップを脱ぎ、パンティもぬきとった、女の素肌ぜんたいも、肌は汗ばんでるといったふうではないのに、じっとり濡れたようなつめたさで……。

つめたいひだの蠕動《ぜんどう》がはげしくなり、女の口から、声のない吐息がもれて、美しく、くずれない表情のまま、女のとじた瞼の裏に、ほの青いものがはしった。

目がさめると、女はいなかった。時間も、もう十時だ。昨日、夕食の膳を女中がもってきたとき、朝食はいらないから、翌朝はゆっくり寝ている、と言っておいた。

女は、いつ、部屋をでていったのだろう。なにげなく、布団のなかで手をのばすと、おわったあと、女が寝ていたほうが、なんだか湿《しめ》っている。

それは、ぼくの気のせいではなく、かるい夏の掛布団をめくると、女のからだのかたちに、シーツが濡れて、そこだけ、シーツの生地が半透明になっていた。

女とかさなりながら、女のからだが、なんだかじっとり冷たいようにおもったが……。

昼前に、ぼくは旅館をでることにした。昨夜《ゆうべ》は、ふしぎなとび入りがあったが、こんなさみしいところにはいられない。

ところが、旅館代の勘定書をもってきた女中のようすがなんだかおかしく、ショルダーバッグをさげ、フロントにおりていくと、昨夜、バーのカウンターのなかにいた中年女が立ってたが、こわばった顔で、ぼくをみつめると、なにか言いかけたくせに、ハッと目をそらし、なにかを、いっしょけんめい見すえているようで、だが、なんにも見ていない。

旅館をでて、つり橋のところにくると、警官が二人いて、ぼくもなにかあったんだなとおもったが、ぶらぶら、つり橋をわたり、駅にいった。

しかし、ディーゼル車がでるまでには、まだ一時間ぐらいあり、ぼくは駅の建物のよこの売店でジュースを買った。その売店のオヤジと、売店の前の床几《しょうぎ》に腰かけてしゃべってる中年の男がいて、というより、売店のオヤジがその男に、いろいろきいてるのだが、そのはなしをきいて、ぼくはびっくりした。

ぼくがいた旅館に、昨夜、芸者と泊ってた男のところに、女房がおしかけてきたが、夫は女房を追っぱらい、カッとなった女房は旅館をとびだして、はしってるうちに、よこをながれる板敷川におち、その板を敷いたような岩に頭をうちつけて、死んだのだそうだ。

身投げをして、自殺したのでなく、カッとなり、夢中ではしってるうちに、つり橋のところをすぎて、足をふみはずし、川っぷちの崖をすべりおちたのではないかという。警察でしらべて、そんな跡があったのだろう。

売店のオヤジに、いろいろはなしてる男は、どこかの新聞の通信員かなんかをやってるらしい。といっても、こんな家がなん軒かしかないようなところに、たとえ兼業でも、新聞社の通信員などいるわけがないから、どこか、ちかくの町からきて、やはり、かえりのディーゼル車をまってるのだろう。

ともかく、芸者をつれて旅館に泊っていたというのは、旅館のバーであった、ふたりの男女にちがいない。

だとすると、それをおいかけてやってきた奥さんは、バーにいたあの女、ぼくと寝た女だ。

「その奥さんは、どんなものを着てました?」

ぼくは、おそるおそるたずね、どこかの新聞の通信員らしい中年の男はこたえた。

「白いワンピースだったかな」

わかっていたことだが、ぼくは青くなり、売店のオヤジがきいた。

「そして、死んだのは、いつごろなんだね?」

「昨夜の八時半か九時ごろってことだ。死体が発見されたのは、今朝だがね」

「昨夜の八時半か九時ごろ?」

ぼくはぼんやりした。

「それ、まちがいありませんか?」

「いろんな状況から、まちがいないようですな。どうして?」

ぼくは青くなるどころではなく、からだじゅうの血がぬけだしたみたいに、気がとおくなった。

昨夜《ゆうべ》、旅館のバーで、ぼくがあの女とあったときは、十時すぎだったのではないか。

バーでは、ぼくはほんの二杯ぐらい、おかわりをしただけで、カウンターのなかの中年女が、「十一時ですし、もうバーもしめます」と言ったのをおぼえてる。

そして、女がぼくの部屋にきて、いっしょに寝て……。

女が、いつ部屋をでていったのかはしらないが、どう計算しても……。

「その奥さんが死んだのが、夜中の十二時すぎということは、あり得ませんか」

「昨夜の八時半から九時までのあいだに、川のこちら側の家のひとで、川のむこうで、なにか、しろいものが落ちるのを見たというひとがいるんです。それに、警察は、そういうことは専門ですからな。どうかしたんですか？」

男はぼくの顔をのぞきこみ、ぼくは血の気がなくなって、しびれたような頭を、いえ、べつに、とふった。

じっとりと濡れたように、つめたい女の素肌……シーツにのこっていた、濡れた女のからだのかたち……。

だが、旅館のバーに女があらわれたときは、もう死んでたはずなのに、亭主は女房のユーレイを見ても、おどろかなかった。

いや、女の死体が発見されたのは、今朝になってからということだ。

亭主のあの男は、旅館におしかけてきた妻が、まだうろうろしてるとおもったんだろう。

亭主が芸者と温泉旅館にいるところをとっつかまえてやろうとおもってのりこんだ妻が、逆に、亭主にひらきなおられ、追いかえされ、頭にきて、旅館をとびだし、はしってるうちに、まちがって、板敷川におち、死んでしまった。

それで、よけいくやしくて、さっそく、化けてでてきたら、亭主は、妻が死んでユーレイになってることに気がつかず、あいかわらず、つれの芸者とくっついて、ユーレイの妻を無視している。

それで、女のユーレイは、腹いせにおなじ旅館の屋根の下で、つめたい素肌をぼくとかさねた。

あの女は、おっとり、とりつくろった顔はしていたが、けっこうあわて者で、ドジなユーレイだ。

まったく、こっけいだよ……ほんとに、こっけいだ、とぼくは口のなかでくりかえしながら、歯ががちがち鳴っていた。

北波止場《ノース・ピア》の死体

岸壁《バース》にならんだ倉庫の建物がきれて、ゲート小屋がぽつんとひとつ見えるところにきた。もっとも、そんなにさっぱりとした空間ではない。岸壁とは反対のほうには、貨車の引込線があり、線路のそばには、くろずんだ枕木がつみあげてあったり、雨ざらしのシートをかぶせた貨物《カーゴ》もある。

しかし、ともかく、人かげはなかった。埠頭がこんなにもブランクになるのは、朝のこの時間しかない。深夜すぎでも、岸壁によこづけになった貨物船からは、ウインチでたえず荷物をあげさげしたりし、黄いろく車体を塗ったフォーク・リフトが貨物《カーゴ》をフォークにのせて倉庫を出たり入ったりしている。

ゲート小屋のむこうの橋の上にも人かげはなかった。運河の河口にかかった橋だ。この北《ノー》波止場《ス・ピア》はY湾の北側に、この橋を棒《バー》にしてつきでた長方形のキャンデーみたいなかたちではないかと想像しているのだが、ぼくはここではたらきだして半年ほどたつけど、まだ、埠頭のはしまではいったことはなく、地形なんてことはわからない。

ゲート小屋は白いペンキ塗りで、STOPという大きなサインがある。この北波止場《ノース・ピア》のゲートはここしかなく、人も車も、かならずここで、身分証明書（パス）を見せる。ゲート小屋には、白人のM・Pと日本人の警備員《ガード》がいた。大きな米軍基地だと、たいてい、白人と黒人のM・Pがいるが、ここは、黒人のM・Pはいたことはない。もっとも、この北波止場《ノース・ピア》は面積は広くても、米兵の数はすくない。

ゲートをでて、運河にかかった橋のてまえに、警察の交番のような税関の建物があり、制服を着た税関吏が、たいてい二人ぐらいいる。税関吏はみんな若い。ゲート小屋の日本人警備員《ガード》は、みんなかなり年輩なのに、税関吏は若い。

橋の下は海の水だ。いや、海そのものという気がする。海水は汚れてるが、たとえば東京の竹芝桟橋みたいな褐色っぽい汚れかたではなく、ふかぶかとした色に見える。ぼくは、この橋の下の海に、つまりは惚れてるのだろう。

この橋をわたるたびに、立ちどまって、下の海を見おろすということはないが、やはり、ぼくは大きく息をすいこんだりする。運河の河口の橋というより、海にかかった橋をわたる気持だ。

橋をわたりきったが、やはり、人かげはなかった。海ぎわの橋のたもとに、食堂がある。道路わきの物置小屋みたいな食堂だ。食堂はしまっていた。この時間にはあいてないのか、もう、ずっと、食堂はやってないのかもしれない。

橋のところからは一本道だった。国鉄の駅のよこをとおる道路だ。これが、どうしようもない道だった。だいいち、国鉄の駅までは、うんざりするほど遠かった。だいたい、埠頭というのは、もう、そこに船が見えてるようでも、かなりの距離がある。しかも一本道で単調で、なんにも見るものがない。

この道は赤錆びたどうしようもない一本道だった。戦災の跡が、まだ赤錆びて残っていたかもしれないし、戦後のトタン塀も赤錆びていたかもしれない。道の舗装してないところも、土の色はしてなくて、油がにじみ、金属気《かなけ》が赤褐色にうき、それが、雨が降ると、金属気《かなけ》くさい泥んこになった。

どうしようもない道だが、ぼくが心配していた人かげは見えず、やっと、ほっとして、ぼくは鼻歌をうたいだした。どうしようもない道をあるくときは、鼻歌ぐらいうたわなきゃ、どうしようもない。

ところが、そのとたんに、ひょろっと人かげが、道路のはしにあらわれた。赤錆びのトタン塀が、写真のブレみたいに、剝がれてでてきたようなぐあいだ。

ぼくは逃げようとしたが、足がとまっていた。そいつが、ぼくを待伏せしていたことはまちがいない。でなければ、トタン塀の影がわかれてでてくるようなあらわれかたはしない。

では、なぜ、ぼくの足がとまったままだったのか？　めんどくさかったのか？　それに、そいつが待伏せしていたことはまちがいないが、ぼくの目は、そいつがあいつでないことを見ていたのかもしれない。

それに、そいつは、なんだかニヤニヤしており、あんまり、人になぐりかかったりするような顔つきではなかった。

「水谷……」そいつは、ぼくの名をよんだ。「ひさしぶりだなあ」

ぼくのそばにきたそいつは、ひょろっと背が高く、見あげるかたちになったそいつの顔に、見おぼえのある顔がかさなった。しろい、やさしい頬で、はにかむと、赤みがさした頬だ。

「木川だよ」

相手は言い、ぼくは、また、からだがかたくなった。木川とは高校をでたあとは、あっていない。しかし、高校でおなじクラスだった者などから、木川がここの県警の警察官になったことをきいていたからだ。

しかし、考えてみれば、どうせ警察につかまるのなら、木川につかまったほうがいい。木川とは、高校のとき、なかのいい友だちだったわけではないが、ともかく、おなじクラス・メートだし……。

それに、あいつ……久保とかいったヤクザの仲間につかまるよりは、よっぽどマシだろう。

ぼくは木川とならんで赤錆びの一本道をあるきだし、木川は、しずかな声で言った。

「ちょっと、はなしがあるんだがね」

ぼくはだまってうなずき、木川は高校のときの同級生のことなどを、ぽつりぽつりはなした。もともと、木川はおしゃべりのほうではなかった。ぼくは、どちらかと言えばおしゃべりだが、警察官の木川にとっつかまってる立場としては、そんなにしゃべるわけにはいかない。

駅前のバラックのマーケットのそばにきたとき、木川は腕時計を見て、うーん、とうなった。

「こんな時間じゃ、喫茶店もあいてないなあ」

「喫茶店？」

「うん、はなしができるところさ」

赤錆びの一本道は、この駅前のマーケットのところまでは、木川が待っていたあたりからはかなり距離があるし、木川のはなしぶりから、ぼくをつかまえにきたにしては、どうもへんだとはおもっていた。ただ事情をきくだけなのだろうか？

「喫茶店のことはしらないが、あいてる飲屋ならあるよ」

警察官が飲屋で事情をきくというのもおかしいが、ぼくはこたえた。

「こんな時間に、飲屋が……？」木川はおどろいていた。

「ああ、深夜勤がおわったあと、朝、飲みによる者がいるからね」

マーケットのバラックは、おたがい屛風倒しになるのを、やっとよっかかってもちこたえてるみたいに露路にならび、ひどいにおいがした。だが、木川が顔をしかめたりしなかったのは、やはりふつうの勤め人ではなく、警察官だからだろうか。

ぼくは、いきつけの「なみ」という飲屋にはいった。四角いテーブルを三つほどおいただけの飲屋で、テーブルのひとつに、ぼくとは貨物検数員《カーゴ・チェッカー》仲間の神崎がいた。神崎はこの店のおかみを抱いて、焼酎のブドウ割りを飲んでいた。

ぼくと木川は飲屋の入口に近いテーブルにむかいあい、ぼくは、なにも割らない焼酎、木川はサイダーを注文した。

そして、木川ははなしだしたのだが、ぼくはおかしくって、ひとりでわらった。木川は、ぼくが考えていたのとはぜんぜんべつのことで、深夜勤（ミッドナイト・シフト）がおわって、北波止場《ノース・ピア》からでてくるぼくを待っていたのだ。

じつは、その三日前の夜、ぼくは、ここの国鉄の駅の改札をでるとき、駅員に無賃乗車でとっつかまった。深夜勤は午後十一時からはじまるので、夜の十時半ぐらいのことだろう。ぼくは、蒲田の池上線の線路わきの飲屋で飲んでいて、かなり酔っていた。酔って出勤するなど、とんでもないことだ、とほかの者はおこってたかもしれないが、ぼくはてんで平気だった。深夜勤の時間中でも、れいの赤錆びの一本道をあるいて、この駅前のマーケットに飲みにきたりした。

ともかく、キップをもたず、ここの駅の改札を出ようとして、駅員につかまった。若くて、だから生真面目で、頭の髪をみじかくした駅員だった。駅員の頭の髪のことがわかったのは、ぼくが、つかまれた腕をふりまわしてるとき、腕が駅員の顔にあたって、帽子がおちたのだ。

すると、ヤクザの久保がはしってきた。久保は、駅の改札口の前あたりで、アメリカの船員相手にドル買いかパイラ（ポンヒキ）かなんかをしていたのかもしれない。ヤクザと言っても、久保はここの駅のあたりや、駅前のマーケットをうろついてる、たいしたヤクザではない。

しかし、だれかがガタついてりゃ、なにはともあれ、かけつけてくるのがヤクザだ。久保もぼくと改札の駅員とのゴタゴタにふっとんできたわけだが、この野郎、となぐりかかってきた久保の喉もとに、つきだしたぼくの手が、カウンター・パンチになって、はいったらしい。

久保はうしろにひっくりかえり、改札の駅員といっしょになってわめき、駅のよこをとおってる、れいの一本道をへだてたむこうの交番からお巡りがはしってきた。

ヤクザの久保がひっぱたかれたぐらいでは、お巡りは、ぼくを追いかけてきたりはしなかっただろうが、ふりまわしたぼくの腕が顔にあたった若い駅員も、さけびながら、ぼくを追っている。

無賃乗車で駅員につかまって、その駅員をぶんなぐったといえば、ひどいはなしみたいだけど、ま、そんなようなことで、だいいち、ぼくはキップ代を払おうにも、一円も金はなかった。

また、ぼくは、よけいなことに、「てめえ、国鉄の職員のくせに、こんなヤクザとグルになりやがって……」と改札口の駅員にも悪口を言ったようだ。

しかし、あのときは、お巡りとヤクザの久保と若い駅員に追いかけられて、よく、ぼくは逃げれたもんだとおもう。ぼくは、けっして足がはやいほうではない。だけど、なにしろ、

深夜勤の時間中に、北波止場から駅前のマーケットまで、まっ暗な夜道を往復するぐらいだ
し、だいいち、毎日、あるき慣れた道なので、ちょろちょろ、トタン塀の裏にまわってはし
ったりして、北波止場に逃げこんだのだろう。

ところが、翌朝、深夜勤がおわり、ゲートをでて、橋をわたりかけると、橋のむこうに、
いやな感じの男が、二、三人立ってるようなのだ。

前夜、ぼくのカウンター・パンチをくらったカッコになった久保の顔は、はっきりとは見
わけられなかったが、こんな連中にとっつかまったんでは、ロクなことはない。

で、ぼくはいそいでゲートにひきかえし、ぼくたちが仕事をしていた本船にいって、寝た。
前にも言ったが、ぼくは貨物検数員という職種だった。本船や倉庫につみこむ貨物や、本
船からおろす貨物や倉庫からでる貨物の数をかぞえ、チェックする仕事だ。

だが、ぼくなどは、深夜勤のあいだに、駅前のマーケットに飲みにいくぐらいだから、な
んとかして、仕事をサボった。いや、仕事をサボることばかり考えていた。ちょうど、不良
中学生が教室からぬけだすことばかり考えるようなものだ。

しかし、こんなことができたのは、チームを組んでるほかの貨物検数員のなかに勤勉には
たらいている者がいたからだろう。じつは、ぼくたちは、たとえば、本船につみこむ貨物の
数など、実際にはかぞえてはいなかった。たいていは、仲間の勤勉な連中が、送り状にあわ
せて、書類をつくっていただけだった。

しかし、貨物検数員がつかなければ、荷役作業はしてはいけないということになっており、

<!-- ルビ -->
ノース・ピア（北波止場）
ノース・ピア（北波止場）
ノース・ピア（北波止場）
カーゴ（貨物）
カーゴ（貨物）
カーゴ（貨物）
カーゴ・チェッカー（貨物検数員）
カーゴ・チェッカー（貨物検数員）
カーゴ（貨物）

だから、その貨物船の四つの船倉《ハッチ》で荷役作業をやっていれば、四人のカーゴ・チェッカーが検数をしているはずなのだ。

それを、三人はサボって、一人がつまりは見張りに立つ、ということを、ぼくたちはやっていた。

そして、サボっているあいだは、わざわざ、駅前のマーケットまで飲みにいくこともあるが、だいたい、寝る場所をさがしてうろちょろする。貨物船の船首のほんとの先端に、船首のかたちそのままの三角の道具室を見つけて、そこにはいって寝たり、また、船のなかではなく、倉庫のすみとか、材木置場の材木のなかとか、いろんなところに寝たものだ。

だから、この日も、本船にいって寝たと言っても、一日じゅう、あちこち寝場所をさがしてあるいたりしたわけだ。

そして、二日目の深夜勤がおわり、ゲートをでて、海にかかった橋をわたりかけると、やはり、橋のむこうに、いやな感じの男が二、三人、立っていて、また、ぼくは北波止場のなかにひきかえした。北波止場からでていくのには、この橋をわたるよりほかはないのだから、どうしようもない。

だけど、きょうはもう三日目だ。それに、深夜勤あけの休日で、こんな北波止場《ノース・ピア》みたいなところにかくれているのは、もうたくさんだという気がした。

それで、久保の顔は見えないが、その仲間につかまったときは、つかまったときで……と言っても、その連中の顔を見たら、また、北波止場に逃げてもどってたかもしれないけど……とゲートをでて、橋をわたりかけたが、いやな感じの男たちどころか、用心のため、三十分ほど時間をおくらせてでてきたため、深夜勤がおわってかえりの人かげもなく、橋のむこうにもどこにも、だれもいない。

だから、ホッとして、鼻歌などうたいながら、赤錆びの一本道をやってくると、道ばたのトタン塀の影が剝がれたみたいにして、木川があらわれたのだ。

木川は県警本部の捜査課のいわゆる部長刑事なのだそうだ。捜査なん課とか言ったが忘れた。また、ぼくには捜査課の各課のちがいなどわからない。

しかし、おなじ部長刑事でも、県警本部の捜査課というのは、たいへんな抜擢にちがいない。高校のときの木川のことを考えると、本気にできないくらいだった。

高校のときの木川は、二年のはじめごろから、ひょろっと背が高くなったが、目立たない男だった。おとなしく、色がしろくて、前にも言ったが、はにかみ屋で、はにかむと、色白の頰が赤くなったりした。

そんな男が県警本部の捜査課の部長刑事になっているのだ。ぼくが、へえ、びっくりした、とくりかえすと、木川は、親父《おやじ》が警察官だったしね、と言った。

これも、ぼくがはじめて知った。高校のときも、そんなことをはなし合うほど、親しいあいだではなかったのだが……。いや、木川は父親はいなくて、母親と二人暮し、みたいなことをきいたおぼえがある。

木川はふつうの進学でなく、ある私大の夜間部の法科にいったのだそうだ。警察官になってから、大学の夜間部にいったのかどうかは、木川ははなさないから、わからない。

四角いガタピシの木のテーブルをはさんで、ぼくは焼酎を飲み、木川はサイダーの泡を見て、やはり、おだやかにたずねた。

「あの北波止場《ノース・ピア》でチェッカーをしてるんだって？」

「うん、半年前からね」

貨物検数員《カーゴ・チェッカー》のことは、ふつう略して、チェッカーとよぶ。そんな言葉を、木川が知ってるのも、この港湾都市の県警本部にいるからだろうか。

「三日前の朝、北波止場《ノース・ピア》のC岸壁の近くで、死体が浮いていたのを知ってるかい？」

「ああ、知ってるよ」

「死体を見た？」

「見た、見た。しかも、まだ、海のなかにいるときにね。なんだ、そのことか……」

ぼくはくっくっくっわらいだし、しばらくわらっていた。木川は、そんなぼくの顔を、しずかに、だが、じっとみつめた。もう、コップの内側にういたサイダーの泡は見ていない。

「死体が、まだ海のなかにいたとき……と言うと？」

「死体をさいしょに見つけたのは、おれじゃないんだが、たぶん、二ばん目か三ばん目ぐらいに、おれは見てるはずだよ」

「そのときのことを、くわしくききたいな」

「くわしくって、ただ、死体が海のなかにいただけだからね」

「死体が海のなかにいた……？」

「うん……あ、いや、ふつうなら、死体が海に浮いてたと言うところだろうが、死体のからだは、ぜんぶ、海面の下だった。しかし、おそらく海面下一メートルぐらいで、それを沈んでたというのもおかしい。海中に浮いているという言葉もあるけど、死体が浮いてるのもおかしいし、沈んでるのもおかしい、とよけいなことを考えてたんだよ」

「海のなかの死体を、さいしょに見つけた者は……？」

「仲仕《ステベ》だよ。しかし、あの仲仕《ステベ》、あのとき、どうして船の上にいたのかな。深夜勤がおわるのが午前七時で、かえるときは、みんな競争だからさ。実際は六時五十分ごろ、いや四十分ごろには、もうみんな仕事はおえ、さかさかっとかえる支度をして、とくに深夜勤のときは、七時には、だーれもいやしない」

「きみは？」

「寝すごしたんだよ。仕事をサボって眠ってたら、かえる時間をすぎてた。そんなことは、はじめてだがね。どんなに、仕事をサボって眠ってても、かえる時間の前には、ちゃんと目がさめる」

「ふうん……」

木川は口では言わなかったが、とにかく、なんでもくわしくききたそうだったので、ぼくはおしゃべりをつづけた。

「さっき、きみにも言ってきた、C岸壁《バース》に、ぼくがいた貨物船は着いていた。アメリカで第二次大戦中にうんとこしらえて、朝鮮戦争でもさかんにつかってた、リバーティ型の貨物船さ。七、八千トンかな、もっとトン数はすくないかもしれない。古い貨物船でね。近頃の貨物船は、ウインチにディーゼルや電気なんかもつかってるようだけど、あれは、蒸気をパイプでおくって、蒸気で、ウインチをうごかすんだ。だから、シュー・シュー、白い煙がでてさ。おれは、船橋《ブリッジ》とその前の船倉《ハッチ》とのあいだの蒸気のパイプがとおってるせまいところに、からだをねじこんで寝てたんだ。だって寒いもんな。そしたら、なんかガタガタ音がして、目がさめると、死体が海に浮いている、とさけんでるんだ。その男は、すぐ、船のギャングウェイ（舷門）にいる警備員《ガード》のところにしらせにいったんじゃないかな。おれは、船橋《ブリッジ》と船倉《ハッチ》の縁とのあいだのせまい溝から這いだして、甲板の手すりのところにいき、するとほんとに、死体が海のなかにいるんだよなあ」

「すぐ、死体だとわかった？」

「そりゃ、わかったさ。生きてりゃ、海のなかで、あんな器用なカッコはできないよ」

ぼくは調子にのってきた。だいたい、ぼくはお調子者だ。だから、いい歳をして、中学生みたいに、仕事をサボることばかり考えている。無賃乗車でとっつかまり、改札の若い駅員をぶんなぐったりしたのも、やはりガキじみた……いや、あれは、駅員につかまれた腕をふりきろうとして、その腕が相手の顔にぶつかっただけで……。

焼酎もきいてきた。深夜勤あけで、しかも、二晩、北波止場《ノース・ピア》にかくれていて、酒は飲んでいない。まてよ、こういう場合、ちゃんと計算すると、二晩か一晩か？　深夜勤のときの、晩のかぞえかたはむつかしい。

焼酎のおかわりをもってきたおかみが、「あら、このひと、ハンサムね」と、木川をあらためて見なおすようにし、木川の膝にのって、その首に腕をまわした。

木川はテレわらいをし、こまっていた。その顔に、色白で、はにかみ屋で、はにかむと、頬に赤みがさした高校のころの木川の顔がダブり、ぼくはニヤついた。

「よせ、県警本部の部長刑事さんだぞ」

ぼくは、こまっている木川の顔を見かねて言った。

「このひとが、県警本部の刑事さん？　まさかあ……」

おかみは、よけいに木川にしがみついたが、ふだん、この店にくる客とは、やはりちがうとおもったのか、木川の膝の上から腰をあげ、奥のテーブルにいる、ぼくとはチェッカー仲間の神崎のほうに、尻をふってあるいていった。

「さっきも言ったけど、C岸壁《バース》についていたリバーティ型の貨物船の船首に近い、岸壁とは反対のほうに死体はあったんだがね。それが、へんなカッコで……」

ぼくは、焼酎のおかわりを飲みながら、調子よくつづけた。水死体なんてものを見たのは、生れてはじめてだが、実際、それは、みょうなカッコをしていた。

女の土左衛門（水死人）は水のなかで上をむき、男の土左衛門はうつぶせになっていると いうのは、落語などで、よくきくことだ。

土左衛門の男女は正常位がお好きなようだが、女の土左衛門があおむけになってるのは、やはり、女の尻はおもいから、逆に、男の土左衛門が水のなかでうつぶせになってるのは、からだの前のほうに、金の玉のおもりがあるから……なんて笑話もある。

しかし、この水死体は、あおむけといったふうでもなく、また、うつぶせでもなかった。水面下一・五メートルぐらいのところに、見えない長椅子でもあり、その上にからだをよこにしているようなカッコだったのだ。足をのばし、かたっぽうの足の膝をすこしおりまげるようにして、長椅子にもたれかかったみたいに、背をすこしおこし、顔はまっすぐ前をむいていた。

ふつう、水に浮くというときは、水面にひらったくあおむけになっており、沈んでるという場合は、たいてい、うつぶせに、水中にひたりこんでいるようだ。

ところで、この死体は、そのどちらでもなく、今、言ったようなカッコで、だから、ぼくは、浮いてるという言葉も、沈んでるという言葉もつかえず、海のなかにいた、なんて言ったりしたのだろう。

そんなことを、ぼくは調子づいてしゃべり、木川はしずかにきいていたが、あんまり興味はないようだった。県警本部の捜査課の刑事には、土左衛門の水中の姿勢などは、どうでもいいのかもしれない。ぼくのおしゃべりが、一くぎりつくと、木川はたずねた。

「死体を、さいしょに発見したのは、仲仕《ステベ》だと言ったね？」

木川はステベという言葉をつかったが、これも、この港湾都市の県警本部にいるからだろう。ステベは、スティーヴドア（沖仲仕）のことだが、ふつうの者は、こんなよびかたは知らない。

「うん、おれが死体を見たあと、船のギャングウェイ（舷門）のほうにいくと、なんだか興奮して、警備員《ガード》としゃべっていた仲仕《ステベ》がいたから、その男じゃないかな。しかし、さっきも言ったように、あんな時間、仲仕《ステベ》なんかだれもいないのに、あの男は、船でなにをしてたんだろう。昼勤（デイ・シフト）が午前八時から、昼休みを一時間はさんで午後五時で。夜勤（ナイト・シフト）は午後四時から午前〇時まで。深夜勤（ミッドナイト・シフト）は午後十一時から午前七時までで、ほかの交替のときは、人がダブってるけど、午前七時から昼勤（デイ・シフト）のはじまる午前八時までは、警備員《ガード》のほかは、仲仕《ステベ》もおれたちチェッカーもいなくて、波止場《ピア》はガランとしてるんだ」

「その仲仕《ステベ》は知ってる男？」

「いや、ぜんぜん知らない男だ。北波止場《ノース・ピア》でも、貨物船の入港ぐあいにもよるけど、かなりの人数の仲仕《ステベ》がはいってるからね。おれたち貨物検数員《カーゴ・チェッカー》だけでも、三〇〇人以上いるんだぜ」

「水死人の男も仲仕《ステベ》だとか……？」

「うん、そうなんだ」

「やはり、知らない男？」

「いや、これは、たまたま、知ってる男なんだよ。話好きなじいさんでね。じいさんと言うのはかわいそうだが、オジさんと言うのには、歳をくってる。じいさんの仲仕《ステベ》がいるんだよなあ。港ではたらきだして、はじめて知ったよ」

「どんな男だった？」

「若いときには、貨物船の船員もやったことがある、なんてはなしてたよ。アメリカの西海岸、シアトル、サンフランシスコあたりにもいったことがあるんじゃないかな。うちの親父《おやじ》が、昔、サンフランシスコの南のサンホゼにいたことがあってね。おれが、そのことをはなすと、あのおじいさん……戸田さんと言う名でね……やはり、あそこにいたというんだ。そのとき、サノゼみたいな言いかたをした。ふつうのニホン人なら、あの町の名は、サンホセみたいに読むんじゃないかな。アメリカ人ならば、サンホゼ。いつか、パラマウント・ニュースで、あの町がでてきて、アナウンサーもサンホゼと言ってた。ところが、サンフランシスコの邦字紙の桑港新報を見せてもらったことがあるが、サンノゼ支部、なんて書いてあるんだよ。しかし、現地の日系人が発音するときは、サ・ン・ノ・ゼと区切って言うより、サノゼに近いみたいだ。うちの親父も、そんなふうに言ってた。死んだ戸田さんがサノゼにいたことは、まちがいあるまい。ところが、そのあと、おれが、サノゼのことをもちだすと、そんなところにいたことはない、といやにがんばるんだよ。それどころか、若いときに船員はしていたが、外国にはいったことがない、なんて言いだしたり……。みょうなじいさんだった」

「海のなかで水死体でいたのを見たとき、すぐ、戸田だとわかった？」

「とんでもない。死体は船腹のそばの海のなかにいたけど、そこまではわからないよ。岸壁に死体がひきあげられてから、あれ、戸田のじいさんじゃないか、ってことになったんだ」

「みょうなじいさんって言うと、ほかにも、なにかおかしなことがあったのかい？」

「いや、ぼくの考えすぎかもしれないけど、戸田のじいさんは、昔のアメリカ共産党あたりにも関係がありそうな気がするんだ。うちの親父からきいた、昔のアメリカ共産党の関係者で、世間的には、とくにニホンではだれも知らないような人の名前を、おれがだしたとき、戸田のじいさんは、ほう、というような顔をしたもんな。あれは、おもいがけない人の名前がでてきて、なつかしかったのかもしれないね」

「ふうん、きみも、みょうなことにくわしいんだな、だったらきくけど、戸田は情報関係のことをしていたようなフシはなかった？」

「戸田のじいさんが、どこかのスパイで、仲仕《ステベ》になり、米軍の北波止場《ノース・ピア》にもぐりこんでたというのかい？　そりゃ、ちょっとロマンチックすぎるんじゃない。県警本部の刑事さんから、そういうことをきくとはおもわなかったよ」

「スパイになってもぐりこむ、というのではなくて、仲仕《ステベ》のなかにてきとうな者がいれば、どこかの情報機関か、それにコネをつけて、いろいろ情報を買うってことはあり得るわけだ。げんに、おたくがはたらいてる北波止場《ノース・ピア》でも、そういう情報提供者がいるとおもったほうが、自然だろう。北波止場《ノース・ピア》を出入りする貨物《カーゴ》は、ぜんぶ、米軍の軍需物質だからね」

「うーん、そうだな。今、この船に戦車《タンク》をつんでるけど、行先はどこだい、なんてことを、戸田のじいさんが、チェッカーのおれにきいたりしたこともあったかもしれないが、とくべつおぼえてないなあ。しかし、なんで、戸田のじいさんが、どこかの情報機関に関係があると……？」

木川は、それには、なんにもこたえず、ぼくはたずねた。

「木川のじいさんの水死体に、なにかおかしなことがあったのかい？　たとえば、他殺の疑いがあるとか……？」

「いや、死体に外傷もなく、血液中から多量のアルコールも検出されたから、酔っぱらって、海におちて死んだんだろう、ってことになってる」

「しかし、いくら酔狂な酔っぱらいでも、飲むところ、たとえば、この駅前のマーケットから海までは、そうとうな距離がある。わざわざ、そんな遠いところまで、ふらふらあるいていって、海におっこちたりはすまい」

「このマーケットのすぐ裏のどぶ川ね、酔っぱらいが、みんな立小便をしてる、あのどぶ川は、北波止場の入口にでる運河につながっている。潮が満ちてるときには、海の水は、マーケットの裏のどぶ川のこのあたりにもきている。川におちた者が溺死しないこともあるまい」

「ほんとかなあ。このあたりで溺死するのは、ちょっとむりなんじゃないの？」

「うーん……しかし、戸田は、北波止場《ノース・ピア》のC岸壁で水死体となって発見された前夜、このマーケットで飲んでいて、かなり酔っていたのを見てる者は、なん人もいるんだ」

「だけど……いや。戸田のじいさんの死体には、ほんとに、外傷みたいなものはなかったのかい？」

「なかったらしいね」

「らしい、って……」

「死体がないんだよ」

「死体がない？　それ、どういうこと？　げんに、おれは、戸田のじいさんの死体が海のなかにいたのも見てるし、死体が岸壁にひきあげられるのも、なにしろヒマだもんだから、米軍の第二港湾司令部のランチが、戸田のじいさんの死体をのせていったのも見ている」

ヒマだから、とぼくは言ったが、やはり、その前の夜の、改札の駅員や、ヤクザの久保のことが頭にあって、深夜勤めがおわってかえるぼくを、久保やその仲間が待伏せしてるんじゃないかという気になり、安全な北波止場のなかでグズグズしていたのだろう。

「そうなんだよ」木川はサイダーを飲んでから、言った。「米軍が戸田の死体をもっていってしまった」

「しかし、戸田のじいさんの死体をのせていったのは、この第二港湾司令部のランチだぜ。第二港湾司令部にきけば、死体がどこかにいったか、わかるはずだ」

「ところが、第二港湾司令部でも、わからないと言ってる。ほんとに、第二港湾司令部でもわからないんじゃないかな。戸田の死体をひきとりにきたのは、おたくが言うように、第二港湾司令部のランチらしい。だけど、どうも、べつの筋の依頼で、ランチをだしたみたいなんだ。米軍にも、いろんな部門があるからね」

「現地の部隊の系統でない命令だな」

ぼくも、ある米軍基地で、とつぜんクビになったとき、ぼくがいたセクションの将校などもおどろいて、いろいろ、問いあわせたが、クビの理由などはわからず、ただ、基地司令部の権限をこえた、べつの命令だということだった。

木川のはなしによると、この北波止場の管理事務所から、海に労務者風の死体が浮いていた、と警察に電話があったのだそうだ。それで、警察で、死体を海から引きあげ、ひきとるために、米軍施設である北波止場《ノース・ピア》に入る許可をとろうとしたところ、なんだかゴタついて、そのうち、戸田のじいさんの死体が消えてしまった。

はなしはちがうが、ぼくが北波止場《ノース・ピア》のゲートを出て、運河の河口にかかった橋を渡ろうとしたとき、橋のむこうにいた、いやな感じの男たちは、ヤクザの久保の仲間ではなく、刑事だったようだ。刑事たちは、北波止場《ノース・ピア》の中に入れないので、C岸壁《バース》で見つかったという水死体のことを、深夜勤かえりの者から事情をきこうとしていたらしい。つぎの朝もそうだ。

ただ、県警本部の最上層部あたりに、どういう経路でか、戸田のじいさんの死体には外傷はなく、また、血液中から多量のアルコールが検出されたという報告があったらしい。

木川はそんなことははなさなかったが、ぼくの想像では、木川が疑っているとおり、戸田のじいさんが、どこかの情報機関への情報提供者だったとすると、米軍情報部でもそれを知っていて、つまりは、戸田のじいさんを泳がせて、そのうごきを見張っていた、ところが、北波止場《ノース・ピア》のC岸壁《バース》で発見された水死体が戸田のじいさんだとわかり、とりあえず、いそいで、その死体をしらべるため、どこかにもっていった……なんてところなのか。

しかし、その前に、北波止場《ノース・ピア》の管理事務所では、ただ、海にだれかの死体が浮いていたということで、警察に電話した……そんなところかもしれない。

木川は、ぼくのはなしをきくと、ちょっと電話してくる。と言って、飲屋をでていった。この飲屋には電話はなく、そのころは、こんなマーケットで電話なんか引いてるところもなかったから、木川は国鉄の駅まで電話をかけにいったのかもしれない。

やがて、木川はもどってきたが、同僚の刑事がくる、と言った。その言いかたに、なにかひっかかるものがあったが、同僚の刑事というのがきて、だんだん、ぼくはそれがわかってきた。

杉山という刑事は、まるい童顔で、愛想のいいはなしぶりだったし、その目も、刑事らしいこわい目といったふうではなかったが、さりげなく、ぼくという男を見きわめようとしていることはたしかだった。杉山刑事は、ぼくのはなしをきくためではなく、ぼくを見にきたのだ。そして、ぼくといっしょにいる同僚の木川も観察してるようだった。

杉山刑事のみじかく髪を刈った頭を見て、ぼくは、キップなしで、駅の改札口をとおりぬけようとしたぼくの腕を、とびついてつかんだあの生真面目そうな若い駅員の、やはりみじかく刈った頭をおもいだした。

そして、ぼくは、もうひとつの、みじかく刈った頭のことを考えていた。

大手の港湾業者の角住組の男で、まだほんとに若く、十八歳か十九歳ぐらいだった。この深夜勤になる前の昼勤のときで、ある日、船からおろした貨物《カーゴ》を、倉庫ではなく、戸外につみあげる作業をしていると、雨が降りだし、はげしい降りになったので、仲仕《ステベ》もチェッカーのぼくも、角住組の小屋にはいった。

すると、小屋のなかに、髪をみじかく刈ったこの若い男がいて、仕事にもどれ、と仲仕《ステベ》たちを小屋の外においだそうとしたが、その仲仕《ステベ》のなかに戸田のじいさんがいて、「雨がひどく降ってるんだよ」と言った。

しかし、この若い男は、仕事をつづけろ、とくりかえすばかりで、戸田のじいさんは、「雨が降ってるんだから、雨降り手当はつけてくれるんだろうね」とたずねた。

角住組の若い男は、「雨降り手当か……うん」とうなずき、また、「はやく仕事にいけ」と言った。

ところが、この雨降り手当がついてないのだ。仲仕《ステベ》たちに雨降り手当がつくときには、雨が降ってたという証人に、チェッカーがなる。

戸田のじいさんや、ほかの仲仕《ステベ》もいっしょに、角住組のこの若い男とやりあっていたが、若い男は、てんでとりあげようとはしない。

それで、ぼくが、あのとき、あんたは、雨降り手当をつけるから、仕事にもどれ、と言ったじゃないか、と、よこから口をだすと、若い男は、おちついてこたえた。

「チェッカーさん、うちの組のことはほっといてくれ。あのとき、おれは、雨降り手当をだす、なんてことはひとことも言ってない。ただ、雨降り手当か……うーん、とうなっただけだ」

「そんなバカな屁理屈を……」

戸田のじいさんとぼくは、同時にさけんだが、この若い男は、「戸田っていうのか、おまえもチェッカーさんも、よけいな口はださないほうがいいんじゃないのかい」と、さとすように言っただけだった。

しかし、まだ十八、九のほんとに若い男なのだ。それに、すごんだり、凶暴な目つきをしたりというのでもない。頭の髪の毛をみじかくした、杉山刑事とは顔だちはちがうが、子供らしい丸顔で、ただ、おどろくほど平然としている。

気があらっぽいから、あらっぽいことをする人間ではなく、この男なら、なんでも、ごくあたりまえのことみたいに、平然とやってのけるのではないか。

ぼくはゾッとして角住組の小屋をでたが、戸田のじいさんは、ほかの仲仕《ステベ》のてまえもあるのか、まだくいさがってるようだった。

いや、戸田のじいさんが、どこかの情報機関への情報提供者だったなんてことより、あの角住組の若い男が、酔いつぶれた戸田のじいさんを、ひっかついでいって、運河のなかにでもほうりこんだというほうが、ほんとうらしい気もするのだ。

しかし、だったら、なぜ、米軍で戸田のじいさんの死体をどこかにやったりするのだろう？

それから四日ほどして、ぼくは夜勤（ナイト・シフト）にいく前に、れいの国鉄の駅の近くの喫茶店で、木川とあった。木川のほうから、あいたい、と連絡してきたのだ。喫茶店のテーブルにむかいあうと、木川はしずかにほほえんだ。

「戸田の死体がかえってきたよ。やはり外傷はなかったが、他殺だった。それがね、このあたりにいるヤクザが、酔ってる戸田を追いかけていって、運河につきおとしてるんだ。久保ってヤクザでね」

「久保！」ぼくはびっくりした。「しかし、どうして、久保が戸田のじいさんを追いかけて、運河につきおとしたんだろ？」

「久保を知ってるのかい？」

「駅前のマーケットあたりを、いつもうろついてるからさ」

「おかしなはなしなんだがね、久保はみょうなことを言ってる。人まちがえで、戸田を運河につきおとしたんだ」

「人まちがい？」

「うん、あの晩、国鉄の駅の改札を、キップなしで出ようとした者がいたので、改札の駅員がとめると、その男が駅員をなぐった。それで、久保が駅員をたすけにかけつけると、久保も、その男にパンチをくらって、ひっくりかえった。それで、駅員と久保と駅前の交番の警官もいっしょに、北波止場《ノース・ピア》のほうに逃げていくその男を追いかけたが、見失ってしまった。

ところが、あきらめて引きかえそうとしたとき、北波止場《ノース・ピア》への貨物の引込線の操車場のそばの草むらにかくれてる者を見つけ、久保が近づくと、逃げだしたので、てっきり駅員と自分をなぐった男だとおもい、追っていき、運河のところで、追いついて、つかまえようとし、もみあってるうちに、相手が運河のなかに落ちたというんだ。ところが、それが人まちがいで、戸田だったというわけさ」

冗談じゃない。それじゃ、戸田のじいさんは、ぼくの身がわりに、運河につきおとされたことになる。

しかし、北波止場への貨物の引込線の操車場と言えば、あの夜、戸田のじいさんが飲んでいたという駅前のマーケットからは、かなりはなれた場所で、まわりには、戦災にあったままの残骸の廃屋がぽつんぽつんあるぐらいで、ほんとに、なんにもないところだ。そんなところで、夜おそく、戸田のじいさんは、いったいなにをしていたのか？

それに、戸田のじいさんは、すくなくとも六十歳はすぎていて、ぼくは二十九歳だ。いくら、夜のくらい場所だとはいえ、戸田のじいさんを、このぼくと見まちがえるようなことがあるだろうか。

これには、もっとウラがあるのではないか。それでおもいだしたが、角住組のれいの雨降り手当の一件の若い男と久保が、駅前のマーケットの飲屋で、いっしょに飲んでいたのを、なんどか、ぼくは見ている。そして、久保は、自分よりはかなり歳下の角住組の若い男に、いつも、へんにぺこぺこしていた。

久保は、あの角住組の若い男に、戸田のじいさんをどうにかするように言われていて、前から、戸田のじいさんをねらっていたのではないか。

あの夜、久保がぼくを追いかけてきたのは、ぼく自身がよく知っている。だが、久保は人気のないところで、偶然、戸田のじいさんにぶつかり、これはいいチャンスだ、と戸田のじいさんを追いかけ、運河につきおとした。戸田のじいさんだって、ぼくとまちがえられたのなら、なにかカンちがいをしているんじゃないかみたいなことを、久保に言っただろう。そうすれば、久保も人まちがいに気がつく。だが、このとき、久保がねらってたのは、戸田のじいさんで、だから、戸田のじいさんも逃げ、久保に運河につきおとされ……なんてことかもしれない。人まちがいで、運河のところまで、追っていき、もみ合っているうちに、戸田のじいさんが運河におちた、ということだと、久保の罪はうんと軽くなる。

それはともかく、久保のために、戸田のじいさんが運河に落ちたことは、本人も自供し、目撃者もあるらしいのだが、そんなふうにして死んだ戸田のじいさんの死体を、米軍のある筋で、いそいで、どこかにもっていったというのは、どういうことか?

しかし、これも、ぼくが、米軍基地で、不意にクビになったときのことをおもうと、わからないことはない。ぼくは、とつぜんクビになり、三分以内に基地の外にでるように言われた。これは、前にもその基地であったことだが、スパイが発見されたときの処置なのだ。そして、ぼくがスパイなんかではなく、また、だれかに基地内の情報などを提供したこともないのは、ぼく自身がよく知っている。

　だが、ぼくは釈明の機会もなにもなく、クビにされ、基地外に強制的につれだされた。戸田のじいさんの水死体が北波止場《ノース・ピア》のC岸壁《バース》で見つかったときも、米軍のどこかの筋で、ちょいとしたカンちがいをやったのではないか。また、どこの情報機関でも、慎重すぎるためか、逆に、よくまちがいをするようだ。

爆弾は爆発しないというおしゃべり

「バクダンはいけない。バクダンはダメだ」

「だって、つい今まで、バクダンでいこう、バクダンでドカーンと、と言ってたじゃないか」

「おれはバクダンはきらいじゃないよ、小銃でねらったりするより、バクダンでドカーンとやったほうがいい」

「射撃がうまいやつなんて、ロクなのはいねえもんな。たいてい、ちゃっかりしてさ」

「ちゃっかりか、しっかりかしてないと、ちっこい的に弾丸《たま》なんかあたらない」

「それで、バクダンのどこがいけないんだ？　はなしもおもしろかったのに……」

「はなしとしてはおもしろい。バクダンっても、ま、一〇〇ポンド爆弾だな。一ポンドは四五〇グラムぐらいか。一〇〇ポンドで、四五キロ。四五キロでも重いぜ。バクダンは鉄でかたいもんな。かたいものは重い。四五キロの女が、しなっと背中にのっかかってるのとはちがう。しかし、一〇〇ポンドよりちいさな爆弾はない。一〇〇ポンドのつぎは二〇〇ポンド爆弾だが、これは、もう、手でもったり、肩にかついだりはできない。できないけど、おれも三原基地でやったけどさ。ウインチのついたM17なんてトラックがまだなくてね。なん人かで、どっこいしょ、とトラックのうしろにくっつける筏みたいなものに、バクダンをのっけてよ」

「そんで、その一〇〇ポンドの爆弾をアメ公の爆弾置場から盗《ぎ》ってきて……チャンチャンコだろ？　おもしろいじゃないか」

「だから、はなしとしてはおもしろい。一〇〇ポンド爆弾は、ちょうど赤ん坊ぐらいの大きさだから、背中にくくりつけて、チャンチャンコをかぶせ、爆弾のつまり弾頭には、毛糸で編んだ正ちゃん帽をかぶせる。ここで、ちょっとヤクなことがある。なにしろ、爆弾だろ。赤ん坊じゃねえんだ。重いんだよ。いくら、爆弾の上にチャンチャンコを着せ、正ちゃん帽をかぶせても、ずしっと重そうなのが、警官《ポリコウ》にわかってみろ。あ、こいつは、赤ん坊をオンブしたふりをしてるが、闇米だな、とおもわれちまう。そして、しらべられたら、闇米より、もっとわるい。爆弾だ」

「しかし、爆弾は経済統制令にはひっかからねえぜ」

「バカ、そんなふうに、はなしのおもしろさに、自分でのっちゃいけない。おれは、実際問題としてしゃべってるんだよ。たとえば、爆弾を背中にくくりつける、と口で言えばかんたんだが、爆弾を肩にかつぐようなわけにはいかない。肩にかつぐのは、つまりは肩の上にのっけるんで、爆弾の重さをささえる底がある。ところが、背中にはそんな底はない。背中にオンブされた赤ん坊は、足はぶらーんと下にさがってる。背中にくりつけた爆弾が、あるいてるうちに、その重みで、ずるずる、おちてきたら、どうする」

「そうか、背中にしょった爆弾がずっこけておちたら、玄東会の事務所に殴り込みをかける前に、爆弾をもってるこっちがドカーン……」

「ところが、実際には、そうはいかないんで、バクダンはダメだ、と言ってるんだよ」

「どういうこと?」

「ドカーンといかないんだよ、バクダンは」

「ドカーンと爆発するから爆弾だろう」

「まず、まちがっても爆発しないね」

「だったら、爆弾の意味がねえじゃないか。爆弾の意味がない爆弾なんかあるもんか」

「爆弾の意味か、うん、すべて存在するものには意味があるのではなく、意味があるから存在してるってスジだな。神が天地をつくったから、天地はある、っていうのもおなじか。ヨーロッパ流の考えかたのもとには、たとえ無神論者でも、そういうのがある、という人もいる。だから、さいしょに、神がでてくるとヤバいんだよ。神はある、だから、と説明しちまうんだな。説明ってのは、合理的でなきゃいけないしね。イエスは、まず神はある、だから……なんて説明はしてないとおもうんだ。ま、常識的なところで、ヨハネによる福音書の第一章・一節の、はじめに言《ことば》があった、でいいんじゃないの。言《ことば》はイエスだろうが、聖霊もあるもんね。わかりもしない聖霊のことを言うのはバカみたいだし、また、聖霊のことを言うと、わらわれるけど……」

「爆弾が爆発しないって？」

「うん、信管がないと、爆弾は爆発しない」

「爆弾には信管はついてないのか」

「爆弾を投下する前に、たとえば、ヒコーキのなかで信管をつけるんだよ。ふつう、そこいらにおいてある爆弾には信管なんかついてない。信管は、英語でフューズという。ほら、電気のヒューズとおんなじさ。導火線もフューズじゃないかな。じつは、おれも爆弾に信管をくっつけたことはないんだ。おれが米軍の三原空軍基地にいたときも、B29爆撃機まで爆弾や信管、機銃弾なんかをはこぶだけでね。さっきも言ったように、信管はヒコーキのなかで、爆弾にくっつけるんだ。これは、信管専門のアメ公の兵隊がやって、ニホン人の労務者《レーバー》なんかにはやらせない。だいいち、ニホン人はB29爆撃機にはのせないよ。ところが、おれの仲間《ダチ》で、B29爆撃機にのって、朝鮮までいっちまったやつがいてさ。B29爆撃機があるハード・スタンドまで爆弾をはこんで……ハードってのは、かたいってことだろう。スタンドはスタンドか。B29爆撃機は、滑走路のむこうのほうの、ひろい地域に、ぽつんぽつん、おいてあるんだが、そこだけ、地面がコンクリートでかたくしてあるから、ハード・スタンドかな……ところが、こいつはサボって、B29のなかの爆弾をいれとくところにもぐりこんで、バクダンのあいだで寝ちまった。夜なんだよ。暗いだろう。だれとだれが、トラックにのって、そのハード・スタンドに爆弾をはこんだか、なんてわかりゃしない。でも、あとになって、あれ、あいつがいない、あいつ、前から、B29のなかにもぐりこんで寝るクセがあったから、今夜もそんなことじゃないか、とさわぎだした。労務者《レーバー》の班長が、とりあえず、夜勤の下士官《サージャン》に言い、下士官《サージャン》はだれかに報告して……そしたら、やっぱり、そいつはB29の爆弾室にいたんだ」

「その男は、どうなった？　バクダンといっしょに、朝鮮に投下されたのか？」

「おまえは、はなしをおもしろくしたがっていけないよ。はなしをおもしろくするためには、人ひとり殺してもいいのか」

「バクダンを落されたほうだって、人が死んだり、ケガしたりするんだよ」

「ともかく、そのB29爆撃機は、途中でひきかえしてきた」

「それだけ？」

「それだけさ。ほかに、どうなる？」

「そのはなし、ちょっとおかしいな。B29爆撃機は高いところをとぶんだろ。たとえ真夏でも、すごく寒いとおもうんだ。第二次大戦で、イギリスの情報部員がドイツの秘密新型爆撃機にもぐりこむ映画を、このあいだ見た。ドイツの新型爆撃機が特殊爆弾をつんでいて……ま、原爆の親類みたいな爆弾なんだが……それに時限爆弾を仕掛け、爆撃機がドーバー海峡をこえる寸前に、空中爆破させるっていう映画だ」

「そのイギリスの情報部員は？」

「そこなんだよ。うまく、ドイツの秘密新型爆撃機にもぐりこんだが、高度にあがったんで、寒くってしょうがない。厚い毛皮のジャケットなんかきてるけど、眉がまっ白に霜をふいてきたりしてさ。なんとか、時限爆弾は仕掛けたが、からだがカチンカチンに冷凍人間になってしまい、パラシュートで脱出するはずだったのができず、その爆撃機といっしょに、ドカーン……。しかし、ロンドンの街は、ナチの秘密兵器の特殊爆弾による全滅はまぬかれたってわけ。おまえの仲間《ダチ》だっていう、Ｂ29爆撃機のバクダンのあいだで寝てた男は、凍傷でやられるとか、寒さでおかしくなったりしたのかい？」

「うーん、そりゃ、寒かっただろうなぁ」

「ほらね、きた、嘘《トン》ついてる、ほんとに、おまえは、いつも嘘《トン》つき、嘘《トン》つき、トントン、ツキツキだ」

「嘘《トン》じゃないよ。そいつは、おれの班の男だもの」

「それも嘘《トン》。おまえの班の男なんかじゃない。だから、そのはなしは嘘《トン》」

「ほんとだよ。おれの班の男じゃないけどね。このはなしはほんと。ほんとにあったことが、ウソになるかよ」

「おまえの真似をして、屁理屈をこねると、おまえは、ほんとにあったことを、ウソと言うのか、みたいな言いかたをしたほうがいいんじゃないの。それと、ほんとにあったことが、ウソになるかよ、というのは、すこししかちがわないみたいだけど、うんとちがう」

「まてまて、爆弾を投下する前に、Ｂ29のなかで、爆弾に信管をとりつけるだろ。その作業はB29の爆弾室でやるはずだ。だったら、そいつが寝ていたB29の爆弾室は、冷凍人間になるほど寒くはなかったんじゃないか」

「しかし、B29爆撃機は空の高いところをとんでるんだろ。寒いよ。それとも、爆弾がおいてあるところが暖房になってるのか。暖房つきのバクダン室ね。あー、おもしろい」

「このはなしは、ほんとだってば」

「おれが松山航空隊にいたときな。ビールを飲もうってことになったが、戦争中のことだし、ビールが冷えてないんだ。それで、隊長に、ちょっと、ビールを冷やしてまいりますって、ゼロ戦にのって、ピヤーっと高度千メートルぐらいにあがると、もう空気がつめたい。そして、ビールを冷やして、おりてくる。な、それぐらい、上空は寒いんだ」

「そのヒコーキでビールを冷やすはなしね、もう古いし、松山航空隊だけのはなしではないんだ。第一次大戦のころからあるんじゃないの。それに、おまえがゼロ式戦闘機にのったのかい？　おまえも、嘘々《トントン》ツキツキの嘘《トン》つきじゃねえか。おまえは少年航空兵のヒヨッ子だろ。ゼロ戦なんかにのれるわけがない。だいいち、そのころ、松山航空隊にゼロ戦があったのか？」

「あったさ。ありましたよ。おれだってヒコーキにはのってるんだ。ほら、この足の傷。これは、着陸のときの事故でやられたんだ」

「その足の傷だけどよ。もう、なんども、おまえは見せてくれたが、どうもおかしいんだよな。右足のうしろの、ふくらはぎのところから踵のほうへ、吉村平吉さんも、まるっきりおなじところに、幅もおなじ傷跡がある。吉村ヘイさんの傷は野戦での負傷で、中国の湖北省にいるときに、P51戦闘機の機銃掃射でやられた傷だそうだ。吉村ヘイさんは、戦車師団の補給自動車部隊の主計の下士官だった。補給部隊の主計の下士官といえば、糧秣の横流しとか、わるいことのしほうだいみたいだが、ヘイさんは、ぜんぜんそういうことはしなかったらしい。もっとも、主計の下士官でも、乙幹（乙種幹部候補生）の下士官だけどさ。ともかく、部隊の物資の横流しどころか、ほとんど、女とも寝てないそうだ。ほとんど、というのは、ヘイさんは兵隊にとられる前は、女と寝たことはなく、中国で一度か二度、女のところにいったらしいが、ま、ヘイさんとしては、なんだかはっきりしない気分で、あれでも、やったうちにはいるんでしょうかねぇ、とヘイさんは言うんだ。ポンヒキでも有名だったし、あれこれ、女にはくわしいヘイさんがだよ。ま、それはともかく、主計の下士官のヘイさんが、中国でP51戦闘機の機銃掃射でやられた傷と、少年航空兵のおまえがどこの航空隊だかしらないが、着陸事故でつくった傷が、右足のまったくおなじ場所ってのは、どういうことなんだい？　傷の場所がおなじなだけでなく、傷の大きさ、傷の幅、傷の長さまで、ぴったりおなじなのは、どうも、うさんくさい。ほら、見ろ、傷跡の肉膚の色っていうか、マチエールまで、まるっきりおんなじだ。飯を炊いてるときに、ふきこぼれておねばがでるだろ。あのおねばが釜にこびれついて、かわいて、しろくてろっとひかってる、あんなぐあいだもんな。それとも、鱧《はも》の腹の下のあたりの感じか……傷跡のマチエールまでおんなじでやがる」

「なんだか、ヘイさんの機銃掃射の傷はホンモノだが、おれの着陸事故の傷は偽みたいじゃないか」

「だって、ふたりのニンゲンの傷の場所から大きさ、色とマチエール（肌ぐあい）までおんなじっていうのはあり得ないよ。同一のものが、ぴったり同一にかさなる……アイデンティティっていうのか……のはわかる。また、もともとおなじものが、ぴったりおなじというのは、あたりまえのことだけど、それがぴったりかさなるところに感激があってさ。自己同一のよろこびというのは、たいへんなよろこびで、これこそ、よろこびのなかのよろこびみたいなもんだろうか、そんなはなしはあんまりしないな。ともかく、あたりまえのことのくりかえしだが、同一のものだけがおんなじで、ちがったものがおんなじってことはあり得ない」

「もし、おんなじように見えたら、それは、おなじように模写したイミテーションで、やはり、おれの傷は偽《ガセ》って言いたいのか。たとえば、ヘイさんの野戦の負傷を真似して、おれが右足のおなじ場所に、おなじような傷をつくったとか……。それだって、傷がなおって、つまりは傷跡にならなきゃ、おまえが言う傷跡の色やマチエールは、どうなるかわからない。おれの着陸事故のときの傷と、ヘイさんの機銃掃射をされたときの傷が、そっくりおなじなのは、ただの偶然さ。そんなものが偶然っていうんだよ」

「おまえ、偶然って気安くしゃべるけどね。偶然とよばれるものが、なんの疑いもなく、ごく当然のこととしてあるんじゃないよ。偶然っていうのは、あるものの考えかただ。そりゃ偶然だ、ヘイさんの足の傷と、おまえの足の着陸事故の傷が、場所からなんから、まるっきりおんなじなのは、偶然です、というのは、そんなふうに説明すると、納得したような気になるのにすぎない。偶然というのも仮説だよ。この世界に、偶然という、ゆるぎない、自明の法則があるのではない。偶然というのも、そういう考えかた、ひとつの仮説だ」

「それで、おれの足の傷跡と、ヘイさんの足の傷跡は?」

「そんなことは、どうでもいい。いや、ちょっと、偶然ってことに、ひっかかったもんだからさ。だいたい、偶然でもなんでも、この宇宙というか世界ぜんたいを律してる法則……偶然なんかは、つまりは非法則的な法則だけどさ……みたいなものがあるとおもうのが、おかしい。ところが、そうきめつけるのも独断で、世界には法則があるという法則信仰とおなじように、これも法則ぎらいの信仰か。なにかが存在するのは、存在するものはすべて、意味があるから存在するというのも、法則信仰のうちかな。どうも、この理屈は、屁理屈のうちでも幼稚っぽい」

「めずらしく、反省してるんじゃないの。バクダンも、信管がついてないと爆発しないってはなしは?」

「ああ、そのはなしをしてたのか。信管が故障してるか、爆弾を投下したときに、信管がはずれたときなんかも、爆弾は爆発しない。それが不発弾だ。おれが米軍の三原基地の爆弾置場《バンプ・ダンプ》にいたときも、不発弾を掘りにいったよ。三原基地はもとは日本陸軍の航空基地でね。基地のむこうの林のなかに、基地防備の高射砲隊がいたらしい。そこに、米軍機が爆弾をおとしたんだな。そのなかに、不発弾がいくつかあって、土のなかに埋まってるという。二メートル半、三メートルぐらいあったかな、さきがとがったほそ長い鉄の棒をわたされてよ。なにをする鉄の棒かとおもったら、その棒を土のなかにさしこんで、コチン、とかたいものにさわったら、そこいらをつっついて、不発弾をたしかめ、掘りだすんだってさ。みんなブルっちゃってよ。だって、不発弾だろ。信管ははずれてるかもしれないが、まだついてるかもしれん。そんな信管を、鉄の棒でモロにつっついたらどうなる。アメ公の兵隊だって、なんだかんだって逃げようとするし、ゲロする者もいる。ところが、おれは、フーセンってあだ名の軍曹《サージャン》に泣きつかれてよ。この軍曹《サージャン》はアドバルーンみたいな大デブでさ。椅子には腰かけられるが、タタミの部屋じゃ、大デブすぎて、すわっていられない。だから、タタミがしいてあるところでは、いつも、よこになってるんだ。それに、あんなにデブになると、性欲もなくなるらしい。もっとも、たった一度だけ、おれとおなじ家にいた女と寝たよ。その女がすごくいろんなことをやるんで、おわった気になった、と言った。おわった気になったというのが、おかしいよなぁ。その女はほかの軍曹《サージャン》のオンリーでさ。鶏ガラみたいにやせっこけた、ちっこい女でよ。あの女、フーセン軍曹《サージャン》のでっかい腹の上に、蟬みたいにとまって、なにをやったのかなぁ。ともかく、そのフーセン軍曹《サージャン》とおれとは友達《ダチ》で、フーセンの野郎に泣きつかれ、おどかされて、鉄の棒をもたされちまった。フーセン軍曹《サージャン》は、れいのノルマンディー上陸作戦の日の二日前に、ドイツ軍の後方に、落下傘で降下したんだってさ。あの大デブが落下傘で降下なんて想像もできないけど、もちろん、そのころは、まだやたらには肉がぶらさがってなかったんだろう。デモリション・ユニット……爆破部隊なんだよ。連合軍の上陸がはじまるといっしょに、ドイツ軍のうしろのほうで、橋やら鉄道やら道路を破壊するってわけさ。フーセン軍曹《サージャン》は、爆破の専門要員で、空軍《エア・フォース》になってからも、ずっと、それをやったんだな。土のなかに埋ってる爆弾を掘りにいったりする爆発物処理も、デモリションの係りがやるんだよ。もっとも、いつも、そんな仕事があるわけじゃないけどさ。みんなブルって、逃げちまって、フーセン軍曹《サージャン》とおれが長い鉄の棒をもって木がまばらにはえてる木立のなかの土を、ぶっ刺していくわけだけど、フーセンの野郎は、なんにもしないで、椅子にすわってても、ふとりすぎて、ハァハァ息をしてるようなやつだろう、それで、女ともできないのかな。ならんで、鉄の棒で土をつっついてまわってても、やつはフウフウ、おくれてしまうんだ。だから、おれがひとりで、先頭みたいになっちまってよ。そのうえ、フーセン軍曹《サージャン》は、やたら小便をしだした。アドバルーンに足がはえたような足で、ちょこちょこ、よこのほうにはしっていっちゃ、小便をしてやがる。その小便の色が、だんだんきいろっぽくなり、しまいには、橙色に見えてきた。小便だって、なんどもやれば、そんなにはでない。フーセン軍曹《サージャン》のやつ、きいろい小便を、ちょろっとたれて……おかげで、おれまで小便がしたくなったよ」

「不発弾はでてきたのか？」

「ああ、二五〇ポンドの爆弾が三発。それがおかしいんだよなぁ。三発、掘りだして、それでおしまい。まだ、たくさん不発弾が土のなかに埋ってるというんだがね。それで、だいぶおこってたそうだ」

「だれが？」

「そのあたりの土地をもってる者か、近くの農家の連中かな。しかし、おれたち、不発弾を掘りだすほうの身になってみろ。三発、不発弾をつきとめ、それを掘りだしたが、これは大成功だ、と爆弾置場《バンブ・ダンプ》の隊長の中尉さんも言ったぜ。鉄の棒で、さいしょに、土のなかの不発弾をカチンとやったのは、おれでさ。おれは、腕の力がなくなるというより、おれが鉄の棒をにぎってる、指、手、手首、腕、それに長い鉄の棒も、ふっと消えちまったような気がした。だいたい、おれは、なにかひどいことや、おそろしいことにぶつかると、びっくりしすぎるのか、ぼんやりしちまうんだ。このときも、カチン、ゾッと、と同時に、鉄の棒も、それをもったおれの腕もふっと消えたみたいに、ついでに、頭のなかもぼんやりからっぽになったみたいにおもってた。ところが、おれの両足が、両足そろって、地面の上にうきあがった、という者もいてさ。顔も、とたんに血の気がひいたんだろう。ニンゲンの顔の色でも、密殺した豚の腸を川であらうとき、腸のきれっぱしが水のなかの石にひっかかって残り、しろくあらい晒されたようになっている、そんなしろさでもなく、ほんとに、紙みたいに白くなったそうだ。ま、おれ自身は、ただぼんやりなったつもりだったが、やはり、ぎくっ、としたのかな。フーセン軍曹なんかは、木のうしろの地面につっぷしてさ。まばらな木立で、そんな木のうしろにふせたところで、たいした役にもたちそうにないけど、あの大でぶでぶのフーセン軍曹が、それこそ風船をころがしたみたいに、パッと地面にふせた、と、あとで、おれたちは、その真似をしてわらった。木立のなかの、土のやわらかなところで、フーセン軍曹は作業服から顔まで泥んこになってさ。

じつは、もっとこわいことがあってね。三原基地ではたらきだしたころだ。朝鮮戦争がはじまって、三原基地の爆弾置場《バンプ・ダンプ》で、たくさん、労務者《レーバー》やトラックの運転手を募集した。それまでは、バンブ・ダンプの日本人労務者は十人ぐらいだったらしい。それが、いっぺんに、労務者《レーバー》は四〇〇人、運転手も八十人ぐらいにふえた。おれも、そのとき、労務者《レーバー》になったんだ。バンブ・ダンプは、基地のいちばんはしのほうで、そこだけが、ほぼ円形に、まわりの農地のなかにつきでてた。円周が二キロ半ぐらいあったかな。バンブ・ダンプから、B29爆撃機がいるハード・スタンドに爆弾をはこぶのには、一本道をやってきて、左のほうに、ほんとにUの字型にまがる。そこが、長い滑走路のはしで、その滑走路のはしを、ぐるっと、Uの字に道がまわってるんだ。風向きのかげんか、B29爆撃機でも、ほかの米軍機でも、たいてい、こちらのほうから着陸してくる。そして、降りてくる米軍機があると、Uの字にまがったところの途中で、トラックはとまることになっていた。ヒコーキが降りてくる真下にトラックがいると、着陸のじゃまになるとか、危険だとかきいたが、ま、危険だろう。ヒコーキが滑走路のはしまで降りてきたときは、もう、頭のすぐ上ってこともあったからね。そのときも、夜だったが、B29爆撃機が降りてきてたんだけど、そばにくる前に、それこそUターンできるかとトラックを運転してたレッドのやつはおもったんだろう。さっきも言ったように、朝鮮戦争がはじまったばかりで、昼、夜なしに、やたら、仕事をいそがされてたからさ。しかし、仕事をいそがされて、アメ公の兵隊のなかには、銃の台尻で……あのころは、兵隊はみんな銃をもってたなぁ……おれたち労務者《レーバー》の尻を追いまわすやつもいたけど、だからって、爆弾をはこぶトラックがストップしなきゃいけないときには、ストップすりゃいいんだよ。ところが、運転手ってのは、ハンドルをもって、クルマがはしりだしたら、いや、ニホン人の運転手でも、ハンドルをもって、クルマがはしりだしたら、もうとまりたくないんだよなあ。滑走路のはしをUの字にまわってるところを、トラックはスピードをあげて、とおりぬけようとした。ところが、B29爆撃機が、どこまで近く降りてきてるかわからなかったせいもあるけど、Uターン道路のUの字の底をまわるとき、B29が、ど頭《たま》のま上に、ガーっとおりてきて、そのとたん、三〇〇ポンドの爆弾がとびだした。前にもはなしたように、朝鮮戦争がはじまったころには、爆弾を吊りあげたり、さげたりするウインチがついたM17トラックなんてのはなかった。だから、トラックのうしろに、縦が三メートルか四メートル、横幅が二メートルぐらいの筏みたいなものをくっつけて、それに爆弾をのせてたんだ。こいつは、地面すれすれぐらいに低くて、テコなんかつかって、爆弾をころがして、のっけやすいかわりに、トラックがはしってるときなどに、爆弾のほうもとびだしやすかったってわけさ。おまけに、トラックは速力をだして、文字通りのUターン・カーブをまわりかけている、そんなことで、三〇〇ポンドの爆弾がころがりでた。おれたち労務者《レーバー》は、五、六人でトラックの荷台にいたんだが、ひやっ、と声をだしたかどうか、荷台の床に伏せた。こわい、って気持もなかったたな、と、あとで、みんなは言ったけど、ま、あんなにこわいことはなかった。

目のまえがまっくらで、頭から顔がじぐじぐ濡れている。しかし、痛みはないようなんだな。雨が降ってる夜だったんだよ、おれのからだの上に、スージィ・オジさんが、かさなっててさ、スージィってのは女の名前だけど、このオジさんはスージィというあだ名でね。南米のポンチョみたいな米軍の雨合羽を着ていて、それが、おれの頭や顔に、ばっさりかさなってたんだ。これも、あとになってのはなしだが、爆弾がとびだした瞬間、スージィ・オジさんは、爆弾が破裂するものすごい音をきいたと言うんだよ。すると、いや、おれもきこえたってやつが、ほかにも二人いてさ。耳がガーンとして、しばらく、なにもきこえなかったというんだよ。おれは、爆弾が破裂する音はきこえなかったけど、はじめて、生きてるとわかったのは、トラックを運転してたレッドって兵隊に、尻をけとばされたときかな。赤毛の若い兵隊で、それでレッドなんてつまらないニックネームがついてたんだが、気がみじかい男だったけど、ニホン人の労務者《レーバー》の尻を、ふざけてではなく、真面目にけとばすようなことはなかった。レッドはトラックをとめ、荷台につっぷしてるおれたちに、はやく、爆弾をひろってきて、あの筏みたいな……あれも、トレーラーって名前だったのかなぁ……やつにのっけろ、とどなったが、おれたちは顔もあげない。それで、レッドはトラックの荷台にあがってきて、またどなったけど、それでも、おれたちがトラックの荷台の床にはいつくばってて、レッドの声もきこえないようなので、レッドはおれたちの尻をけっとばした、なんてところじゃないかな。レッドにすれば、あせってるわけよ。トラックが滑走路のはしをまわってるときに、爆弾がころがりでた。また、ごていねいに、爆弾は滑走路にころがった。はやく、爆弾をひろいあげて、いっちまわないと、叱られるってわけだ。いや、おれも、レッドに尻をけとばされるまで、そばでどなってたレッドの声がきこえなかったんだから、爆弾が破裂した音がきこえたような記憶はなくても、耳がじーんとしてたんじゃないかな。それぐらい、みんなキモをつぶしたってことよ。それに、爆弾は筏トレーラーからとびだしても、一応は爆発しなかったが、まだ、おれたちは爆弾のそばによるのがこわくてね。ま、こんなふうに、爆弾は爆発しないものだ、信管がくっついていて、それがうまく作用しないと爆発しないってことが、だんだん、わかってきたんだ。信管は木の箱にはいっていて、爆弾とはべつにはこぶ。おいてあるところだって、信管は、屋根も壁もある小屋のなかで、小屋の入口のドアには錠もかけてある。爆弾は、周囲二・五キロぐらいの、擂鉢をふせたような山……そんなに、まとまったかたちではなくて、山もひとつかな、ふたつかな、いくつかあつまってたか……の裾の谷あいみたいなところに、野《ぎ》ざらしでころがってる。だから、爆弾は盗《ぎ》りやすいと言ったんだよ。だれも、爆弾なんか盗るものはいないからさ。とにかく、爆弾は爆発しないものだとわかってきて、おれたちも横着になったんだな。爆弾を吊りあげたり、さげたりするウインチがついたM17トラックが、もう一つあったときだが、爆弾をつんで、ハード・スタンドにいって……ハード・スタンドには、いつも、B29爆撃機がいるとはかぎらない。そこのB29爆撃機が爆撃にいってるか、どこかにでかけてるか、留守をしてることもおおい……爆弾をおろすときに、いちいち、ウインチで吊りさげるのがめんどくさい、どうせ、爆弾は破裂しやしないんだってんで、トラックの荷台から爆弾をころがしておとしたことがあった。そしたら、ハード・スタンドにいるアメ公の兵隊がふっとんできてよ、どなるんだ。それが、なんてどなってるかというと、ハード・スタンドのコンクリートがこわれる、となってるんだな。おかしくって、爆弾をおとしたら、コンクリートがこわれる、ってジョークになったよ」

「そのときも、おまえはそこにいたのか」

「ああ、さいしょに、爆弾を、トラックの荷台からころがしておとしたのは、おれじゃないかな」

「おまえ、いつでも、そこにいるんだな。滑走路のはしで、爆弾がとびだしたときも、おまえは、そのトラックにのってたんだろ。どこかに、不発弾をつきとめて、掘りだしにいったときは、おまえは、不発弾さがしの先頭にたってる。おまえね、なにも代表になることはないんだよ。ナポレオン本人はナポレオンだからしかたないけど、それだって、代表になって、なんでも、ナポレオンがしたことにされちまってる。まして、おまえは、一兵卒なんだ。ナポレオン軍にいるからって、ナポレオンのつもりになっちゃいけない。だいいち、ナポレオン軍ってのさえあやしい。ナポレオン軍って、なんだよ。ナポレオンが、それこそ、そこに隊長でいるわけでもねえんだろ」

「だれでも、なにか言うときは、ナポレオンになっちまうんだよ、ナポレオンにならなきゃ、なんにも言えない」

「ナポレオンだって、ナポレオンみたいなことをしゃべり、ナポレオンみたいなことをしたから、ナポレオンになった、というのはわかるよ。それも、ナポレオン的要素があつまって、ナポレオンになったなんてことではなくてね。しかし、このおれがナポレオンかよ？　おれは、ナポレオンでなくて、けっこう」

「ナポレオンでなくてけっこうでも、なにか言うと、ナポレオンになっちまうんだ。ただ、強いナポレオンか弱いナポレオンかのちがいでね。ま、そういうスイートな議論はあとまわしにして、くりかえすけど、爆弾は信管がうまくはたらかないと、ぜったいに爆発しない。神奈川県の山のなかにも、不発弾を掘りにいってね。いや、このときは、おれはいかなかった。フーセン軍曹《サージャン》もいかなかった。ほんとに、山のなかで三十人ほどの労務者《レーバー》が、一カ月ぐらい、近くの農家に寝泊りして、掘ったんだ。この三十人ほどの労務者《レーバー》は、爆弾置場《バンプ・ダンプ》のなかで募集したんだが、ぜひいかせてくれと言ったのが、これまた、山のなかの農家のオジさんたちでさ。国鉄の支線の田舎の駅から、また、はるばる、山のなかにはいったようなところの百姓というか木こりか炭焼きか、そういうオジさんたちなんだよ。だから、山のなかにいるのも平気だし、そこに寝泊りしてれば、長い時間をかけて通勤しないですむってわけさ。若くて、遊びたい連中なんかは、なにもない山のなかの農家に、一カ月も寝泊りしてはいられない。三十人もの人数だから、もちろん、なん軒かの農家にわけて泊ってる。それが、一軒、一軒、サービスがちがうらしいんだな。ちがうと言っても、ほんのちょっとしたちがいだろうが、それを、おれが泊った家は、晩飯には、ちゃんと目刺ぐらいはついて、なんて威張るオジさんもいれば、自分のところのサービスはわるかったと恨んだり、おこったりするオジさんもいる、また、おまえの家には若い娘がいたな、なんてほかのオジさんがうらやましがったり……そんなはなしを、作業からかえって、一年もたって、まだ、オジさんたちはしゃべってるんだ。いや、二十年たっても、三十年たっても、しゃべってるかもしれん。なにかしゃべると、すぐ、ナポレオンになっちまうけど、それが、なんどもしゃべってるうちに、ますます、ナポレオンっぽくなるのか。それにしても、そんな神奈川県の山のなかの、まわりにはなんにもないところに、どうして、アメリカの爆撃機はバクダンをばらまいていったんだろう。もっとも、よくあることだけどさ。よくあることというのは、なにか共通するわけか気まぐれがあるのか。そんな共通のわけか気まぐれで、なんにもない山のなかでなく、人家が密集したところに爆弾をおとされたら、どうなるか。どうなるか、なんて言ったら、おこられるな。これも、よくあったことだろう。いや、神奈川県の山のなかの、不発弾を掘りだす作業は、とっても危険だったそうだ。不発弾だから信管もついてるかもしれず、だったら、爆発する危険もある。しかし、そんな危険ではなく、不発弾が土のなかに深くめりこんでいて、それを掘りだすのには、深い穴を掘らなきゃいけない。いちばん深いところにあった不発弾は、三五メートルも、土の下だったってさ。三五メートルの高さのビルっていえば、かなり高いビルだぜ。そんなに深く掘っていくと、かならず、土がくずれてくる。くずれた土で生き埋めになる危険さ。穴ったって大きな穴で、崖くずれみたいなことにもなる。そんなのにぶつかれば、生き埋めになる前に、もう死んでるだろう。おれが言いたいのは、爆弾が土のなかに三五メートルもめりこむというのは爆弾はたいへんな衝撃をうけているわけだ。それでも、爆弾は爆発していない。いかに、爆弾は爆発しないかってことね。おまえが言うように、爆弾は爆発するもので、爆発するとこわい。だから、敵のところで爆発するのはかまわないが、こちらで爆発されちゃこまるから、なかなか爆発しないようになってるんだ」

「しかし、おれたちはバクダンをもって、玄東会の事務所に殴り込みをかけるんだったんだろ。敵の玄東会の事務所で爆弾が爆発したって、ちっともかまわんじゃないか」

「おまえ、なにをきいてるんだ。爆弾だけじゃ破裂しない、と、それを、くりかえししゃべってるんだぜ。信管がうまくはたらかなきゃ、だめだ。おれが三原基地の爆弾置場《バンプ・ダンプ》にいたとき、一度だけ、ほんとにあぶないことがあってさ。どこかから、旧日本陸軍の小銃弾をもってきたんだよ。一〇〇発か二〇〇発、もっとあったかなあ。とにかく、小銃弾だから、たいしたことはないとおもったのか、穴を掘って……二つ穴を掘った……そのなかに、小銃弾をすてたんだ」

「穴を掘って、不発弾を掘りだしたり、穴を掘って、小銃弾をいれたり、いそがしいんだな」

「うるさい。その小銃弾を穴のなかに、ざらざらっとほうりこんだとたん、ダン、ダンときた。穴のなかで、小銃弾が炸《は》ぜたんだよ。ほんとに、炒ってる豆がはぜるように、穴のなかで、小銃弾が、ぴょこん、ぴょこん、炸《は》ぜててよ。というのは、音がしたんで、つい、穴のなかをのぞいて見たんだが、炸《は》ぜた小銃弾が、ぴゅー、と、頬っぺたのよこをとんでいった。

このときは、もうひとつの穴のほうで、怪我したやつもいるんだ。小銃弾はちっこくて、たいしたことはないみたいだが、爆弾にくらべるとおっかないってことが、よくわかったよ。小銃弾は、うしろのほうの薬莢のところは信管も兼ねてるようなものだ。その薬莢の尻《けつ》のところを、銃の撃針がつっつくと、さきっちょの弾丸《たま》の部分がとびだす。小銃弾を穴にすてたとき、ほかの小銃弾のさきが、べつの小銃弾の尻にあたり、撃針のかわりをして、小銃弾が炸《は》ぜたってわけさ」

「やれやれ、おまえ、また、そこにいたのか」

「ああ、ほんとにいたんだから、しょうがない。フーセン軍曹《サージャン》もいた」

「ほんとにというのは、ウソの可能性もあるわけだ。つまり、ホントとウソのある場だな。そういうはなしは信用できなくて、つかれちゃうよ。ホントもウソもない場、そういうはなしはないのかい？」

「バカ、おまえのほうが、それこそ、ウソもホントもない場で、はなしをきいてりゃいいんだ。そうすれば、信用できるとかできないとか、ホントかウソかなやんでつかれるとかってこともない。世間では、ごくふつうにやってることだ」

「ともかく、爆弾は信管がなきゃ爆発しないっていうんだろ。だったら、爆弾といっしょに信管も盗《ぎ》ってくりゃいいじゃないか」

「おまえが盗《ぎ》ってくるのか。野ざらしでころがってる爆弾とちがい、信管は爆弾置場《バンプ・ダンプ》の倉庫にいれてあり、倉庫には鍵もかけている。ま、信管の倉庫の錠もこじあけることができ、倉庫にもしのびこめたとする。しかし、おまえ、おれたちが盗《ぎ》る爆弾の信管を、どうやってさがしだす。それぞれの爆弾のいろんな信管があるんだ。信管の倉庫もひとつじゃない。それにどんな種類の爆弾の信管かは、みんな記号で書いてある。おれだって、そんな記号はおぼえてないよ」

「そんなことじゃ、とりあえず、正月には間にあいそうもないなぁ。爆弾にチャンチャンコを着せて、毛糸で編んだ正ちゃん帽をかぶせ、赤ん坊がわりに、背中にオンブするなんて、正月の風景には似合うとおもったのになぁ」

「雑煮の餅じゃあるまいし、なんで、正月にバクダンがいるんだ」

「いや、玄東会の事務所では、毎年、正月に、各分家や若い衆があつまって、宴会をやるんだよ。そのとき、爆弾でドカーンと……」

「ふうん、そうか。まてよ、信管だけを盗《ぎ》ってくるてもあるな」

「爆弾なしで、信管だけ?」

「うん。信管がないと、爆弾は爆発しないが、爆弾がなくても、信管は爆発する。親がなくても、子は育つようなものだ。おれが三原基地ではたらいてたとき、部屋をかりてた家の近くの川で、中学生が、川のなかにあった信管をいじっていて、それが爆発し、死んだことがある」

「だったら、信管でもいいじゃないか。おれたちは、バクダンって名前にいれこみすぎてたんだ。爆発しない爆弾なんか、バクダンじゃない」

「まてまて、信管は、爆弾とちがい、たしかに爆発はする。しかし、それを、どうやって爆発させるか」

「また、そんなことを言っちゃって……」

「しかたがないよ。おれは信管の箱をトラックではこんだことはあっても、信管を爆発させたこともないし、爆発させる方法もしらない」

「しかし、死んだ中学生だって、信管を爆発させる方法は知らなかったんだろ。信管がどうすれば爆発するか、いや、それが信管だってことを知らなかったからこそ、信管をいじって、信管は爆発し、死んでるんだ。おれたちだって……」

「その中学生の場合、信管をいじっていて、偶然、爆発したんだ。偶然はアテにできない。まして、殴り込みをかけるなんて、いそがしいときに、偶然にはたよれない。つまり、前にも言ったけど、偶然も仮定だが、偶然という仮定をもとにしたシステムは、それをなにかに、応用するとわかるが、すごく複雑なシステムなんだ。複雑すぎて、殴り込みのようなあわただしいものには、応用するのはむりだな」

「やはり、正月には間にあわないか」

耳穴カミソリ

自分のからだをぶん投げられたという感じはなかった。それどころか、からだが浮きあがったのも、気がつかないほどだった。

ただ、瞬間、ぼくのまわりのものがみんな、すごいスピードでうごいた。それは、スピード感さえもないはやさだった。

からだを歩道にたたきつけられた痛みもなかった。事実、ぼくは、歩道にたたきつけられたなんてことではなく、ふわっと、とんでいったのかもしれない。

もちろん、ぼくには、なんのことかわからず、ぼんやり、歩道におきあがった。外国旅行にいくときでも、いつも肩からぶらさげている友人が悪口に言う乞食袋がそのまま肩にかかっているのがおかしい。

通りをななめによこぎって、こちらにはしってくる男がいた。白人の男だった。ショーンだ。

それで、ぼくはおもいだした。ぼくはショーンとならんであるいていた。今、ぼくがからだをおこして、すわりこんでいる、こちら側の歩道をだ。

ところが、ショーンは、むこうから、通りをよこぎって、はしってきている。クルマも混んでいる通りだ。そのクルマのあいだを、ひょい、ひょい、とぬけてくるショーンの顔が、しろく、ちいさく見えたが、映画のコマ落しの画面みたいに、だんだんというより、かくん、かくんと大きくなった。もっとも、大きくなったところで、ショーンの顔は、そんなに大きな顔ではない。からだも小柄だ。

ショーンは、ぼくがすわりこんでるすこしてまえで、足をとめ、壁に手をやった。これは、きみょうな動作だった。

そして、壁から指さきをはなすと、ぼくのところにきた。

「オーケー?」ショーンはたずねた。

「たぶんね」ぼくはこたえた。しかし、なにがオーケーなのだ。

ショーンが指さきでさわっていた壁に穴があいていた。穴は二つで、ちょうど、指がはいるぐらいの穴だった。

ショーンは腕をさしだし、歩道にすわりこんでるぼくを、ひっぱりあげた。小柄な貧弱なからだで、腕もふとくはなかったが、しっかりした力だった。

そして、ショーンは、また、壁にあいた穴のところにいき、胸ポケットから、ほそく、ひらったい金属の棒をだして、かたっぽうの穴につっこんで、その棒を、くるくるまわすようにしながら、そっという動作で、ほそい棒をひきぬいた。

するとなにかがぽろっとでてきて、ショーンのてのひらのなかにおちた。それを、ショーンは、ぼくの目の前にもってきた。

「22だ」とショーンは言った。

「弾丸《たま》か……」ぼくは、ぽかんと口をあけた。「22……口径《キャリバー》？」

「うん。スモール・ワン（ちいさい口径）だ。ヴェリイ・プロフェッショナル……」

ショーンはつぶやいた。とってもプロ的だということだろう。

「でも、どうして？」

ぼくは、ずっとぽかんとしっぱなしだった。ショーンはだまっていた。それは、自分のほうがわけをききたいよ、という顔つきだった。

「おれが撃たれたのか？」

これにも、ショーンはだまっていた。ムッとした表情だったのかもしれない。わかりきったことをきくな、とおこっていたのだろう。

ショーンは足早にあるきだした。ぼくは乞食袋のショルダーバッグをゆすりあげて、ショーンにおくれまいとした。

ここは九竜《クーロン》のロック・ロードだ。前に、ホンコン・ハイヤット・ホテルがある。弾丸《たま》は、ハイヤット・ホテルの車寄せ（ないし車回し）の下のコンクリートの壁にめりこんでいた。

車寄せなんて古めかしい言葉で、ぼくはミステリの翻訳などもやるが、このドライブ・ウェイという言葉を翻訳するたびに、なさけないおもいをする。ホテルの玄関などに、両側から、半円形にまわって、ドライブ・ウェイがあがっていってる、あの車寄せのことだ。だから、車寄せの中央部は道路よりは高く、道路のほうからは壁みたいになっている。

ショーンは、ハイヤット・ホテルの前をとおりこして、トップレス・バーにはいった。このあたりには、なん軒かトップレス・バーがある。ぼくもつづいてはいった。

ところが、ショーンは、上半身ヌードで、乳房のさきに、きらきら金色の飾り玉などをつけたトップレス・バーの女たちの前を、さっさととおりこして、奥にはいった。

奥はちいさな調理場になっていたが、調理場にいた二人ばかりの中国人の男は、不意に、ショーンが奥にはいっていったのに、文句も言わなかったが、こちらを、ふりむきもしなかった。

ショーンとぼくは、トップレス・バーの調理場をぬけ、残飯罐などのある裏にでて、またすぐ、どこかの裏口にはいった。

その裏口はしまっていて、ショーンはノックをしたが、とくべつの合図みたいなノックとはおもえなかった。

そこもバーで、ショーンはどこかに電話したあと、奥のボックスにぼくとむかいあって腰をおろした。中国人の女が二人、こちらにやってきかかったが、マネジャーみたいな男が女をとめて、自分で注文をきいた。

ショーンはビールで、ぼくはジン・ソーダを注文した。マネジャーみたいな男は注文をきき、やはり自分で注文の飲物をもってきた。それだけだ。口もきかないが、ごくふつうに、ほほえんでいる。

　ショーンは、「フー（だれ）……？」ときりだしたが、言葉をきった。だれが、なにを、ぼくにしようとしたのか？　いや、だれかが、ぼくを22口径の拳銃で撃ったのなら、なぜ、そんなことをしたのか？

「フー・アー・ユー？（いったい、あんたは、だれなのだ？　どういう人物なのか？）」とショーンは言いたかったのかもしれない。

　だが、そんな質問は、まるで、へたなスパイ小説のマンネリのセリフのように、ショーンはおもったのだろう。はじめてあったとき、ショーンは、自分は作家《ライター》だと言った。そして、どんなライターなのか、とぼくがたずねると、ごくふつうの小説を書いてる、とこたえた。

「あんたは……」とショーンは言いかけて、ふっ、とわらった。「いや、あんたはギャングじゃないね」

　このギャングは、暴力団のギャングという意味ではなく、ひとつのグループか、仲間といった意味だろう。船のハッチで、二組の沖仲仕《ステベ》がはたらいてるときなども、2《ツー》ギャングはいってるなどという。組織なんて言葉は、大げさで、ショーンは恥ずかしかったのだろう。ショーンだって作家だもの。

「おれは、どこのギャングにもはいってない」

「だけど、あんたを殺そうとしたのは、ちゃんとしたギャングだ。ちゃんとしたギャングのちゃんとしたプロだよ」

「いったい、どうなってるんだろう?」ぼくはジン・ソーダを飲んだ。ジンはゴードンだった。めずらしいジンではない。

「あんた、あんまりこわがっていないね。ほんとに、どこのギャングでもないんだなあ」

ショーンはビールを、ちょっぴり飲んだ。だいたい、あまり飲む男ではない。

「ギャングなら、こわがるかい?」

「ああ、こわがる」

「それで、おまえはギャング?」

ショーンはほほえんだ。「ぼくは作家だよ」

「なにがおきたのか、説明してくれ、おれには、なにがなんだか、さっぱりわからない。わからなきゃ、たとえ、おれがギャングだろうとなかろうと、こわくもなれない」

「しかし、ちゃんとしたギャングの、ちゃんとしたプロが、人ちがいで、だれかを殺《や》ろうとするようなことはない。それに、あの男は、〈ローズ・バッド〉から、あんたを尾《つ》けてきた。それがぼくにはわかってたから、あんたも、こうして、死なないですんだんだがね。でも、ぼくは、どう考えても、あんたはどこのギャングでもないとおもってたから、まさか、夕方のまだあかるいときに、人もクルマも混んでる通りで、あんたを撃ってくるとはおもってなかったんだ。ところが、やつが、とつぜん拳銃をひきぬくようなことをしたんで……」

「おれをつきとばしたのか?」

「ああ、あぶないところだった」

「しかし、おれは、おまえにつきとばされたという感じはなかったな。S・Fの瞬間移動みたいなものだ。おまえの手が、おれのからだにさわったのもわからなかった。空気投げだよ」

「空気投げ？」

ショーンはききかえした。ぼくは、投げるという言葉に、シュートという英語をつかった。

「相手のからだに、さわりもしないで、相手のからだをぶん投げる。柔道の最高のテクニックだ。おまえ、ジュードーをやったのか？」

「ああ、軍隊《アーミィ》でね」ショーンはこたえた。

「どこの軍隊《アーミィ》？」

「ぼくはアイルランド人だよ」

「だったら、アイルランド国軍か？　ちがうね。ほかの軍隊《アーミィ》だ」

「どうして、わかる？」

「アイルランド国軍では、ジュードーはおしえない」

「バルシット！　ぼくはアイルランド国軍のジュードーの教官だったんだぜ」

「バルシット（ウソをつけ）！」

「ああ、バルシットだ」（これは、牛のクソって意味）

ショーンはわらい、ビールのグラスを口にもっていったところだったので、ビールの泡が生姜色の口髭のはしについた。

ショーンと、はじめてあったのは〈ローズ・バッド〉だった。それからも、ローズ・バッド以外ではあったことはない。ローズ・バッドは、香港の九竜《クーロン》のペキン・ロードからはいった路地にある。

いや、こんな言いかたはおかしいのかもしれない。香港は香港で、九竜《クーロン》は九竜《クーロン》だと言うひともあるだろう。外国人のぼくには、そういうことはわからない。

ローズ・バッドがある路地は、いきどまりの路地で、路地の左側には、いかにもインチキくさい時計や装身具、ポルノ雑誌めいたものをならべた露店があり、その前をとおっていくと、右側にローズ・バッドがある。せまい路地だし、なんだかいかがわしい感じだが、それほどいかがわしいところかどうかは、これも、ぼくみたいな外国人にはわからない。

ペキン・ロードは、九竜《クーロン》でも大通りだ。それと平行して、ミドル・ロード、そのむこうはサリスベリイ・ロードで、香港島にかようスター・フェリーがある。

ショーンとぼくとはローズ・バッドの路地をでて、ペキン・ロードをハイヤット・ホテルがあるロック・ロードにむかったのだが、まっすぐいけば、つぎはネーザン・ロードと交差し、これも、九竜《クーロン》の大通りだ。

ローズ・バッドとは、バラのつぼみという意味だが、オーソン・ウェルズの名作映画「市民ケーン」の、新聞王ハーストがモデルだというマスコミ界のボス、ケーンが死ぬときにつぶやいたのが、この「ローズ・バッド」(バラのつぼみ）という謎めいた言葉だった。

しかし、ぼくが、はじめて、ローズ・バッドにいったときには、ローズはなくて、ただのバッドだったような気もする。でも、このバッドは、つぼみではなくて、アメリカの有名なビールのBudweiserの方のバッドかもしれない。

アメリカでは、バーの窓ガラスなどに、Budと書いた店が、あちこちにある。ニューオリンズで、Budとだけ窓にかいた、いかにも安っぽそうなバーで、それなのに、にぎやかなバーがあり、ぼくはニホン人の女のコとはいっていって、きみのわるいおもいをしたことがある。ホモ・バーだったのだ。

このローズ・バッドも、バッドの前に、あとで、ローズをくっつけたのか、ローズの字が落書きめいて、へたくそのようにも見えた。

ともかく、オーソン・ウェルズの名作映画「市民ケーン」を、このバーの経営者が好きで、ローズ・バッドなんて名前をつけたとはおもえない。もとは、ビールのバッドワイザーのバッドだけだったのに、だれかが、いたずらにローズという字を書きくわえたのか、それさえも、あやしいようで、だいいち、バッドワイザーはアメリカでは有名なビールだが、香港で、それほどの宣伝をやってるかどうか。ひとつわかってるのは、店の名前なんか、どうでもいいってことだろう。

ローズ・バッドの入口は、せまい路地で、しかも、入口には、三重ぐらいにカーテンがさがっている。はじめて、ぼくがローズ・バッドにいったときは、このカーテンのことを、かなりいかがわしいものにおもった。

店にはいると、左側が、ちいさなカウンターで、カウンターは高く、ストールも高い。背がひくいニホン人のぼくは、ストールにはいあがるようにしなければいけない。

店の右側のほうには、ボックスが六つか七つある。九竜《クーロン》のこういうバーとしては、広い店ではないが、さほどせまい店でもない。

このローズ・バッドが、ほかの店とちがうのは、店の客だった。みんな白人なのだ、客がみんな白人ばかりというのは、香港島のオフィス街に近いバーとか、ホテルのバーなどのほかは、めずらしい。しかも、ここは、いかがわしげな路地の奥のバーなのだ。

香港にくる白人といえば、まず観光客だろうか、この連中は、ぜったいに観光客ではない。また、船員のようにもおもえない。

どうも、この九竜《クーロン》か香港にすんでる白人みたいだが、商社とか銀行ではたらいてる人たちにも見えない。

そして、みんな体格がいいのだ。大男ばかりと言ってもよかった。

はじめて、ぼくがローズ・バッドにいったのは、偶然だった。前にも言ったけど、ペキン・ロードは、にぎやかな大通りだ。ニホン人の観光客も、たくさんあるいている。ぼくは、ペキン・ロードをぶらぶらしていて、この路地を見つけ、はいっていったのだろう。

ぼくは路地が好きだ。しかし、アメリカやヨーロッパの町では、路地なんかまるっきりないところがある。

いや、九竜《クーロン》は路地はめずらしくはない。だが、にぎやかなペキン・ロードから、この路地にはいったとたん、においまでが、とたんにかわるというぐあいだった。そして、このいきづまりの路地の奥に、ローズ・バッドがあった。

さいしょに、ローズ・バッドにいったときは、ぼくひとりだった。しかし、ぼくは、香港にひとりで遊びにきたりしたことはない。

団体旅行というものは、ほとんどやったことはないぼくだが、香港にくるときだけは、団体旅行の途中によるといったぐあいだった。今も、中国本土にいく団体で、この香港にきている。列車で、九竜《クーロン》駅から中国本土にはいるのだ。

だから、団体旅行でおなじ部屋になったりした相手と、このローズ・バッドにきたこともあったが、たいてい、相手は飲物を一杯飲むか飲まないうちに逃げだした。きみがわるかったのだろう。逆に、ぼくは、いささかきみがわるいのが気にいっている。

ショーンとは、いつも、カウンターで飲んだ。いつもと言っても、三、四度あっただけだ。

さいしょに、ショーンにあったとき、ニホンではぼくになにをしてるのかときいたので、ぼくは、ライターだとこたえた。すると、ショーンは、自分もライターだと言い、ぼくはすこしおどろいた。

外国を旅していて、作家《ライター》というひとにあったのは、ぼくは、はじめてだった。しかも、九《クー》竜《ロン》の路地の、こんなあやしげなバーでだ。

ショーンは、「自分は世界じゅうあちこちにいったが、香港は作家にとっては、最上のところだ」と言い、ぼくも香港に住んだらどうか、とすすめた。おだやかな声だが、マジメな口調だった。

ぼくは、かってに、香港ぐらい作家にはむかないところはないとおもっていたので、意外だった。そして、この男は麻薬中毒で、だから、麻薬が手にはいりやすい香港がいいところだとおもってるのか、とも考えた。じつは、香港が麻薬が手に入りやすい場所かどうかも、ぼくはしらない。

ショーンは、白人のうちでは、小柄なからだだった。よわよわしいからだつきにも見えた。それに、とても肌がしろかった。紙や大理石などがしろいような、そんなおちついたしろさではなく、なにか、なまなましいしろさなのだ。

ショーンがしゃべるとき、口のなかがすこし見えると、なまなましいしろさの皮膚に、これまた、なまなましい、うすいピンクの色が見えて、ぼくは不安なような気持にさえなった。ショーンはアイルランド人で、それで、ショーンなのかい、とぼくはわらった。007シリーズの俳優だったショーン・コネリーもアイルランド人なのか、Seanと書いて、ショーンみたいに発音する。ショーンは、たいへんにアイルランドっぽい名前のようにきいている。ショーンとはなしていて、グレアム・グリーンの名前がでると、ショーンは、グリーンはイングランドの作家だと言った。グレアム・グリーンはカトリックの作家で、ニホンでは、代表的なアイルランドの作家みたいにおもわれている。しかし、グリーンは、学校もイングランドの学校をでてるし、アイルランドの作家じゃないよ、とショーンは言った。ごくあたりまえのことみたいな、しずかな言いかただった。

もう、だいぶ前のことだが、ぼくがはじめて翻訳したミステリは、「憑かれた死」という日本題名で、原題名は「I DIE POSSESSED」、J・B・オサリヴァンという作家の作品だった。このミステリは、アメリカが舞台だが、オサリヴァンという作家の名前からして、アイルランド人のものだ。

ぼくは、はじめて訳した本なので、うれしかったのか、J・B・オサリヴァンと、二度ぐらい手紙のやりとりをし、新著も、送ってもらったりした。そのとき、オサリヴァンは、もうアイルランドにかえっていた。

ショーンは、オサリヴァンの名前はきいたことがあると言い、「へえ、あんたは彼の本をニホン語に訳したのか」なんて、おしゃべりがはずんだ。もっとも、ショーンは、いつもちいさな声で、しずかなはなしかただった。

「どうも、わからない」ショーンは頭をふった。そして、またくりかえした。「ほんとに、あんたは作家なのか？」

ぼくはジン・ソーダのグラスがからになったので、グラスをあげて、お代りをした。おなじバーの奥のボックスだ。

「あんたは、この九竜《クーロン》でなにをやってるんだ？」ショーンは、ほとんどビールを飲んでいない。

「だから、ジャスト・オン・ハラディズ（ホリディ）」ぼくはこたえた。

「そして、ニホンにかえるのか？」

「いや、メインランド・チャイナ（中国本土）にいく」

「なんのために？」

「これも、ジャスト・オン・ハラディズ（ただの遊び）さ」

ショーンは、ぼくの言葉を信じてるようではなかった。

「あんたを撃ったやつは、あのローズ・バッドにあんたを尾《つ》けてきた。ローズ・バッドにくる前、あんたはどこにいった？」

「どこにもいかない。空港からホテルについたばかりなんだ。ホテルの部屋にさえはいっていない。ほかの人の部屋にははいったけどね。しかし、ひとのブリーフ・ケースがあって、ちがう部屋だとわかり、部屋をかえるとか、新しい鍵をつくるとか、ホテルでごたごたしていて、時間がかかりそうなんで、フロントにバッグをおいて、ホテルからでてきたんだ」

「新しい鍵をつくるって、どういう意味？」

「うん、こんどのぼくのホテルは、Mホテルだけど、新館のほうは、新式の鍵をつかってね。鍵といっても、プラスチックのカードで、それに、コンピューターで、鍵にかわるものがパンチされてるらしい。葉書ぐらいの大きさのカードなんだ。それは、たったの一回しか使えない、最新式のコンピューター・カード・キイで、だから、よかったら、記念におもちかえりください、そのとき一回だけの鍵で、ぜったい安全な鍵だ、とホテルでは自慢してたんだが、そのカード式の鍵で、ドアをあけてはいったら、まだチェック・アウトしてない前の人の荷物があった。まったくいいかげんなもんだよ。いや、コンピューターのプログラミングが、ちょいとミスをしたのか……」

「まちがえて、コンピューター錠があいちまった部屋には、人がいたかい？」

「いなかった。いや、見なかった。黒いブリーフ・ケースが目についただけでね。まてよ」

「どうした？」

「なんだか、部屋のなかに人がいたような気がしたんだなあ。しかし、もしだれかが、かってに錠をあけて、自分の部屋にはいってきたら……いや、はいる前から、〈だれ？〉とか〈どうした？〉ってきくはずだろ。ところが、そんなことは、なにもないんで、おれは、部屋には人はいない、とおもったんだろう。しかし、たとえば部屋の者が浴室《バスルーム》にはいっていたとか……」

「部屋の錠をいじってるやつがいるんで、浴室《バスルーム》にかくれて、ようすを見てたのかな。ともかく、その男はホテルからあんたを尾《つ》けてきたんだ」

「しかし、ぼくの場合は、コンピューター鍵《キイ》のプログラミングのまちがいだよ。それは、ホテル側とのやりとりを、そっときいてたら、わかるはずだ」

「あんたを殺《や》ろうとしたのは、くりかえして言うけど、どこのギャングだかしらないが、とにかく、ちゃんとしたギャングのとってもプロなやつだ。そういうやつは、まちがいというのは、まちがっても信じない。それゃ、ものごとには、まちがいはあるさ。しかし、ともかく、あんたを尾けてほんとにまちがいかどうか、たしかめようとした。そして、尾けていったところが、あんたはローズ・バッドにはいった。ホテルから、どこにもよらずに、まっすぐ、ローズ・バッドにきたと言ったね」

「うん」

「ぼくもそうだが、あいつだって、あんたがどこかのギャングだとはおもわなかっただろう。しかし、さっきも言ったように、連中は、まちがいなんてことは信じない。これはルールなんだ。警察でも、まず、いちばんさいしょに疑うのは、盗難でもなんでも、被害をうったえた者だ。被害を届けた者を、とくべつ疑うわけではない。ただ、その事件に関して、警察がさいしょに接する相手が、被害届をだした人物だからだ。基本的なルールだよ」

「それで?」

「だから、そいつは念のため、あんたを尾けたところが、あんたは、まっすぐ、ローズ・バッドにきた」

「ローズ・バッドが、どうかしたのかい?」

ぼくはたずね、ショーンは、しばらくだまって、ぼくの顔を見ていた。

「なんで、あんたはローズ・バッドにくるんだ? だれかに紹介されたのか?」

「いや、ただ、おかしなバーだからさ」

「きれいな女もいないぜ」

「きれいな女はきらいだ。女はどうでもいいが、いつもローズ・バッドにいる、からだのでっかい、筋肉モリモリの男たちは、いったい、なに者だ？」

「おいおい、ほんとに知らないのか。お巡りだよ」

「お巡り《カップ》？」

「そう香港警察のお巡りさ」

「へえ……」ぼくはおどろいた。九竜《クーロン》あたりでも、たいてい警官が二人一組になってパトロールしている。しかし、みんなと言っていいほど、中国人の警官だ。香港政庁の警察本部あたりには、白人の警官もいるかもしれないが、しかし、こんなにたくさんの白人のお巡りが……ときには、二、三十人も……九竜《クーロン》のあやしげな路地の奥のバーにいるなんて、考えられないことだった。

「ホテルからあんたを尾けてきた男は、ローズ・バッドの店にはいってきた。それが気にいらない。たいへん、気にいらない」ショーンは言った。

「なぜ？」

「ローズ・バッドは、お巡りバーだ、と知らなかったからだ。知っていれば、あんたを尾けてきた男は、あんたがローズ・バッドにはいっていくのを見とどけただけで、やはり、あんたは、ただのコンピューター錠のまちがいで、やつの部屋にはいっていったんじゃないことがわかっただろう。ところが、あいつは、ローズ・バッドにはいってきて、いや、はいりかけて、やはり、ふつうのバーとはちがうと感づいて、でていった。くりかえすが、やつは、ローズ・バッドがお巡りバーだってことを知らなかったんだよ。そいつが、気にくわない。

われわれの知らないギャングというのはこまる。こちらサイドのギャングでも、むこうサイドのギャングでも、ともかく、われわれが、ぜんぜん知らないギャングというのは、おっかなくてしようがない」

「おまえは作家なんだろ。ああ、ギャング・ストーリイの作家か……」

ショーンはわらわなかった。「あいつがローズ・バッドをのぞいて、でていったときから、ぼくにはギャングだとわかっていた。だが、ぼくは、ぜんぜん知らないギャングだ。そして、あんたとぼくがローズ・バッドをでてあるきだすと、ちゃんと尾けてきた。だから、さいしょは、このぼくを尾けてるのかとおもったら、ねらいはあんたのようで、しかも、あんなに人どおりのあるロック・ロードで、通りのむこう側から、いきなり、あんたを撃とうとした。それで、あんたのからだをつきとばしておいて、通りのむこうにはしったんだが、逃がしてしまった。だが、テキはひとりだね。これはまちがいない」

そんなことをしゃべってるうちに、これも、あのハイヤット・ホテルの前で、ぼくのからだがぶっとぶというより、まわりのものが、瞬間、ながれてうごいたように、とつぜん、そいつは、あっという間におこった。

ぼくは、バーの奥のボックスに、店の入口のほうを背中にして、すわっていた。背の高いボックスだ。そして、むかいあって、ショーンが腰をおろしていた。

ショーンの手がうごくのも、ぼくの目にはとまらなかった。ただ、店の入口のドアがあいて、だれかがはいってきたのは、おぼえている。

気がついたのは、ものがたおれる音だった。重いものが、どさっ、とにぶい音をたてて、床にころがった。

ぼくがボックスから腰をあげ、ふりかえったときは、店の入口にたおれている男の頭のところに、もう、ショーンはかけよっていた。そして、ショーンは、男の首すじから、ほそくて、ひらったい金属の棒のようなものをひきぬいた。

さっき、ハイヤット・ホテルの車寄せのコンクリートの壁から、めりこんだ弾丸をほじくりだしたのとおなじ、さきに刃がついた金属の棒だろう。

ショーンが、手裏剣みたいなもの（ニホンの手裏剣より、もっとほそくて、きゃしゃなかたちに見えた）を男の首からひきぬくと同時に、店のマネジャーが、白い布《きれ》で、そこをおさえた。バーのマスターだろう。

そして、ショーンは男の足のほうにまわり、二人で男のからだをだきあげ、奥にはこんだ。

これと同時に、マネジャーがダスターでおさえた男の首すじの下に、店の女のひとりが、なにかをあてがい、いっしょにあるきだした。どこからもってきたのか、ポリバケツを下にあてがっていたのだ。ダスターに赤くにじみでた血は、ポリバケツのなかに、ぽとぽとおちていた。

その女は、トイレにでも血をあけて流したのか、ポリバケツをもって、店にもどってくると、カウンターのなかにはいり、また、シンクでバケツをゆすいだ。

大きなバーではない。ま、安っぽいバーだ。香港でも、そんな習慣があるのかどうか、傘立てのかわりに、店の入口にでもおいてあったポリバケツなのかもしれない。

男が店の入口でたおれたとき、このバケツが男の足にあたり、ころがったりしただろうか、と、ぼくは、ひょいとおもった。それで、カウンターのなかの女にたずねた。

「あの男はバケツをけとばしたかい？」

バケツをけとばす、キック・ア・バケットというのは、英語の古いスラングで、死ぬってことだ。

しかし、このジョークは、カウンターのなかの女にはつうぜず、「ブラディ・メアリーは好きだけど、ブラディ・フロア（血だらけの床）はいやだもんね」と女はわらった。

ショーンは、奥からもどってくると、「ここで、待ってて」とぼくに言い、また奥にはいった。

店はしずかだった。表の入口は錠をおろしたようだ。マネジャーみたいな男は奥にはいったきりで、女二人が、店の入口に近いカウンターのはしに、ならんで立っていた。カウンターの下にショット・ガンでもおいてあるのかもしれない。

やがて……というよりだいぶたって、ショーンがもどってきた。死体をどこかにはこんだのだろう。前とおなじように、ショーンは、奥のボックスに、ぼくとむかいあって、腰をおろした。

「あいつ、どこのギャングなのか、まだわからない」ショーンは、いつものしずかな声で言った。

「しかし、むこうサイドのギャングではないらしい」

「だったら、こちらのサイドの者を殺してしまったのか?」ぼくはきいた。

「とにかく、こんなことになっちまった」ショーンは肩もすぼめなかった。「しかし、やつは、われわれがこのバーにいるのを知らなかったことはたしかだ。ふらっと、このバーに、はいってきて、びっくりしただろうなあ」

「さっきのあれを、見せてくれよ」

　ぼくは、ほそい、ひらったい金属のれいのやつを投げる真似をした。もっとも、ぼくは、あの男が拳銃を抜く前に、ショーンがそいつを投げるのを見たわけではない。

　ショーンは、それを胸のポケットからだしたが、ぼくの手にはわたさなかった。血は、きれいにふきとってある。

「なんだ、散髪屋が耳の穴につっこんで、耳の穴の毛を剃るカミソリじゃないか」

　耳の穴のなかにいれて、ぐるぐるまわして、耳の穴の毛を剃るそのカミソリは、耳の穴にはいるぐらいほそく、また、ちいさいものだった。

「ニホンでは、もう、こんな耳の穴の毛を剃るカミソリなんて、めずらしいんじゃないかな。香港の散髪屋では、今でも、これをつかってるのかい?」

「ぼくは耳の穴の毛を剃られるのはきらいだ。きもちがわるい。しかし、こいつは、いろいろ便利でね」

「そうらしいな」

ショーンは、耳の穴の毛を剃るカミソリを胸のポケットにしまった。

「なにもかも、まちがいだよ」ショーンは、ミステイク、ミステイク、とくりかえした。

「ホテルのコンピューター鍵のプログラミングがまちがっていて、あんたは、まちがった部屋にはいった。それで、たまたま、その部屋にいた、どこかのギャングが、あんたをローズ・バッドまでつけてきて、あんたを、やはりギャングとまちがえ、殺そうとした。そして、現場のようすを見にもどってきたのかどうか、それに、このバーの入口は、あそことは、まるで、べつの通りだからね、ひょいと、このバーにはいったら、ぼくがいて……」

「だけど、むこうのサイドのギャングならともかく、こちらのサイドのギャングを殺したら、こまるんじゃないか?」

ぼくはおなじことをくりかえし、ショーンはうんざりした顔になった。

「こまるより、生きてるほうが、よっぽどいいよ」なんて月なみな安セリフは、ショーンだって作家だから言いたくなかったのかもしれない。

ドラム缶の死体

その死体はドラム缶にはいってきたという。

前にも、ドラム缶にいれてはこばれてきた死体はあった。そんな死体はいくつかあったかもしれないが、墜落したジェット戦闘機のパイロットの死体もそうだった。墜落した場所は横田基地の近くだときいた。

しかし、横田基地はアメリカ空軍の爆撃機基地で、戦闘機基地は、そのほとんど真北の豊岡のジョンソン基地だった。横田基地とジョンソン基地は近い。とくに、ジェット戦闘機にとっては一瞬の近距離だろう。

いや、そのジェット戦闘機は横田基地の近くに墜落した、とぼくはきいたが、それは、ジョンソン基地の近くでもあったのではないかとおもうのだ。もっとも、ぼくは横田基地ではたらいてたことがあり、B29爆撃機などのほかに、ジェット戦闘機はなんども見かけている。

じつは、ジェット機というものを、ぼくは横田基地ではじめて見た。ジェット噴射口のうしろの空気が、溶かしたガラスのようにゆがんでふるえているのが、ものめずらしかった。

豊岡のジョンソン戦闘機基地にも、ぼくは横田基地からなにかの用でいったことがある。たしか、ジープで一時間たらずのドライブだった。ついでだが、豊岡町は入間市に、ジョンソン基地は自衛隊の入間基地になっている。

墜落したジェット戦闘機のパイロットの死体がドラム缶ではこばれてきたのは、死体がぐちゃぐちゃにとび散っていたからだ。ジェット戦闘機の乗員は二名で、どれがどっちのものだかごっちゃになって、往生したよ、その解剖を手伝った村井は言った。村井は広島あたりの中国地方の育ちなのか、こまったよ、なんて言葉より、往生した、という言いかたが、ほんとに往生したみたいだった。

しかし、ばらばらのちいさな肉片になった死体を解剖するというのは……そんなことは、どうでもいい。

ドラム缶にいれてはこばれてきたジェット戦闘機員の死体のことから、ぼくはアメリカのS・Fのある短篇をおもいだした。超音速ジェット機のテスト・パイロットのはなしだ。スピードが音速をこえると、なにがおこるか？　なんてことが、はなしになってたころのS・F短篇だ。

このテスト・パイロットは、ジェット機が超音速にはいってしばらくすると、左腕に焼けるようなはげしい痛みを感じた。それは、なん年か前、そのテスト・パイロットが左腕に火傷をしたときの痛みにそっくりだった。そして……あいだは忘れたが……しまいには、操縦桿をにぎったパイロットの手の手袋から、その桿がすっぽぬけてしまう。

その超音速ジェット機は墜落し、テスト・パイロットの死体はばらばらのちいさな肉片になるのだが、その肉片をしらべた医者が、おかしなことを言いだす。死んだテスト・パイロットの死体だというこの肉片は、どうしらべても、赤ん坊のからだの組織だ、と。

そのテスト・パイロットは、超音速で、音のはやさをとびこして、とんでいくごとに、自分のからだが過去にもどっていったということなのだ。なん年か前の左腕の火傷……そして、子供になってしまったパイロット、ついに、ちいさな子供の手が、操縦桿をにぎった手袋からすっぽぬけてはずれてしまう……

このアメリカのS・Fの短篇はたぶん訳されてはいまい。S・Fの翻訳雑誌もなく、また、A・G・ウェルズの火星人地球攻撃などのほかは、今みたいなS・Fの翻訳はないころに、ぼくはこの短篇を読んだのだ。

わりと最近、このS・F短篇に似ているとは言わないが、このセンに近い映画を見た。ワーナー映画ケン・ラッセル監督「アルタード・ステーツ」で、ハーバード大学の若い心理学者（ウィリアム・ハート）が人間の細胞の記憶をたどることによって生命誕生の根源までさかのぼろうというのだ。そのため、自分を実験体にし、キノコから抽出したとかいうクスリを飲み、特殊な実験機のなかにはいる。この実験はうまくいき、主人公の腕や胸の筋肉がモリモリでかくなり、腕などにもびっしり毛が生えてくる。ニンゲンの御先祖のゴリラになってしまったのだ。ところが、この御先祖ゴリラが実験機をとびだし、夜警のオジさんをぶんなぐって、昏倒させたりするのだが、おしまいに、めでたく、もとのニンゲンにもどった主人公には（ないしは、モトのモクアミってところか）その罪は問われない。変身中の犯罪は、精神錯乱時とおなじで、罪にならないらしい。

よけいなことだが、この映画のニホン題「アルタード・ステーツ」（原題ALTERD STATES）はオルタード・ステーツとするほうがもとの発音にちかいのに、なぜ、アルタードとしたのか、とワーナー映画日本支社の宣伝部の方にきいたら、わかっていて、そうしたとのことだった。アルタードはニホン式な英語の発音なのだろう。

ジェット戦闘機のパイロットの死体やその死体がドラム缶にいれてはこばれてきたころ、ぼくは小田急沿線のアメリカ陸軍の医学研究所ではたらいていた。死体の解剖をやるのは、研究所の病理部《パソロジイ》だ。

この米軍の医学研究所のことが、ニホンの新聞や週刊誌にでたことがある。羽田空港で、研究所あてに送られてきた航空貨物のなかから、サソリかなんかがはいだしてきたという記事だった。この研究所には四〇六という部隊番号があり、四〇六部隊と言えばヒミツの細菌兵器でも研究してる特殊部隊のように、世間の人たちはおもったかもしれない。

ぼくはこの研究所の生化学部《バイオ・ケミストリイ》ではたらいていた。昭和三十年四月、ぼくは生化学部のガラス器具洗いになり、二カ月ほどで、スペシャル・テクニシャンという職種にかわり、米軍の各病院、診療所《ディスペンサリ》から送られてくる検体のクリニカル・テスト（臨床検査）をやった。

生化学部には毒物科《トクシコロジィ》があり、一酸化炭素中毒や急性アルコール中毒、麻薬の中毒の検査もしていた。麻薬の検査のための尿をもってくるのは、やはり軍の犯罪捜査機関の者だったのか、しかし、いつも私服で二人連れだった。

ぼくが臨床検査をしていた検体は、アメリカ陸軍からだけでなく、空軍からも海軍からも送ってきていたから、軍の犯罪捜査機関といっても、あれこれあっただろうが、ぼくが見かけたのは、みんな私服の二人連れで、おなじような顔つき、からだつきだった。ひょろっと背が高い者はいなくて、チビではないが、大男といったふうではなく、ずんぐり、がっしりしたからだつきだ。

こんな二人連れが、ちいさな木の箱を二人ではさんでもつようにしており、そのなかに麻薬検査の尿をいれた壜かなんかがはいってたのだろう。木の箱には錠がおろしてあった。

ふつうの検体は、研究所の検体受付に送られてくるけど、この錠をおろした木の箱は、二人の男が直接、毒物科《トクシコロジィ》にもってきた。あとで、裁判のときの証拠とか、参考品になるとかなので、検体の尿が途中でとりかえられたり、とりちがえたりしないように、そして、おたがいが相手を保証できるように、こうして、二人で毒物科にもってきて、そこで木の箱の錠をあけ、検体の尿をわたし、受領書をもらい、検査がすむと、また、二人連れで、検体の残りを受けとりにくるか、検査の結果がでれば、もう、それでよかったのかもしれない。

毒物科には肝臓もはこんでこられた。これも、麻薬の検査がおもだったらしい。尿は生きてる人間からでもとれるが、(逆に死んだ人間から尿をとるほうがやっかいだろう)肝臓は生きてる者からはとれない。肝臓の手術もできないようにきいている。

人間の肝臓を牛や豚のレバーと、大きさはちがってもほとんどおなじ色つやなのに、ぼくはおどろいた。肝臓（レバー）にはうすむらさきのつやがあり、そのつやもおんなじだし、においまでおんなじなのだ。

医学検査はどんどんかわってるので、今では、もうそんなことはしないかもしれないが、そのころ、ぼくたちの生化学部の毒物科では、肝臓をミンチにかけ、それを煮ていた。だからペースト状になるのだ。これがまた、牛か豚かのレバー・ペーストにそっくり。肝臓は赤茶っぽいけど、ペーストになると、赤の色がほとんどなくなって、グレイがかったうすい茶の色にかわる。その色がまったくおなじで、おまけに、レバー・ペーストとにおいがひじょうに似てるなんてことではなく、そのものだった。牛や豚でも外見はあんなにちがっても、内臓は似てるが、人間の肝臓と牛や豚のレバーがこれほどそっくりとは、ぼくには意外だった。

麻薬検査のための尿には、ニホン人らしい尿もある、と毒物科の者からきいた。ぼくたち臨床検査のところに送られてくる検体は、ぜんぶ、米軍関係者の検体で、ニホン人の検体はただのひとつもなかった。また、占領時代はとっくにおわっており、米軍でニホン人を検査するというのはおかしなことだが、これは事実のようだった。肝臓のことは知らない。

また、毒物科に死体の肝臓がはこんでこられることなど、ごくたまにだとおもうだろうが、これがしょっちゅうなのだ。

肝臓のレバー・ペーストに抽出液をいれて遠心分離器にかけたあとの、つまりはカスのレバー・ペーストが底にかたまった特製のぶっとい試験管（?）を、ぼくが洗い場にいたときは、毎日のように洗ったし、その後も、洗い場でよく見かけた。

ドラム缶にはいってはこばれてきたその死体が、うちの研究所の病理部《パソロジィ》で解剖されたことは、事件がおわったあとまで、ぼくは知らなかった。ぼくは、なにか書くもので、マジメに事件なんて言葉をつかったのは、はじめてだ。ぼくが事件をおこしたわけでもないけど、事件と言うのは恥ずかしい。こんなふうに、あれこれ口にするのが恥ずかしく、あるいは口にできない言葉があって、こまっている。しかも、事件なんていう、それこそどうってことはない言葉が恥ずかしいんだから、不便でしょうがない。ともかく、恥ずかしいが、事件という言葉をつかわせていただく。また、この事件はおわったのではない。つまりは、ウヤムヤになった。このウヤムヤというのが、この事件のミソでもある。

さて、この事件がおきたのは、いつのことか？　ぼくが米軍の四〇六医学研究所ではたらいていたときだということしかわからない。それで、ぼくは階下《した》におりていき、女房に、「おい、おれが四〇六（ヨンヒャクロク、職場では、フォー・オー・シックスと言っていた）にいってたのは、いつごろかわかるか？」ときいた。

「わかりませんよ。そんなこと……」

女房はなにかしながら、わかりきったことみたいに、わかりませんよ、とこたえた。なんだか力んでこたえたみたいでもある。女房は、大きなバケツで庭にある洗濯機にお湯をはこんでいた最中だったのかもしれない。ドッコイショ、と湯がはいったでかいバケツをもちあげたとき、そんなことをきかれれば、女房も力んだ声をだすだろう。

「どうやって、そんなこと……わかるのよ？」

女房はききかえした。すぐにではない。たとえば、女房が台所の湯沸器のところから庭の洗濯機のところに、大きなバケツで湯をはこんでいたのなら、その湯を洗濯機のなかにいれ、あれこれなにかして、台所兼食堂兼居間にもどってきてからだ。その間なん分か、ぼくはぼんやり立ってなきゃいけない。

「家計簿をみてみたらどうだ」ぼくは言った。

「家計簿？　そんな家計簿があるかしら？」

そんなことは、ぼくにはわからない。ぼくは二階にあがっていった。

それから、一時間か二時間ぐらいして、階下《した》におりていくと、台所兼食堂兼居間の無骨な大きな木のテーブルの上に（あの事件のころも、このテーブルはあった。しかし、もとの古い家のころで、このテーブルは、今みたいに、食卓としてはつかっていなかった。前は洋裁台だったのだ）古ぼけた、ちいさな学習ノートがひろげてあった。大学ノートみたいな大きなのではない。くりかえすが、ちいさな学習ノートだ。

「家計簿があったのか？」

ぼくは言ったが、女房はそれにはこたえず赤い数字や、赤い文字、赤い線などがごちゃごちゃまじったノートのまんなかあたりを、指さきでおさえた。

「ここから……急に、収入があるの」

「へ、急に収入があるのか」ぼくはおかしかった。小島信夫先生ふうに言うと、愉快なような気分だった。「いつだ？」

「昭和三十年五月……」

「ふうん、じゃ、この年の四月から、四〇六にいきだしたんだな」

その収入は一万四千円ぐらいだった。四〇六医学研究所生化学部のガラス器具洗いの職種は雑役《ジャニター》で、雑役の収入は、駐留軍従業員のなかでもすくないほうだ。しかし、二カ月ほどで、前にも言ったように職種がスペシャル・テクニシァンにかわり、月給は二万五千円ぐらいになった。これは、その当時（昭和三十年）としては、わりといい月給だった。

女房がこんな古い家計簿をもっていたのは、家計簿が好きなのだ。それで、婦人雑誌の家計簿コンクールに応募しようとしたが、女房の友人に、「いくら支出がこまかく書いてあっても、この月の予算はこれだけ、一年間の予算はこれ、という予算のない家計簿は家計簿のうちにはいらないのよ」と言われて、応募はやめた。

そのやりとりを、ぼくはそばできいていて、おかしくってしようがなかったが、声にだしてはわらわなかった。ふきだしたりしたら、「だいたい、予算がたつような暮しなの」と女房はぼくをどなりつけただろう。

ともかく、これで、いつから四〇六医学研究所ではたらきだしたかはわかった。ぼくは四〇六医学研究所にちょうど七年間いた。こんなに長く、ひとつところではたらいていたのもめずらしいが（このほかは長くて、半年か一年、みじかいのは、三日か一日ぐらいでクビになった）クビにならなかったのも、ここがはじめてで、おわりだった。

そして、四〇六医学研究所にいるあいだに、ぼくはミステリの翻訳をはじめた。単行本のさいしょの訳はアイルランドのミステリ作家J・B・オサリヴァンの「憑かれた死」（I DIE POSSESSED）でハヤカワ・ミステリ。この本をえらんでくれたのは、現在、推理作家として特異な存在の都筑道夫さんで、この本には都筑さんのあとがきもある。それに、三二、二、という日付があって、昭和三十二年二月なのか……と、家計簿もそのいくらか前を見てみろ、女房に言ったのだ。

ともかく、その事件が、昭和三十年四月から、昭和三十七年四月までのあいだにおこったことがわかった。いや、ぼくが、生化学部のガラス器具洗いになったときは、四〇六医学研究所は、丸の内の三菱仲七号館にあった。今の新東京ビルの、東京駅よりの角のところだ。そして、翌年のまだ春のあさいころ、小田急沿線に引越した。その事件があったのは、研究所が引越したあとのことだ。

で、この事件のことを、新聞か週刊誌でしらべてもらえないか、とぼくは編集部の人にたのんだ。じつは、こんなことは、ぼくははじめてなのだ。作家がなにか書くとき、編集のひとに、資料をあつめてもらったりすることがあるのはきいていた。だが、ぼくは、ぜんぜんそんなことはない。また、ルポを書くときはべつにして、ぼくは、取材とかいうものは、一度もやったことがない。また、今すぐには役にたたなくても、将来、なにかの用に……などともおもったこともない。それは、ぼくの小説をお読みになれば、取材なんかまるっきりやってないな、とすぐおわかりになる。ところが、この歳になって、つまりは資料をあつめてもらったりするんだから、わからないもんです。くりかえすが、事件という言葉も、マトモと言っちゃ恥ずかしいが、世間なみにつかうのもはじめてだし……。

編集部の人は朝日新聞のコピイを送ってくれた。いちばんさいしょの記事は昭和三十三年三月十二日の夕刊の社会面のいちばん下二段の、たった十行のみじかい記事だ。全文を書きうつさせてもらう。

芝の海岸通りに外人変死体　十二日午後零時四十五分ごろ東京都港区芝海岸通三ノ一、下岸壁に四十歳ぐらい、ネズミ色縦じまの背広を着た白人の水死体が浮いた。水上署で調べているが、死後一カ月ぐらいで、身元不明、ミケンに傷があるので警視庁鑑識課を呼んで死因を追及している。

この記事と最下段にならんで、大相撲春場所四日目の十両の勝負と五日目の中入後の取組がでている。夕刊なので、四日目は十両の勝負まで、中入後の取組は新聞にのせられなかったのだろう。五日目については、あすの好取組として、若前田―玉乃海、信夫山―若羽黒、若乃花―栃光とあり、取組のおわりのほうには、朝汐―大内山、千代の山―双ツ竜、若乃花―栃光、むすびが若瀬川―栃錦となっている。

朝日新聞のつぎの記事は翌々日の昭和三十三年三月十四日の夕刊の社会面だが、紙面の上のほうのいくらか大きな記事になっていた。

　麻薬密輸に関係か

　芝浦岸壁腐乱死体　脱走の米情報部員

東京都港区芝海岸通り三ノ一先芝浦海岸下岸壁で、去る十二日発見された私服の米人腐乱死体は、十三日、神奈川県高座郡座間の米軍病院でタッチ軍医が解剖した結果「単なる水死ではない」と認定された。一方、警視庁捜査三課は独自の立場から調査を進め指紋、所持品などから死体が神奈川県高座郡座間駐留の米陸軍情報部員エメット・E・デュガン曹長（三九）であることを確認、他殺容疑は極めて濃くなったとして、十四日から同庁内に捜査本部を設け、捜査に乗り出した。捜査本部の調べでは同曹長は中共関係の情報を担当していたといわれ、さきに米海軍から発表になった一億二千万円におよぶ麻薬密輸事件にも関係があるのではないかとみられている。

　入水前に死んでいた

米軍側はまだ正式な発表を行っていないが、本部の調べでは、同曹長は昨年七月ごろ来日して朝霞の米軍学校を卒業、十二月はじめから座間の部隊に配置された。先月四日午後八時ごろ、夫人同伴で東京都千代田区内幸町の大阪ビルの食堂で食事を済ませて別れたきり消息を絶ったもの。夫人は死体発見二日前の十日、すでに本国に帰っており、米軍当局はその名前を明らかにしていない。

タッチ軍医の解剖に立会った日本側の百瀬医師が捜査本部に報告したところでは、前頭部にある皮下出血は致命傷ではなく、ほかに外傷は認められない。頭部内出血もなく、水も飲んでいないので入水前すでに死んでいたのではないかという。肺臓の浮遊試験の結果でも水死とは思われないという。死後は十日ないし十二、三日と推定される。同軍曹《ママ》は消息不明のまま、脱走したものとして東京麻布のキャンプドレイク憲兵司令官から警視庁、神奈川県警に捜索願が出されていたものだが、捜査本部の話では同曹長が持っていた自動車のカギが盗難車のものであり、一セント米貨三枚がポケットにあるだけで、日ごろ持っていたドル入れが見あたらない。また帰国した夫人は同曹長自筆の遺書めいたものを行方不明後に見つけ軍当局に提出してあるとも伝えられるが、確認されていない。

金に困っていた

警視庁もデュガン曹長の他殺容疑事件については米軍捜査機関および警視庁と緊密な連絡をとり犯人の追及を始めた。

当局の調べではデュガン曹長は前にも日本にいたこともあり、その後朝鮮へ、さらに米本国へ転勤、再び去る一月中ごろ来日したという。中国人関係に重要な特命事件を担任していたといわれ、数人の中国人と交友もできたという。

またデュガン曹長は、スロット・マシーン（米国製のトバク機械）に熱を上げ、一回の遊びで百ドル（三万六千円）ぐらい使うこともたびたびあったという。こんなところから金にも困っていたようで、タイプライターを盗んで売ったこともあるといわれている。

以上が、昭和三十三年三月十四日の朝日新聞の夕刊社会面の記事だが、気がついたことを書いておこう。

まず、デュガン曹長の死体を解剖したのは神奈川県高座郡座間の米軍病院となってるが、解剖をやったのは、ぼくがはたらいてた四〇六医学研究所の病理部だ。場所もおなじ小田急沿線だけど、座間ではない。

しかし、四〇六医学研究所は、米軍の陸軍病院とおなじ構内にあり、この病院は、俗に座間の陸軍病院とよばれていたともおもえるし、また、米軍当局で、解剖は座間地区の米軍病院でおこなった、と言ったのかもしれない。だが、おなじ構内でも、病院と研究所はべつの部隊だった。

米軍のことになると、知らない人がおおい。たとえば、米軍の医学研究所がニホンにあったことなど、なんのヒミツでもないのに、知らない人がほとんどだろう。

また、この記事によると、デュガン曹長は昨年七月ごろ来日して、朝霞の米軍学校を卒業、十二月はじめから座間の部隊に配属された、となってるところと、再び去る一月中ごろ来日し、というのが、おなじ記事のなかであるけれども、あっちで調べたのと、こっちで調べたのがちがうということなのか。両方とも、ちがってるかもしれない。

デュガン曹長のことは、その後、ぽちぽち記事になってるが、昨年七月カリフォルニア州モンテリーの陸軍語学学校で中国語講習を終え、キャンプ座間米陸軍情報センターに配属されたという記事もある。

デュガンが卒業した朝霞の米軍学校（ほんとに、卒業したかどうかは知らない）というのは情報学校だろう。朝霞に米陸軍の情報部隊がいたことは、米軍関係者なら、それこそだれでも知っていたが、くりかえすけど、ほとんどのニホン人は知らなかった。

米軍の極東放送（FEN）も、内幸町のN・H・K本館からはじまったが、朝霞にうつり、今では横田空軍基地内にあるときいた。四〇六医学研究所生化学部のぼくの部屋にも、朝霞の情報部隊からきた兵隊がいた。東独の男なのだが西独に脱出し、どんなふうにかアメリカ兵になり、ニホンにきてたのだ。ドイツ訛りがひどいというより、英語をしゃべるのがへただった。階級は兵隊のいちばん下のほうで、そんな男が、どうして、情報部隊から、生化学部のぼくたちの部屋になどきてたのだろう？　もちろん、臨床検査や生化学のことはなにも知らず、だから、ただ部屋でぶらぶらしていた。

ほかにも、朝霞の情報部隊からきた者はあったかもしれないが、ひとり、ぼくがおぼえてるのは、カナダ軍の軍曹だった。赤っぽいショウガ色の口髭をはやした、がっしりした体格の大男で、もともとは落下傘部隊だ、と自慢にしていた。特殊部隊にいたようなことも言った。このカナダ軍の軍曹も生化学や臨床検査のことなど、なにひとつ知らないし、できもしない。そんな男が、なぜ、生化学部のぼくたちの部屋にまわされてくるのか。

この大男のカナダ軍の軍曹が、吹矢は、筒を長くすると、かなりの威力があり、命中率もいい、というので、ぼくはどこかから吹矢の筒になりそうなパイプを見つけてきて、同室の元日本陸軍技術将校の小林さんと軍曹で矢をつくり、部屋の壁に的をこしらえて、吹矢であそんだ。

小林さんとぼくの部屋は、生化学部のいちばん奥の部屋で、かくれて、あそぶのにはもってこいだった。また、ぼくは、この部屋でミステリの翻訳をした。ぼくのミステリ翻訳の量がいちばんおおかったのは、四〇六医学研究所の生化学部にいたときだ。研究所をやめて、うちにいるようになると、つい、ふらふら出かけていき、翻訳の量はとたんにはんぶんぐらいにへり、やがて、まるっきり翻訳はやめてしまった。

この記事には、同軍曹《ママ》は消息不明のまま、脱走したものとして東京麻布のキャンプドレイク憲兵司令官から警視庁、神奈川県警に捜索願が出されていたものだが……と書いてある。しかし、キャンプ・ドレイクは朝霞にあった。朝霞のキャンプ・ドレイクの憲兵司令官（司令部）は麻布にあったのだろうか？

朝霞は埼玉県だが東京の練馬区のすぐおとなりだ。朝霞市役所に電話でたずねたら、キャンプ・ドレイクは三〇〇ヘクタールあったという。一ヘクタールは一万平方メートルだ。そんな大きな米軍施設が、しかも遠いところではなく、東京と隣接してありながら、東京麻布のキャンプドレイク憲兵司令官、というような記事がでている。ぼくは、この記事に関係した人たちを非難しているのではない。この記事を取材した記者からデスク、最後には校閲かなにかしらないが、たくさんの人たちの目にふれながら、こんな記事が、あやしまれないで、とおっている。朝日新聞でさえ、米軍のこととなると、こうなのだ。

この記事には、エメット・E・デュガン曹長の顔写真ものっている。髪はみじかいクルー・カット（いわゆるG・I刈り）よりもやや長めか。額がひろく、眉はさがりぎみで、面長に見えるが、アメリカ人ならばふつうかもしれない。とにかく、丸顔ではない。なかなかハンサムなようでもある。ギターを弾くシャンソン歌手のクロード・チアリさんに似た顔つきだ。もっとも、こんな場合は、当人を二人ならべれば、まるで似てないことのほうがおおい。それはわかってるが、あえて、クロード・チアリさんに似た顔つき、と言っておく。そんなイメージをわかってほしいからだ。

昭和三十三年三月十四日のこの夕刊の社会面のいちばん下段には、十二日の夕刊とおなじように、大相撲春場所六日目の十両勝負とあす（七日目）の好取組として、朝汐—玉乃海、若乃花—北の洋、大内山—栃錦がのっている。

大相撲がテレビでたいへんに人気があったころか、テレビで人気がでかかったころだろう。昭和三十三年かどうかおぼえてないが、ぼくが四〇六医学研究所にいっていたとき、大相撲のテレビ中継が、Ｎ・Ｈ・Ｋのほかに二局はあった。

大相撲春場所欄の下には大映映画「氷壁」の大きな広告がある。製作永田雅一、原作井上靖、脚本新藤兼人、監督増村保造だ。主演は山本富士子、菅原謙二。ほかに、野添ひとみ、川崎敬三、山茶花究、金田一敦子、浦辺条子、上原謙などの名前がある。日本中の女性が待っていた井上靖の傑作小説を総天然色、拡大画面で描く愛と死の文芸巨篇、という広告文に、大映カラー・ビスタビジョン・サイズ、総天然色と書いてある。井上靖先生の「氷壁」は朝日新聞連載中から評判だった。

おなじ三月十四日の毎日新聞の夕刊の社会面にも、デュガン曹長の顔写真と記事がでている。朝日新聞の記事といくらかちがうところをひろってみよう。

まず、見出しは、水死の米兵は他殺？　東京港失跡していた特務員、となっており、ズボンの兵籍番号と指紋から横浜米軍基地所属特務兵エメット・E・デュガン曹長と判明、と書いてある。また、CIDの名前がでてくる。CIDはCriminal Investigation Departmentの略で、犯罪捜査部とでも訳すか、同日の朝日新聞の夕刊で、米軍捜査機関と書いてあるのがCIDだろう。ぼくの記憶、というより感じでは、当時、CIDはあちこちにあり、米軍のとくべつな機関ではないかとおもう。

毎日の記事では、デュガン曹長が行方不明になる前、宿舎の千代田区内幸町大阪ホテルの食堂で、夫人といっしょに食事をし、と書いてあるが、これは、朝日の大阪ビルの食堂とおなじところだろう。

昭和三十三年ごろは、大阪ビルが米軍の宿舎になってたのかもしれない。新橋の第一ホテルも米軍の宿舎だったし、ぼくが丸ノ内三菱仲七号館の四〇六医学研究所ではたらきだしたころは、大蔵省も米軍宿舎でファイナンス・ビルと言った。だが、もとは文藝春秋社もあった内幸町の大阪ビルが米軍宿舎になっていたとしても、大阪ホテルとよばれていたかどうか。もっとも、兜町の証券取引所が米軍関係の宿舎だったときは、イクスチェンジ・ホテルといっていた。ついでだけど、このイクスチェンジ・ホテルで宝石類など多額なドロボーをしたのがぼくだ、と米軍のリストにのっていたのには、おどろいたな。

毎日の記事には、死体の胃、肝臓などの毒物検査も行なっている、と書いてある。だったら、ぼくがいた生化学部の毒物科でやってたことはまちがいない。これは、つい今まで知らなんだ。ぼくは毒物科にもしょっちゅういってたし、また生化学部の洗い場で、デュガン曹長の肝臓のれいのレバー・ペーストなんかを見てたのかもしれない。

翌三月十五日の毎日新聞朝刊の社会面にもデュガン曹長の記事があり、抜き書きしてみよう。

警視庁の調べによると、デュガン曹長はバクチにこり、昨年七月ごろ日本勤務になるとき軍から六百ドル借りて赴任した。日本駐留後もバクチが止められず、最近四百ドル（邦貨十四万四千円）の借金ができ、金策に飛び回っていた。このため妻モード・I・デュガンさん（四三）からも金を取り、妻の取引銀行にも融資を申込んでことわられ、夫婦仲は悪かった。同曹長は去月三日夕、千代田区駿河台二の富士タイプライターにタイプライターを売りに行ったが閉店後だったので品物を預け、翌四日朝横浜市神奈川区斉藤分町の自宅を出て富士タイプライターに行きタイプライターを七千円で売った。同夜八時ごろ帰宅「金ができなかったからこの品を上司に渡してくれ」といい、兵籍証明書、生命保険証書二通（本人掛けのもの額面二万ドル、軍掛けのもの額面不明）を妻に渡し、止めるのもきかず家を出た。妻は夫の様子がおかしかったうえ帰宅しないので翌五日憲兵司令部に届出たがその後の捜査でも夫の手掛りがないので本月十日航空機で米国に帰った。

また同軍曹は失跡前、同僚に「ザンゲ帳」を手渡しており、このザンゲ帳は十五日米軍側から警視庁に提出されるが、内容は支離滅裂で要領をえないという。また精神科の病院通いをしていたとの話もありこの病院を捜している。

同曹長は戦車兵として朝鮮動乱に出兵、帰国後広東語を学び日本勤務になり、ちょう報に関係するようになったが「初めて働きがいのある仕事にありついた」と喜び、中国人などに積極的に接近していたという。

一方警視庁に入っている米軍当局からの情報によると同曹長はある国際的な地下組織を内偵する特殊任務に服していたが、失跡する数日まえ、組織の末端に位置する人物を通じて、組織の重要幹部である中国人某に接近しようとし、「あまり深入りすると殺されるぞ」と忠告されていたといわれる。組織のうちの特定人物数人を内偵してる矢先、行方不明となったので警察庁では地下組織の核心に触れたため彼らの手で暗殺されたという見方もあるとしている。しかし他殺のキメ手もないところからいぜん同曹長の死はナゾにつつまれている。

この記事では、前日の夕刊まで、朝日、毎日両新聞とも、モード夫人がデュガン曹長を最後に見たのは東京都内幸町の大阪ビルないし大阪ホテルになってるのに、横浜市神奈川区斉藤分町の自宅に、四日夜八時半ごろ、デュガン曹長は「帰宅」、モード夫人に兵籍証明書と生命保険証書二通を渡し、夫人が止めるのもきかず家を出たという。そして、夫人は夫の様子がおかしかったうえ帰宅しないので、翌五日、憲兵司令部に届出た、となっている。

ところが、おなじ毎日新聞が、翌三月十六日の朝刊では、(二月)四日午後八時ごろ曹長の妻と内幸町の大阪ビル食堂で食事中、突然立去った、と書いている。もっとも、この記事のなかに、横浜の自宅の家賃二万二百円は米軍で支払っており、とある。

デュガン曹長の横浜の自宅の家賃を米軍で支払ったという記事と、その前日三月十五日の毎日新聞の横浜市神奈川区斉藤分町の自宅という記事のほかは、ぼくがもってる毎日、朝日新聞の記事のコピイのほかには、デュガン曹長の自宅のことは、まるっきりでてこない。

三月十四日の毎日新聞夕刊では、二月四日午後八時ごろ夫人と一緒に宿舎の千代田区内幸町大阪ホテルの食堂で食事をして別れた後行方不明となりCIDを通じて神奈川県警と警視庁に脱走兵として手配していた、と書いてある。この書きかたでは、デュガン曹長夫婦は内幸町の大阪ホテルを宿舎にしていたようにうけとれる。

三月十四日の朝日新聞では、(デュガン曹長は)先月四日午後八時ごろ、夫人同伴で東京都千代田区内幸町の大阪ビルの食堂で食事を済ませて別れたきり消息を絶ったもの、となっており、この書きかたはデュガン曹長は、どこかから、夫人同伴で大阪ビルの食堂に食事にいったようだ。

朝日新聞は、三月十五日の朝刊で、デ曹長(デュガン曹長)は先月四日夜八時半ごろ、千代田区内幸町の米軍宿舎の大阪ホテルでモード夫人と食事中に、身分証明書と生命保険証書二通を夫人に手渡したのち行方不明になったが……と書いている。

三月十四日の朝日の夕刊では、大阪ビルだったのが、三月十五日の朝日朝刊では大阪ホテルになり、逆に、三月十四日の毎日新聞では、大阪ホテルだったのが、三月十六日の毎日では内幸町の大阪ビル食堂と書いてあるのはおもしろいが、どっちにしろ、戦災で焼け残った大阪ビルのことだ。

しかし、くりかえすが、三月十五日の毎日新聞には、デュガン曹長が、二月四日夜八時半ごろ横浜市神奈川区斉藤分町の自宅に帰り兵籍証明書、生命保険証書二通を妻に渡し、止めるのもきかず家を出た、とある。

おなじ二月四日夜の八時ないし、八時半ごろ、横浜市内の自宅と東京の千代田区内幸町の大阪ビルの食堂とで、おなじようなことがおこるとは考えられないので、どちらかがちがっているのだろう。

そして、証拠はないけども、内幸町の大阪ビルの食堂よりも、自宅のほうが、ほんとではないかとおもう。ただし、横浜市神奈川区斉藤分町（六角橋の近く）の自宅というのには疑問がある。そのことは、あとで書きます。

これまで引用させてもらった新聞の記事でもおわかりのように、記事がかなりチグハグで、これは記事をつくった人たちが、麻布のキャンプ・ドレイク憲兵司令官などという駐留米軍オンチはあっても、ついチグハグになってるところもあるのではないか。

まっとうな、正直な記事が書けないのだ。いちばんまっとうな記事は、さいしょの三月十二日朝日新聞夕刊の、芝海岸通りのＦ岸壁に四十歳ぐらいの白人の水死体が浮いていた、というちいさな見出しもいれて、たった十行のみじかい記事ぐらいではないか。

その水死体が米軍の情報関係の任務についていた下士官だとわかると、死体はすぐにぼくがいた医学研究所にはこんでしまうし（情報関係ではなくても、米軍関係なら、そうしただろう）米軍側も、けっしてまっとうなことは言わず、ニホンの警察も米側の情報関係のことは、てきとうに米軍と調子をあわせておくといったぐあいだったのだろう。

昭和三十三年と言えば、もう占領はおわってるけど、今とはうんとちがい、ニホンでの米軍の力が強いころだった。

だから、新聞社のほうでも、米側の情報関係のことだから、また、いいかげんな発表をしやがって、とおもいながら、たとえば、米軍施設のなかにはいっていくこともできず、歯痒かったにちがいない。

たとえば、三月十五日の毎日新聞の記事では、デュガン曹長はバクチにこり、昨年七月ごろ日本勤務になるとき軍から六百ドル借りて赴任した、とある。

アメリカ軍から金を借りた者など、ぼくはきいたことがないが、デュガン曹長がいた部隊の下士官《サージャン》クラブあたりからは、借金ができたかもしれない。

デュガン曹長は日本駐留後もバクチが止められず、最近四百ドル（邦貨十四万四千円）の借金ができ、金策に飛び回っていた。このため妻モード・I・デュガンさん（四三）からも金を取り、とも書いてある。

夫が妻からも金を取り、というのはどういうことか？　いや、ニホンにだって、女房のヘソクリを取りあげるってのは、めずらしくない。だが、（そんなふうなので）夫婦仲は悪かった、と記事はつづく。

ところが、朝日、毎日の両新聞にたびたび書かれているように、デュガン夫婦は大阪ビルないしは大阪ホテルで、いっしょに食事をしている。夫婦仲がわるくても、どこかでいっしょに食事をするなど、これもふしぎではなく、アメリカ的とも言える。近ごろは、ニホンでもそんなふうかもしれない。

さて、三月十五日の毎日新聞には、おなじ記事のなかに、同曹長は戦車兵として朝鮮動乱に出兵、帰国後広東語を学び日本勤務になり、ちょう報に関係するようになったが「初めて働きがいがある仕事にありついた」と喜び、中国人などに積極的に接近していたという、と書いてある。

バクチ好きが仕事熱心でも、これまたふしぎではないが、バクチの借金のため、金策に飛び回っていたりしては、中国人などに積極的に接近することはできなかったのではないか。

また、デュガン曹長は、二月四日夜八時半ごろ、横浜市の家に帰宅、「金ができなかったからこの品を上司に渡してくれ」と兵籍証明書と生命保険証二通を妻に渡し、止めるのもきかず家を出た、ともおなじ記事のなかにある。金ができなかったから、と生命保険証を渡すのはわかる。しかし、兵籍証明書が借金のカタになるだろうか。

これは、アメリカの軍人だということがわかるとやばい仕事に出かけるため、そういった物を、とっていったのではないか。兵籍証明書といっても、そんなカードみたいなものもあっただろうが、米兵が首にぶらさげている金属製の兵籍番号をうちこんだ認識票をはずしていったのかもしれない。米軍では戦死者がでたときなど、死体から認識票をとって、身許を確認する。デュガン曹長は、生命の危険がある場所にむかったのではないか。

しかし、どうも、デュガン曹長は、自分でつっぱしってる感じだ。同曹長は「あまり深入りすると殺されるぞ」と忠告されたといわれる、と、やはりこの記事にある。忠告が文字通りなら、相手側におどかされたのではあるまい。上司や同僚がそう忠告したのか。

三月十六日の毎日新聞社会面の記事。

失跡後10日は生きていた
怪死米兵　自他殺は依然ナゾ

米軍特務兵デュガン曹長怪死事件を追及中の警視庁捜査本部では十五日、同曹長の足取りと、接触のあった中国人関係の聞込みに全力をあげたが、同曹長の死は依然自他殺不明である。しかしその後の捜査で次の事実がわかった。
①曹長は横浜の憲兵司令部情報部員で、中共の対日工作分子への接近が主任務。中国人L某と知合い失跡二日前、L某と会い中共系の対日工作者に紹介を頼んだ。L某は麻薬売買に関係が深い札つきで、果して曹長の希望する中共分子に引合わせたかどうかは不明で「近く会わせるがあなた一人では危い」ともらしているのを聞いたものがある。
②（二月）四日午後八時ごろ曹長の妻と内幸町の大阪ビル食堂で食事中、突然立去ったがその後十日間ほど生存していたことが確認された。
③死体の発見された港区芝海岸通りF岸壁付近の潮流関係からみて自他殺は別として遠くから流れついたものでなく、岸壁付近が事件現場と推定される。

④横浜の自宅の家賃二万二百円は米軍で支払っており、夫人は曹長が行方不明となって二日目の二月九日に朝霞の米軍キャンプ内の独身寮に移り米軍の指示で去る十日米国に帰国した。

この記事には、二月四日、デュガン曹長は大阪ビルから失跡したあと十日間ほど生存していたことが確認された、とあるけれども、どうやって、確認されたのか。三月十二日に発見された死体からはだいたいのことが推定はされても、確認はできない。この十日間は、軍のほうに、曹長からなんらかの連絡があったのではないか。

また、デュガン曹長が失跡したのは、二月四日で、翌五日には、夫人が憲兵司令部に届出た、と三月十五日の毎日新聞には書いてあるのに、翌日の毎日のこの記事には、夫人は曹長が行方不明となって二日目の九日に朝霞の米軍キャンプ内の独身寮に移り……とある。単純な日数の計算ちがいなのか。ともかく、曹長が行方不明になるとすぐ、夫人に横浜の自宅を引きはらわせ、朝霞の米軍キャンプにうつしたのは、曹長が勤務していた横浜憲兵司令部の情報部には、なにかの事情がはっきりわかっていたのだろう。

三月十七日の毎日新聞社会面の記事より。

警視庁捜査本部では、十六日東京港芝浦岸壁付近の地取捜査を行なった結果デュガン曹長が行方不明になった先月四日ごろ現場に近い港区芝浦海岸通り三ノ一バー〝ママさん〟（経営者金珠〇〇さん）に同曹長そっくりの白人が数回姿を見せたことがあるという新事実をつきとめた。マダムの金さんの話によるとその白人は当時同バーで働いていた女給二人と前後して親しくなり、一緒に泊りにいったこともあったようだという。この証言を重視した同本部は、既に同バーをやめている女給二人が重要なカギを握るものとみて行方を追っている。また同曹長のポケットから発見された池袋―西銀座間の地下鉄切符の日付の鑑定を同日科学検査所に依頼した。

三月十八日の朝日新聞社会面より。

米軍情報部員エメット・E・デュガン軍曹《ママ》の怪死体事件を追及中の警視庁特別捜査本部は十七日になって、同曹長は先月四日の行方不明当時トレンチコートを着て角型腕時計をしていたが、死体となって発見された時は二つともなくなっていたことがわかった。

三月二十一日の朝日新聞の社会面記事より。

警視庁捜査三課の特別捜査本部は二十日、デュガン曹長らしい米軍人が先月五日腕時計を質入れした事実をつかんだので、同曹長かどうかについてサインの筆跡鑑定を米軍当局の科学捜査研究所に依頼した。

本部の調べによると、先月五日午後二時ごろ東京都港区芝新橋四ノ二金融業富士商事に米軍人が現われ、ペンルウス丸型金張り腕時計一個を二千円で質入れし、伝票にデュガンとサインして帰ったという。応待した同商事の責任者桐川次郎さんは「白人だったことは確かだが、人相などはよく覚えていない」といってるが、デュガン曹長が姿を消した大阪ホテルや死体の発見された芝海岸通りと近い場所なので、同曹長に間違いないものとみている。

三月二十七日の朝日新聞夕刊社会面に、AP二十七日発＝座間として、変死を確認　デュ

ガン曹長事件　米軍発表という記事がある。社会面のいちばん下の段のちいさな記事だ。米陸軍は二十七日、デュガン曹長の死は自然死ではなかったと発表した。発表によると同曹長の肺に水はなく、水死でないことを示し死因となるような負傷は認められなかった。化学検査の結果では何の薬物も検出されなかった。「死因は永久に分らないかもしれぬ」と軍当局はいっている。同曹長は昨年七月カリフォルニア州モンテリーの陸軍語学学校で中国語講習を終え、キャンプ座間米陸軍情報センターに配属されたが、情報係勤務は初めてだったという。

この三月二十七日の朝日新聞の夕刊の記事が、デュガン曹長事件に関する、おそらく、最後の新聞記事だろう。ついでだが、おなじ紙面に、ナンシー梅木が映画「サヨナラ」でアカデミー女優助演賞をとった、とオスカー像をだいたナンシー梅木の大きな写真がのっている。最優秀映画賞は「戦場にかける橋」。

さて、警視庁捜査本部が事件の重要なカギをにぎる人物として行方を追っていた芝浦海岸通りのバーの女給二人は、いったいどうなったのか？　角型から丸型にかわったデュガン曹長が質入れしたらしい腕時計から、なにかでてきたのか？

デュガン曹長が接触していたという中国人関係者のほうの捜査はつづけられたか？　その結果は？

昭和三十三年ごろは、今みたいにたくさんの週刊誌はなかったが、どこかの週刊誌がこの事件のことを書き、それをぼくは読んだような気がする。そして、その週刊誌には、デュガン曹長の自宅が、横浜市内ではなく、東京都大田区田園調布一丁目あたりになっていたのではないか。

というのは、ぼくは四〇六医学研究所にかようのに、うちから自転車で東横線の多摩川園駅にいっていた。田園調布一丁目をとおっていくのだ。そして、あの事件の曹長はこのあたりにいたんだなあ、と自転車でとおるたびにおもったのをおぼえている。

自宅と言っても、一軒の家とはかぎらない。ぼくが知ってる米軍の曹長も、デュガン曹長とおなじようになん歳か年上のワイフと、田園調布にある家の離れを借りていた。

デュガン曹長が配属されたのは座間キャンプだという米軍の発表だが（これが、もうまるっきりアテにならないけど）座間は日本駐留米陸軍の司令部で、デュガン曹長が勤務していた情報部も、それこそ情報本部《センター》は座間にあっても、横浜にオフィスをもってたのではないか。東横線にのれば、まっすぐ横浜にいける。クルマでも近い。

ま、そんなこともあり、四〇六医学研究所の日本人従業員のロッカー・ルームで、ぼくが、

「あのマスター・サージャン（曹長）はおれの家の近くにすんだらしいんだが、軍が女房をてっとりばやく本国に帰しちまうというのが、だいいちあやしいよ。自殺だか、他殺だかわからないみたいなことも言ってるし……」なんてしゃべってたら、れいの病理部の村井が

「自殺！」とおかしそうにわらいだした。

「あれを、自殺かもしれない、なんて言ってるのかい？」

「うん」ぼくはうなずいた。

「あれ、うちで解剖したんだ。ひでえ死体でよ。墜落したジェット機の乗員とおなじようにドラム缶にいれて、もってきた。はじめ、おれ、黒人の死体かとおもったよ。色がどすぐろくってさ」

「自殺じゃないって言うのは？」

「あの死体は、ながいあいだ、水につかってたんだろ。もう腐りかかってたよ。だから、よけい、ロープがからだにくいこんだようになってたのか……からだじゅう、ぶっといロープでぐるぐる巻きにされてた。そんな自殺があるかい」

「ふうん！」ぼくはうなったが、そんな単純な事実があったのに、世間では他殺か自殺か、あるいは、デュガン曹長が酔っぱらって、芝浦海岸をあるいていて、海のなかにおっこったのだとか、あれこれさわいでたのは、まったくバカみたいだ。

そして、ぼくがいちばんあきれたのは、デュガン曹長の死体の解剖を手伝った日本人従業員、村井などは、デュガン曹長の死体の状態や、その解剖のときのことを、よそにいってしゃべったりしてはいけない、なんて、ぜんぜん口止めされてないのだ。

デュガン曹長の胃や肝臓の毒物検査をしたぼくがいた生化学部の毒物科でも、おんなじようなことだったのだろう。

すべてが、いつものとおりのルーティンでまったくあっけらかんとしている。

それから、なん年もたって、ぼくは街の映画館で三本立の映画を見ていて、あれ、とおもった。その映画のはじまりのところが、この事件にとてもよく似てるのだ。

しかし、映画の題名もなにも、すっかり忘れていたが、これを書いてるあいだに、フィルム・ライブラリーの方に、それは「日本列島」だとおそわった。

「日本列島」は昭和四十年日活作品でベストテン第三位、原作吉原公一郎、脚本・監督熊井啓、撮影は新宿の「小茶」でよくお目にかかるベテランの姫田真佐久さん。主な出演者は宇野重吉、二谷英明、内藤武敏、鈴木瑞穂、芦川いづみといった方々だ。

つい最近のサンデー毎日に、れいのキャノン機関が、横浜で、ソ連の情報機関K・G・Bの者とまちがえて、味方のC・I・Aのデューポンという軍曹をつかまえ、東京港に沈めて殺した、という記事がでていた。

年代はズレてるけど、殺されたのがデュガン曹長とデューポン軍曹。沈めて殺されたのが東京港というのは、あんまり似すぎてはいないだろうか。

編者解説

日下三蔵

今年（二〇二一年）一月にちくま文庫から刊行した田中小実昌のミステリ短篇集『幻の女』は、幸いにして読者の皆さまからのご好評をいただき、ここに第二弾として本書『密室殺人ありがとう』をお届けできることとなった。ありがとうございます。

既刊『幻の女』は、一九七三年三月に桃源社から刊行された著者唯一のミステリ作品集『幻の女』の全篇に、七九年九月に文藝春秋から刊行された『ひとりよがりの人魚』から、ミステリ味の強い四篇を加えて再編集したものであった。

実は田中小実昌には、まだ本になっていないミステリ系の作品が十本近くある。本書が好評をいただけるならば、『ひとりよがりの人魚』の残る六篇と併せて、単行本化の機会を見つけたいと思っている。

この本の解説で、このように書いておいたが、その後、発掘・調査を進めたところ、著者の短篇集に入っていないミステリ系の短篇は、二十本に及ぶことが分かった。これは文庫本で五百ページをゆうに超える分量であり、あまりにも厚くなり過ぎるため、そこから十二本四百ページ分をセレクトしたのが、本書なのである。

泣く泣く落とした短篇も面白いものばかりで、海外のミステリ作家のパスティーシュやSF、少女向けのミステリなど、バラエティに富んでいる。さらに未刊行のショートショートが二十本以上見つかっており、出来れば第三弾、第四弾と続けて著者のミステリ作家としての業績をまとめておきたい。引き続いてのご愛読をお願いする次第です。

田中小実昌はハードボイルドを中心とした海外ミステリの翻訳家として文筆業のキャリアをスタートさせ、ストリッパーやテキヤの世界を紹介する当意即妙のエッセイで人気を博し、中間小説誌から純文学誌へと活動の幅を広げて作家としても高く評価された――「ミミのこと」「浪曲師朝日丸の話」で第八十一回直木賞、『ポロポロ』で第十五回谷崎潤一郎賞を、それぞれ受賞――という経歴については、『幻の女』の解説で既に述べた。

訳書は八十冊以上あり、その大半が推理小説である。単著は分類に迷うものもあるが、小説とエッセイ・ノンフィクションでは、後者の方がやや数が多く、私のカウントでは、小説四十二冊、エッセイ・ノンフィクション四十五冊となっている。ここでは、小説作品のリストを掲げておこう。

1　上野娼妓隊　68年8月　講談社
2　姦淫問答　69年8月　講談社
3　色の花道　69年10月　文藝春秋
4　すいばれ一家　70年5月　徳間書店
5　自動巻時計の一日　71年8月　河出書房新社
76年2月　角川書店（角川文庫）
04年9月　河出書房新社（河出文庫）
6　幻の女　73年3月　桃源社
78年6月　桃源社（ポピュラーブックス）
79年9月　桃源社
21年1月　筑摩書房（ちくま文庫）※21から4篇を増補
7　ああ寝不足だ　73年9月　青樹社
79年10月　青樹社
85年9月　旺文社（旺文社文庫）
8　関東チョンボ一家　73年11月　双葉社
79年9月　双葉社
9　黙って〇〇れば　73年12月　グリーンアロー出版社（グリーンアロー・ブックス）

10	乙女島のおとめ	74年9月	番町書房
		79年9月	集英社（集英社文庫）
11	ぼくの初体験	75年2月	青樹社
		79年10月	青樹社
12	オホーツク妻	75年5月	河出書房新社
13	チェリーとの散歩	76年7月	立風書房
14	新宿ふらふら族	78年10月	泰流社
15	香具師の旅	79年2月	泰流社
		04年7月	河出書房新社（河出文庫）
16	ご臨終トトカルチョ	79年5月	泰流社
17	ポロポロ	79年5月	中央公論社
		82年7月	中央公論社（中公文庫）
		04年8月	河出書房新社（河出文庫）
18	ビッグ・ヘッド	79年6月	河出書房新社
19	ベトナム王女	79年7月	泰流社
20	オチョロ船の港	79年8月	泰流社
21	ひとりよがりの人魚	79年9月	文藝春秋
22	恥じらう死体	79年10月	泰流社

23　灯りさがしてぶらり旅　80年2月　桃源社
24　インデアン・ピート　80年8月　講談社
25　風に吹かれておんな酒　81年5月　桃源社
26　イザベラね　81年5月　中央公論社
84年6月　中央公論社（中公文庫）
27　親不孝橋をわたって　82年11月　実業之日本社
28　カント節　85年7月　福武書店
29　海辺でからっぽ　86年4月　筑摩書房
30　なやまない　88年2月　福武書店
31　アメン父　89年2月　河出書房新社
01年1月　講談社（講談社文芸文庫）
32　きょうがきのうに　89年12月　読売新聞社
33　ないものの存在　90年2月　福武書店
34　きょとん　90年11月　実業之日本社
35　楽屋ばなし　92年4月　文藝春秋
36　詩画集　三笑　92年12月　潮流社　※関根隆、野見山暁治との共著
37　バンブダンプ　97年4月　新潮社
38　新宿ゴールデン街の人たち　97年8月　中央公論社

39　天国までぶらり酒　00年6月　実業之日本社
40　上陸—田中小実昌初期短篇集　05年9月　河出書房新社（河出文庫）
41　くりかえすけど　15年1月　幻戯書房（銀河叢書）
42　密室殺人ありがとう　21年9月　筑摩書房（ちくま文庫）※本書

文庫オリジナル作品集として刊行されたのが、40と42（本書）の二冊。残る四十冊のうち、文庫化されたものは八冊しかないことが分かる。エッセイ・ノンフィクションの方は、文庫オリジナル編集が十一冊、文庫化された本が八冊、文庫にならなかった本が二十六冊という内訳になっており、小説作品よりは文庫で読める冊数が多いものの、初刊本だけで埋もれてしまった本の方が圧倒的に多いのである。田中小実昌の知名度と人気を考えたら、不可解な現象としか言いようがない。

これまで、エッセイ集については、旺文社文庫が八四年から八六年にかけて五冊、社会思想社の現代教養文庫が九〇年から九一年にかけて三冊（《田中小実昌作品集》）、ちくま文庫が二〇〇二年から〇三年にかけて六冊（《田中小実昌エッセイ・コレクション》）、小説作品については、河出文庫が〇四年から〇五年にかけて四冊を、集中的に刊行したことがあるが、もっと多くの版元が田中作品の文庫化に乗り出してしかるべきだと思う。今回のちくま文庫の推理小説シリーズが、その呼び水となることを願ってやまない。

さて、本書には、これまで著者の短篇集に収められたことのない十二篇を、一挙に収めた。いずれも、ミステリ、ハードボイルド、怪談、奇妙な味といったジャンルに属する作品ではあるが、『幻の女』を既に読まれた方はお分かりの通り、奇想天外なトリックを用いた本格ミステリの類は、ひとつもない。

これだけの数の作品を書いているのだから、ミステリが好きだったことは疑いようもないが、ジャンルの文法や約束事には、まったく興味がなかったのだろう。どこか猥雑で、時代の空気をそのまま映したような語りに身を委ねて作品を読めば、風変わりな人物たちが風変わりな事件を起こし、やがて予想外の結末が訪れることになるのだ。

収録作品の初出は、以下の通り。

りっぱな動機　「小説サンデー毎日」71年5月号
死体の女　「別冊小説宝石」71年9月号
なぜ門田氏はトマトのような色になったのか　「小説推理」73年6月号
バカな殺され方　「オール讀物」74年3月号
密室殺人ありがとう　「小説推理」74年7月号
金魚が死んだ　「小説推理」75年3月号
カリブ海第二戦線　「別冊問題小説」75年4月号
板敷川の湯宿　「小説エンペラー」77年10月号

北波止場の死体　「小説推理」79年2月号
爆弾は爆発しないというおしゃべり　「海」80年1月号
耳穴カミソリ　「オール讀物」80年8月号
ドラム缶の死体　「別冊中央公論」81年7月号

「小説サンデー毎日」は毎日新聞社の月刊誌。「りっぱな動機」は登場人物のネーミングが、いちいち動物の名前になっているのが可笑しいが、最後まで読んでみると、このネーミング自体が一つの仕掛けになっていたことが分かるのである。

「別冊小説宝石」は光文社の月刊誌「小説宝石」の別冊。不定期刊行だが、この時期は年四冊（季刊）ペースで発行されていた。「死体の女」は「したい」ではなく「しにたい」と振り仮名があり、性交の際に失神する女をめぐるエロティック・ミステリである。

「小説推理」は現在も発行されている双葉社の月刊誌。初出では、「なぜ門田氏はトマトのような色になったのか」は「奇妙人間」、「密室殺人ありがとう」は「新宿珍事」、「金魚が死んだ」は「異色ハードボイルド特集」、「北波止場の死体」は「コミック・ミステリー／死体が消えた」の角書きが付されていた。

文藝春秋「オール讀物」の「バカな殺され方」は「異色ミステリー」、徳間書店「別冊問題小説」の「カリブ海第二戦線」には「異色力作120枚奇想天外、アメリカ本土上陸作戦」と書かれていた。小説雑誌の中でも、やはり田中小実昌のミステリは「異色」と評するしかなかったようである。

「小説エンペラー」は大洋書房の月刊誌。「ロマン怪談」と銘打たれた「板敷川の湯宿」は創刊号に掲載された。「編集後記」には「創刊号にご協力執筆いただいた田中小実昌、都筑道夫両先生始め、ご多忙にも拘らず、骨のある力作をいただき本誌創刊に相応しく錦上花を添えるものとお礼申し上げます」とある。創刊号には他にデビューから一年の新鋭作家・赤川次郎のミステリ短篇も載っていた。

なお、都筑道夫は創刊号から三号連続でホラー短篇を寄稿しているが、二号と三号には田中作品は掲載されておらず、四号以降は発行されたかどうかも確認できなかった。

「海」は中央公論社の純文学系文芸誌。田中小実昌は七七年から同誌に寄稿しており、17や26は「海」掲載作品の単行本化である。「爆弾は爆発しないというおしゃべり」に登場する「爆弾置場《バンブダンプ》」は自伝小説37のタイトルにも使われており、五〇年の朝鮮戦争当時、横田基地で爆弾運搬の仕事に就いていた実体験がベースになっている。

「耳穴カミソリ」は日本ペンクラブ編、生島治郎選で集英社文庫から出たアンソロジー『男の小道具飛び道具』（82年6月）、「ドラム缶の死体」は中央公論新社編で中公文庫から出たアンソロジー『事件の予兆　文芸ミステリ短篇集』（20年8月）に、それぞれ採られたことがあるが、いずれも著者の単著に収められるのは、今回が初めてである。

ミステリとかホラーとか純文学といったサブ・ジャンルを超越して、コミマサ・ワールドとしか言いようのないユーモラスで、エロティックで、奇妙な物語の数々を、どうかじっくりと楽しんでいただきたいと思う。それでは、三冊目のミステリ短篇集の解説で、またお目にかかれることを祈って。再見。

・本書はちくま文庫のためのオリジナル編集です。
・初出につきましては編者解説を参照ください。
・本書のなかには、今日の人権感覚に照らして差別的ととられかねない箇所がありますが、作者が差別の助長を意図したのではなく、故人であること、執筆当時の時代背景を考え、該当箇所の削除や書き換えは行わず、原文のままとしました。

・資料協力
県立神奈川近代文学館、練馬区立石神井公園ふるさと文化館、双葉社

幻の女　田中小実昌　日下三蔵　編
近年、なかなか読むことが出来なかった〝幻〟のミステリ作品群が編者の詳細な解説とともに甦る。夜の街の片隅で起こる世にも奇妙な出来事たち。

田中小実昌ベスト・エッセイ　田中小実昌　大庭萱朗　編
東大哲学科を中退し、バーテン、香具師などを転々とし、飄々とした作風とミステリー翻訳で知られるコミさんの厳選されたエッセイ集。（片岡義男）

哀愁新宿円舞曲　増補版　都筑道夫　日下三蔵　編
1950年代の新宿・青線地帯での男女の交わりを描いた人情話他、洗練された構成で読ませる探偵物など、幻の短編集に増補作品を加え待望の文庫化。

妖精悪女解剖図　増補版　都筑道夫　日下三蔵　編
鬼才・都筑道夫の隠れた名作を増補し文庫化。〈女性〉をメインに据えた予測不能のサスペンス小説集。日下三蔵による詳細な解説も収録した決定版。

吸血鬼飼育法　完全版　都筑道夫　日下三蔵　編
事件屋稼業、片岡直次郎がどんな無茶苦茶な依頼も解決する予測不能の活劇連作。入手困難の原型作品やスピンオフも収録し〈完全版〉として復活。

悪意銀行　都筑道夫　日下三蔵　編
洒落た会話と何重にも仕掛けられる罠、激烈な銃撃戦（死者多数）とちょっぴりお色気、そして結末は完全予測不能。近藤・土方シリーズ第二弾。

紙の罠　都筑道夫　日下三蔵　編
都筑作品でも人気の〝近藤・土方シリーズ〟が遂に復活。贋札作りをめぐり巻き起こる奇想天外アクション小説。二転三転する物語の結末は予測不能。

あるフィルムの背景　結城昌治　日下三蔵　編
普通の人間が起こす歪んだ事件、そこに至る絶望を描き、思いもよらない結末を鮮やかに提示する。昭和ミステリの名手、オリジナル短篇集。

夜の終る時／熱い死角　結城昌治　日下三蔵　編
組織の歪みと現場の刑事の葛藤を乾いた筆致でリアルに描き、日本推理作家協会賞を受賞した警察小説の記念碑的長篇『夜の終る時』に短篇4作を増補。

落ちる／黒い木の葉　多岐川恭　日下三蔵　編
江戸川乱歩賞と直木賞をダブル受賞した昭和の名手、深い抒情性とミステリのたくらみに満ちた、単行本未収録作品を含む14篇。文庫オリジナル編集。

方壺園　陳舜臣　日下三蔵編
唐後期、特異な建築「方壺園」で起きた漢詩の盗作をめぐる密室殺人の他、乱歩賞・直木賞・推理作家協会賞を受賞したミステリの名手による傑作集。

緋の堕胎　戸川昌子　日下三蔵編
これは現実か悪夢か。独自の美意識に貫かれた淫靡かつ幻想的な世界を築いた異色の作家。常人の倫理を遥かに超えていく劇薬のような短篇9作。

赤い猫　仁木悦子　日下三蔵編
爽やかなユーモアと本格推理、そしてほろ苦さを少々。日本推理作家協会賞受賞の表題作ほか〈日本のクリスティー〉の魅力を堪能できる傑作選。

最終戦争／空族館　今日泊亜蘭　日下三蔵編
日本SFの胎動期から参加し「長老」と呼ばれた伝説的作家の、未発表作「空族館」や単行本未収録作14篇を収録する文庫オリジナルの作品集。（峯島正行）

光の塔　今日泊亜蘭
地球上の電気が消失する「絶電現象」は人類を襲う未曾有の危機の前兆だった。日本SF初の長篇にして圧倒的な面白さを誇る傑作が復刊。（日下三蔵）

『新青年』名作コレクション　『新青年』研究会編
探偵小説の牙城として多くの作家を輩出した伝説の総合娯楽雑誌『新青年』。創刊から101年を迎え新たな視点で各時代の名作を集めたアンソロジー。

殿山泰司ベスト・エッセイ　殿山泰司　大庭萱朗編
独自の文体と反骨精神で読者を魅了する性格俳優、故・殿山泰司の自伝エッセイ、撮影日記、ジャズ、政治評。未収録エッセイも多数！（戌井昭人）

色川武大・阿佐田哲也ベスト・エッセイ　色川武大／阿佐田哲也　大庭萱朗編
二つの名前を持つ作家のベスト。文学論、落語からタモリまでの芸能論、ジャズ、作家たちとの交流も。阿佐田哲也名の博打論も収録。（木村紅美）

吉行淳之介ベスト・エッセイ　吉行淳之介　荻原魚雷編
創作の秘密から、ダンディズムの条件まで。「文学」「男と女」「紳士」「人物」のテーマごとに厳選した、吉行淳之介の入門書にして決定版。（大竹聡）

開高健ベスト・エッセイ　開高健　小玉武編
文学から食、ヴェトナム戦争まで――おそるべき博覧強記と行動力。「生きて、書いて、ぶつかった」開高健の広大な世界を凝縮したエッセイを精選。

ちくま文庫

密室殺人《みっしつさつじん》ありがとう　ミステリ短篇傑作選《たんぺんけっさくせん》

二〇二一年九月十日　第一刷発行

著者　田中小実昌（たなか・こみまさ）
編者　日下三蔵（くさか・さんぞう）
発行者　喜入冬子
発行所　株式会社　筑摩書房
東京都台東区蔵前二―五―三　〒一一一―八七五五
電話番号　〇三―五六八七―二六〇一（代表）
装幀者　安野光雅
印刷所　星野精版印刷株式会社
製本所　株式会社積信堂

ISBN978-4-480-43768-6 C0193